KB043966

나라를
② 구했다!

신해영 장편소설

나라를 2 구했다!

가하)

나리를 구했다! 2

지은이 | 신해영
펴낸이 | 이형기
펴낸곳 | 도서출판 가하

초판인쇄 | 2009년 4월 2일
1판 5쇄 | 2013년 4월 30일
출판등록 | 2008년 10월 15일 제318-2008-00100호

주 소 | 서울 영등포구 당산동5가 33-1 한강포스빌 1209호
전 화 | (02) 2631-2846
팩 스 | (02) 2631-1846
www.ixbook.co.kr

ISBN 978-89-962195-2-1   04810
      978-89-962195-1-4   04810 (set)

값 9,000원

copyright by ⓒ 신해영, 2009

이 책은 저작권법의 보호를 받는 저작물입니다. 무단전재와 무단복제를 금합니다.
잘못된 책은 구입하신 곳에서 바꾸어 드립니다.

나라를 구했어! 2

20. 서 있는 곳의 좌표

언제나 그렇지만 내 말이 맞았다.

야쿠자는 도망치는 것이 아니었다. 그놈은 누군가를 패고 싶어서 팔딱팔딱 뛰는 심장을 진정시키기 위해 스스로의 뺨이라도 갈겨야 할 판이었던 것이다. 그 와중에 스스로의 몸을 희생하시겠다 쫓아오기까지 하는 희생적인 불량 학생들, 그 희생정신도 숭고하지만 효율 면에서 생각해봐도 덩치로 봤을 때 팰 데가 얼마나 많은가! 이는 마치 사채 끌어다 써 돈에 목마른 부동산 업자에게 대출 규제가 풀렸으니 30일 무이자 행사를 한다는 전단지가 날아드는 것과 다를 바 없을 것이다.

뒷골목을 한 바퀴 돌아 뒷길의 세차장, 비로 인해 문을 닫은 덕에 널찍한 공간이 비어 있는 곳에 닿자 야쿠자는 걸음을 멈췄다.

"존나 잘 도망간다?"

물색 모르는 마른 고목나무가 말했다. 저놈의 존나, 아주 존나게 패주고 싶어진다. 어느샌가 두 명이 늘어 불량 청소년들은 다섯 명이 되어 있었다.

앞에서 뭐라고 떠들어대든 고개를 좌우로 한 번 풀어준 야쿠자의 얼굴은 지극히도 무표정했다. 고개를 풀어주는 동작도 무식해 보였던 아까의 마른 고목나무의 것과는 천지차이로 최종 무기 그 자체였다. 지금 자신의 눈앞에 서 있는 게 얼마나 무서운 것인지 쟤들은 정말 모르는 걸까? 내가 겁을 먹는 건 종로 조폭들을 아작낸 야쿠자의 사진을 이미 봐버렸기 때문이던가? 확실한 건 불량 청소년 다섯 명은 전혀 겁을 먹고 있지 않다는 것이었다.

내리는 빗줄기는 점점 거세지는데 나도 그랬지만 눈앞의 여섯 명도 우산 없이 그 비를 다 맞고 있었다. 한결 비장해 보이긴 했지만 사고 나기에도 좋아 보였다. 그냥 미끄러져 머리라도 부딪힌다면……. 나는 골목길의 그림자 속에 몸을 숨긴 채 이 상황을 어떻게 해야 하나 고민했다.

시대가 시대인지라 휴대전화도 없어 경찰을 부를 수도 없고 준현 선배를 부를 수도 없다. 하기야 휴대전화가 있다고 해도 경찰을 부르면 학교에 알려질 테니 그럴 수 없고, 준현 선배는…… 준현 선배를 부르면 아마 '야쿠자가 팰 수 있는 다섯 명'을 '야쿠자가 팰 수 있는 여섯 명'으로 늘리는 것 외에는 아무것도 안 될지도 모르니 부를 수 없다.

아이고, 모르겠다. 비 때문인지 머리가 잘 돌아가지 않는다.

게다가 어둑하니 가라앉던 해가 완전히 산 너머로 넘어가 버려 시야는 끔찍하도록 좁았다. 배수가 안 좋은지 바닥에 물이 고여 움직일 때마다 철벅거리는 소리가 유난히도 크게 들렸다.

남자들은 왜 그럴까? 싸우는 걸 무슨 남자다움의 증명처럼 생각한다. 때리면 맞은 사람이 아플 테고 맞으면 내가 아플 텐데 서로가 아프기만 한 걸 왜 하려고 저 난리들인지 정말 모르겠다.

먼저 움직인 건 다섯 명이라는 수적 우세에도 불구하고 몹시도 말이 많았던 불량 집단이었다. 건들거리거나 침을 찍찍 내뱉는 등 추잡스러운 짓은 다 하고 있었으나 포스는 개싸움 포스였다. 대개 자신이 없을수록 말이 많고 설명이 복잡한 법이다.

아니나다를까, 불량한 것들은 비겁하기까지 하여 한 놈이 슬슬 도는 척하더니 갑자기 몸을 휙 날려 야쿠자에게 덤벼들었다. 그러나 가까이 가지도 못하고 야쿠자가 가볍게 뻗어준 발에 걸려 억, 하는 소리를 내며 바닥에 나뒹구는 꼴이 되고 말았다. 물론 그게 끝은 아니었다. 그는 실패했으되 그 떡대의 비극을 신호로 남은 네 명이 개떼처럼 덤벼들었으니까.

퍽.

깔끔하고 탄력 있는 소리.

처음 야쿠자가 운동장에서 은혜 갚은 까치를 쥐어패는 모습을 보고 생각했던 것처럼 야쿠자는 참으로 효율적으로 움직이는 타입이었다. 깔끔한 동작은 비디오로 찍는다면 격투기의 교본으로 사용해도 좋을 정도로 정확했다. 패는 법을 아주 정확히 알고 있다. 긴 팔다리를 십분 활용해 비용 대비 최대 효과를 누리는데, 타고난 것도 타고난 것이지만 꽤 오랜 기간의 연구과정을 거치지 않았나 싶을 정도로 과학적이었다. 물리의 법칙 역시 알고 쓰는 건지 모르고 쓰는 건지 같은 힘으로 최대 충격을 이끌어낼 수 있는 방향으로 움직이는 것이다. 저게 본능이라면 저놈은 괴물이다. 그뿐인가? 지략도 있었으니 주변 지형을 이용하는 현명함으로 바닥에 고인 물을 차올려 불량 청소년들의 시선을 가리고 신나게 주먹질을 할 때는 감탄사까지 나올 정도였다.

물론 야쿠자도 안 맞은 건 아니다. 자기가 무슨 용가리 통뼈라고 다섯 명이 덤벼드는데 한 대도 안 맞겠는가? 문제는 사람이 맞으면 아프다는 티를 내주는 것이 예의이거늘 이 야쿠자는 맷집이 좋은 건지 참을성이 좋은 건지 맞아도 '아야' 소리는커녕 묵묵히 곧바로 세 배쯤 응전해주었다. 그렇다 보니 그것은 때리는 놈으로 하여금 혹시나 내 주먹에 맞을까 두려워하게 만드는 기묘한 기술로 작용하고 있었다.

말했지만 난 폭력을 싫어했다. 그리고 미래의 나도 폭력을 싫어한다. 그러나 머리를 세게 맞았는지 이성을 잃은 불량 학생이 듣도 보도 못한 방언 같은 화려한 욕설을 내뱉으며 세차장 한편에 세워져 있던 타이어를 집어들어 던졌을 때, 그리고 다른 놈을 쥐어패느라 미처 날아오는 타이어를 확인하지 못한 야쿠자가 그 타이어에 정면으로 맞고 비틀거렸을 때 나는 폭력을 조금 더 싫어하게 되었다. 그러나 이율배반적으로 야쿠자가 저놈에게 폭력을 사용해주길 바라게 되었다.

꽤나 둔탁한 소리가 난 후, 그 여운이 완전히 사라지고 나서 야쿠자는 천천히 고개를 들었다. 그리고 여전히 패고 있던 놈의 멱살을 쥔 채로 남은 손으로 이마를 훔쳤다. 피가 나고 있었다. 빗물 사이로 피가 섞여드는데 순간 가슴이 오그라드는 것 같았다. 내가 뛰쳐나가 타이어를 들고 있는 불량 떡대의 멱살을 잡지 않았던 건 순전히 몸이 굳어버렸기 때문이다.

야쿠자의 표정이 조금 흔들렸다고 생각했다.

지독히도 열 받은 것 같은 움직임치고 표정은 담담했다. 잠시 자신의 손을 내려다보던 야쿠자는 멱살을 쥐고 있던 아이가 버둥거리는 걸 무시하고 차 밑바닥을 청소하기 위해 파놓은 홀에 집어던졌다. 모르긴 해도 어디 하나 부러졌거나, 아니라도 꽤나 아플 것이다. 무슨 곡소리 같은 것이 직사각형의 구멍 안에서 새어나왔다.

눈치가 몹시도 없는 타이어 던진 놈은 여전히 겁도 없이 욕설을 내뱉다가 자신을 향해 엄습하는 흉포한 기색에 흠칫 놀라 몸을 돌리다가 잡혔다. 그리고 작살나게 얻어맞았다. 차라리 어디 하나 부러뜨려버리는 게 더 자비로울 것 같다는 느낌이 들 정도였다. 주먹이 움직일 때마다 젖어서 새까맣게 보이는 머리에서 물방울이 흩날렸다.

"아!"

야쿠자가 한 놈을 패는 데 집중하는 틈을 타서 뒤로 접근했던 다른 놈 하나가 야쿠자를 각목으로 내려치려 하고 있었다.

내가 신음 소리를 낸 것과 동시에 야쿠자는 뒤를 돌아봤다. 내 목소리는 내 귀에도 들리지 않을 정도였지만 저놈의 야생성이라면 들렸을지도 모른다는 생각이 들었다.

각목은 부러졌고 각목을 들고 다가왔던 놈도 어딘가 부러졌다. 그리고 야쿠자는 다시 자신이 하던 일로 돌아갔다. 때리는 놈은 쌩쌩한데 맞는 놈은 손끝 하나 움직일 힘도 없어질 정도였다. 어느 정도 팼는지 야쿠자는 그놈을 빗물이 흐르는 바닥에 내팽개치고 주변을 돌아보았다. 모두 다 기절한 건 아닐 텐데도 다들 기절한 척하고 있었다. 구멍 안에 들어간 놈까지도 더 맞지는 않았으니 정신은 말짱할 텐데 스스로 자해라도 한 것인지 죽은 듯 잠잠했다.

머리를 쓸어올리다 생각하니 아무래도 부족한지 누군가를 찾는 것처럼 두리번거린 야쿠자는 숨을 죽이고 엎드려 있던 불량 청소년 하나의 머리채를 잡았다. 나에게 통돼지니, 우는 거냐느니 이죽거렸던 놈이었다. 그놈은 맞은 데 또 맞았다.

사람이란 정말 이상하다. 처음에 나는 야쿠자가 싫었고, 조금 좋아하게 되었으며, 방금 야쿠자가 맞는 걸 보았을 때 가슴이 내려앉았다. 그러나 너무나 선명한 힘의 우위를 확인하는 순간, 젖은 빨랫감처럼 너부러져 있는 불량 학생들의 모습을 보는 순간 나는 꼭 저래야만 하는가 하는 의문을 품게 되었다. 그러니까 그 모든 과정을 내가 보았음에도. 내가 10년 후 볼 야쿠자의 만행이 겹쳐서일지도 모르지만, 복잡한 기분.

꿈에도 부족하지 않을 만큼 타작을 마치고 몸을 일으킨 야쿠자는 약간 인상을 찌푸리며 왼쪽 옆구리를 짚었다. 하기야 인조인간도 아닌데 저 정도로 초토화시켰으니 어디 한 군데 정도 아파주는 것이 옳으리라.

야쿠자는 가만히 서서 비가 쏟아지는 하늘을 바라보고 있었다. 그 모습은 기묘하게 야쿠자스러웠다. 그러니까 고유명사로서의 야쿠자가 아니라 내가 알고 있는 유상우라는 인간의 본질 말이다. ……내가 저놈의 본질을 어떻게 알겠냐마는, 그러니까 내가 생각하는 야쿠자.

난 운명론자는 아니었지만 어쩌면 운명이라는 게 있을지도 모른다는 생각이 들었다. 그러니까 운명이란 마치 그려진 지도처럼 꼭 그런 게 아니라 태어나면서부터 정해진 그 사람의 환경, 성격, 그리고 오늘까지 모두 합쳐져서 반드시 그렇게 되고야 마는 내일이 아닐까.

그렇다면 야쿠자는 어쩔 수 없이 야쿠자인 걸까.

나는 이제 야쿠자가 내가 생각하는, 내가 기억하는 것보다 더 순진하다는 걸 알지만 그런 성격조차 어쩌면 야쿠자가 야쿠자이게 만드는 건 아닐까.

어쩌면 거기서 내가 할 수 있는 일이란 없는 게 아닐까. 난 이제 어떻게 해야 좋은 걸까.

나는 뒤돌아서서 걷기 시작했다.

내가 송이에게 전화를 걸어 준현 선배의 집과 전화번호를 알아내고 그쪽에 도착한 건 밤 11시가 다 되었을 무렵이었다. 중간에 잠깐 멈춰 준현 선배의 집에 전화를 걸었을 때는 아직 들어오지 않았다는 답변이 돌아왔지만, 선배네 집이 보이는 공중전화에서 다시 걸었을 때 전화를 받은 건 나를 기다리고 있었던 것 같은 준현 선배였다.

- 여보세요.

"선배."

- ……

"선배, 할 말이 있어요."

- ……어디니?

선배의 목소리는 잠겨 있었다. 내가 집 앞에 와 있다는 걸 알자 다시 잠깐의 간격 후 "곧 갈게."라는 말로 전화는 끊겼다.

아직도 그치지 않은 비가 처마를 치는 소리가 끊이지 않고 들렸다.

우습게도 빗속을 뛰는 동안은 전혀 춥지 않았는데 공중전화 부스에서 비를 긋고 있자 으슬으슬 떨려오기 시작했다. 흠뻑 젖은 셔츠에서 피부를 타고 물이 끊임없이 흘러내렸다. 그리고 그 선을 따라 소름이 오도도 돋아났다. 온몸이 제어를 벗어나 춤추듯 흔들리기 시작했다.

"젠장, 지방이 있으면 뭐 해. 면적이 넓은데……."

나는 몸을 있는 대로 웅크리며 투덜거렸다. 면적을 줄여야 열 발산량이 줄어 덜 춥다는데 도대체 몇 달을 다이어트해도 줄지 않은 면적을 어떻게 춥다고 한순간 줄일 수 있단 말인가.

"타임리프를 한 H모 양이 엉뚱하게 한여름의 다른 시간대에 얼어 죽어 파문이 일고 있습니다."

"뭐라고 중얼거리고 있어?"

내가 덜덜 떨리는 턱으로 방언처럼 헛소리를 중얼거리고 있는데 공중전화 부스의 문이 열렸다.

"너무 추워서요."

나는 선배의 얼굴을 바라보았다. 아까 야쿠자의 표정도 야쿠자의 표정이었지만 준현 선배의 표정도 엉망이었다. 다 내 죄…… 겠지?

한밤, 빗방울이 우산을 때리는 소리가 마음 소리만큼 시끄러웠다. 한 걸음 밖에서 우산을 든 선배는 나를 가만히 바라보고 있었다. 무릎까지 오는 반바지, 하얀 티 위에 셔츠를 걸친 차림, 짙은 녹색 운동화가 비에 젖고 있었다.

나도 5분 전까지는 감정적이었으므로 비만 오지 않았다면, 아니 내가 비 맞은 애처로운 저팔계 꼴로 덜덜 떨고 있지 않았다면 아마 분위기는 좀 심각했을지도 모른다. 그러나 비는 왔고 나는 비 맞은 저팔계가 되어 '아우, 너무 추우셔!' 하는 얼굴로 덜덜 떨고 있던 중이었기 때문에 잡힐 뻔한 분위기는 광속으로 멀어졌다.

선배는 피식 웃더니 셔츠를 벗어 내게 내밀었다. 그 셔츠를 걸쳤지만 입은 티도 안 났다. 체온이 동사 직전으로 떨어져 있는데 그깟 반팔 셔츠 하나 걸친다고 달라질 것이 없었던 것이다. 선배는 가볍게 한숨을 쉬더니 고개를 까닥했다. 우산 속으로 들어오라는 뜻. 나는 풀쩍 뛰어 우산 안으로 들어갔다. 아, 이상한 일이다. 공중전화 부스 안도 추웠는데 공중전화 부스 밖도 춥다. 진정 한국에 춥지 않은 곳은 없는 걸까?

"안 되겠다. 집으로 가자, 감기 걸리겠어."

집? 집이라고?

"집이라니?"

비 오고 추운 와중에도 나의 훌륭한 이성은 선배의 집으로 가는 것의 문제점을 깨달았다.

"괜찮아. 부모님 계셔."

이게 좋다. 굳이 구구절절 설명하지 않아도 내가 뭘 걱정하는지, 뭐가 문제가 되는지, 내가 무슨 말을 하고 있는지 선배는 안다. 물론 내가 선배와 단둘이 방 안에 있는 걸 두려워한다는 게 웃긴다는 것도 선배는 알고 있을 것이다. 떡 줄 사람은 생각도 안 하는데 김칫국……, 젠장.

짙은 녹색의 대문은 잠겨 있지 않았는지 선배가 손을 열자 가벼운 쇳소리를 내며 열렸다. 나는 긴장했다. 상황이 상황이긴 하지만 남자의 집에 가는 건 처음이고, 잠깐…… 이 상황은 내가 지금 준현 선배의 어머니를 처음 만나는 상황인 건가? 아니, 지금 이런 게 문제가 아닌 걸까?

선배가 이끄는 대로 마당을 건너며 나는 내가 한심해졌다.

드라마에서 보면 여자주인공들은 한 가지 일이 생기면 마치 그 일 말고 다른 것은 아무것도 없는 사람처럼 구는데 나는 야쿠자의 일로 고민하면서도 추워서 덜덜 떨고 준현 선배가 집으로 가자고 하자 준현 선배 어머니를 만날 일을 걱정하고 있다.

산만의 극치다.

"엄마! 수건 좀 가져다주세요!"

자아반성은 잠깐, 현관문으로 들어서는 순간 따뜻한 공기 때문에 한숨이 다 나왔다. 준현 선배의 목소리를 들은 준현 선배의 모친이 놀란 표정으로 다가왔다가 내 얼굴을 보고 기겁한 표정으로 뒤돌아섰다.

"아, 안녕하……."

인사하려던 나는 선배 모친의 얼굴 표정에 짓눌려 어정쩡하게 뒤를 얼버무리고 선배를 바라보았다. 도대체 왜 선배 모친은 저런 얼굴로 나를 쳐다보는 걸까?

"아직도 많이 추워?"

"좀 나아요."

어째서인지 수건을 가지러 간 선배의 모친은 돌아오지 않았고 선배는 신발을 툭툭 벗고 들어가더니 수건을 들고 나와 내 머리 위를 덮었다.

"제가 할게요."

탈탈 터는 힘이 강하기도 강했지만 '남자가 머리를 털어준다'는 상황에 전혀 익숙하지 않았던 나는 당황했다. 선배를 말리려고 손을 올렸는데 순간 불길한 예감이 들었다. 그리고 그 예감은 그대로 실현되었다.

왜 불길한 예감은 틀린 적이 없을까.

선배의 손 위에 내 손이 겹쳐졌다. 그리고 선배의 움직임이 멈췄다. 나는 고개를 들었고 내려다보고 있던 선배의 갈색 눈과 나의 눈이 마주쳤다.

내가 이 상황에서 심장이 안 뛰었을 것 같은가? 지금 이 순간은 로맨틱한 순간이 맞는가?

정답은 둘 다 아니다. 손이 닿았을 때는 분명 로맨틱한 순간이었고 나는 충분히 설레었지만, 눈이 마주치자 심장이 한 번 박동하기도 전에 선배는 웃음을 터트렸기 때문이다.

"푸하하하하!"

난 사람들에게 이토록 큰 웃음을 줘서 아마 천국 갈 것 같다. 내 몰골이 어땠기에 이렇게 웃는 건지 모르겠지만 그래, 차라리 낫다. 지금 로맨틱한 상황을 연출할 때가 아니니 웃어라. 우는 것보다 낫지 않은가.

나는 씩씩거리며 일어나서 선배의 손에서 수건을 뺏어 들었다.

"직진해서 오른쪽."

선배는 배를 움켜쥐고 끅끅 숨넘어가는 소리를 내며 욕실 방향을 가리켰다. 난 선배를 가열차게 노려봐주고 위풍당당하게 욕실로 향했다. 웃음은 좋은 거다. 남의 집에 방문했을 때의 어색함이 알코올처럼 증발했으니까.

욕실로 들어가기 직전, 나는 준현 선배의 모친이 싱크대를 부여잡고 쓰러져 웃고 있는 모습을 발견했다. 나를 보고 웃는 걸까? 그렇다면 다시 한 번 말하지만 난 다른 사람에게 웃음을 줘서 천국 갈 거다.

욕실 문을 열고 들어가서 거울을 마주 보고 서는 순간 나는 왜 준현 선배와 그 모친이 그렇게 웃었는지 알 수 있었다. 비에 젖은 내 머리가 무슨 춘향이처럼 앞가르마가 곱게 타진 채 얼굴에 딱 붙어 있었다.

추하다.

"그러니까, 언제부터예요?"

다짜고짜 본론으로 들어간 내 물음에 선배는 침대에 걸터앉은 채 가만히 나를 바라보고 있었다. 그러다가 갑자기 허리를 굽혀 침대 옆 사이드 테이블의 서랍을 열고 담배와 재떨이를 꺼냈을 때는 기절하는 줄 알았다.

"선배 담배 피워요?"

"응."

평소와 조금도 다르지 않은 차분한 동작으로 담배에 불을 붙이고 첫 연기를 내뿜는데 포즈가 보통이 아니다. 한두 해 피운 모양새가 아닌 것이, 이게 스물아홉 살의 강준현이 담배를 피우는 건지 열아홉 살의 강준현이 담배를 피우는 건지 가늠할 수 없었다.

"언제부터?"

"난 고등학교 때도 담배 피웠어."

오호라, 통재라. 그랬구나. 머리부터 발끝까지 순둥이 황민서는 겉보기도 범생, 내면도 범생이라는 지행일치(知行一致), 아니 언행일치(言行一致), 아니 표리완동(表裏完同)의 삶을 살았건만 눈앞의 강준현은 학생회장이자 검찰의 총아로 밝고 맑은 생을 영위하는 것 같았지만 사실 내부적으로는 중독식품을 탐하는 삶을 살고 있었던 거로구나!

갑자기 범죄의 기준 자체가 뿌리째 흔들리기 시작했다.

"그런 눈으로 쳐다보지 마."

선배는 싱긋 웃었다.

"옛날, 아니 그러니까 10년 후에도 생각한 거지만 넌 너무 고지식해."

"고등학생이 담배 피우는 걸 용인해야 고지식하지 않은 거라면 전 그냥 고지식할래요."

대답 없이 준현 선배는 웃음기가 남은 얼굴로 담배 연기를 한 모금 들이마셨다. 내가 앉아 있는 의자 바로 옆의 책상 위에는 준현 선배의 모친이 두고 간 따뜻한 우유와 과자가 놓여 있었다. 아줌마는 내내 내 얼굴을 똑바로 바라보지 못했다.

비가 어찌나 쏟아졌던지 잠깐 나왔을 뿐인 준현 선배의 왼쪽 어깨가 젖어 있었다. 그 덕에 예쁜 생활 근육이 안녕, 하고 배시시 웃는 것이 다 보였다. 내 뱃살들도 선배에게 말 걸었을까 싶어 좀 불편해졌다.

몇 번을 말없이 담배 연기만 마시던 선배가 마침내 입을 열었다.

"언제부터냐면, 난 작년. 넌 언제야?"

"올해 초요."

우린 할 말을 잃고 서로를 마주 보았다. 그런가 보다 하긴 했지만, 아마 선배도 그런가 보다 했겠지만 막상 확인한 지금 기분은 뭐라 말할 수 없는 것이었다. 이런 황당한 상황에 마주친 것이 이제 꿈이라고 말할 수도 없는 상황.

"그러니까 그때가 시작이죠?"

"그때?"

"선배랑 나랑 야쿠……, 유상우한테 들어갈 때요."

"응."

선배는 반쯤 탄 담배를 재떨이에 비벼 끄고는 몸을 일으켜 창문을 열었다. 그리고는 침착하고 익숙한 동작으로 재를 창 밖으로 탈탈 털어버리고 잠깐 연기가 빠져나가길 기다려 창문을 닫았다.

"참 힘들게 사네."

"내가 좀 그렇지."

선배는 싱긋 웃고 다시 재떨이를 서랍 안에 넣은 후 침대 위에 앉았다. 그리고 다시 그림처럼 나를 바라보았다.

"아우우우우우!"

그런 선배를 보고 있던 나는 머리를 벅벅 긁으며 몸부림쳤다. 숨이 다 갑갑할 지경이었다. 눈앞에 나타난 마음 약한 야쿠자는 뭐며 용의주도 강준현은 또 뭐냐 말이다.

"우리가 여기서 왜 이러고 있죠?"

"나도 그게 궁금하긴 한데 알 방법은 없을 것 같아."

어찌나 차분한 대답인지, 한숨밖에 나오지 않았다.

"왜 그렇게 담담해요?"

"작년에 오고 나서 이것저것 다 해봤는데 별로 달라질 것도 없고 달라지는 것도 없다는 걸 알았거든."

"달라질 것도 없다고요?"

"그러니까 이런 말이야."

선배는 잠깐 말을 골랐다.

"일단 지금 당장 돌아갈 수 있는 방법은 없어. 왜 이렇게 됐는지도 확실하지 않으니까."

그건 나도 생각한 거다. 난 이렇게 된 것에 이유가 없으니 다시 돌아가는 때에도 이유가 없을 것이라고 생각했다.

"그리고 시간의 흐름 말인데 달라질 게 없어. 내가 실험을 좀 해봤는데 말야."

"실험?"

"응. 원래대로라면 작년에 상우가 동네 깡패들하고 크게 붙는 바람에 팔이랑 다리랑 부러져서 한 달간 입원하거든. 당연히 집안에서도 난리 났고 학교에서도 정학. 내가 그걸 기억했다가 그때쯤 상우를 쫓아다녀서 못 싸우게 했어. 그런데……."

선배는 가볍게 한숨을 내쉬었다.

"올 초 방학기간에 다른 놈들하고 크게 싸우더라. 그래서 결론은 같아. 정학, 그리고 이모 이모부와의 사이 악화. 팔하고 다리 부러진 것도 똑같아. 심지어 입원한 병원하고 담당 의사도 같더라."

"그렇다는 건……."

"약간의 시차도 생기고 대상도 달라져. 하지만 인과율은 그대로 적용되더라는 거지. 어떤 방식이든 일어나야 하는 일은 일어

나. 그래서 결국 상황은 똑같이 되는 것 같아."

절망적이다.

"그럼 야쿠……, 상우……, 에씨, 야쿠자는 결국 야쿠자가 된다는 건가요?"

"음."

준현 선배는 길게 신음 소리를 내뱉었다.

"아마."

"젠장."

선배가 오른 다리 위에 왼 다리를 올리며 빙긋 웃었다.

"널 못 알아본 게 당연하지. 이렇게 다른데."

"뭐가요?"

"글쎄, 내가 아는 너는 욕도 안 하고 이렇게 터프하지도 않은데……."

음, 내숭떠는 것만 봐서 그렇다. 사실 이렇게 되지 않았더라면 꽤 오래 그 꼴을 봐야 했을 텐데…….

"그런데 도대체 왜 나랑 야쿠자를 연결시키려고 그렇게 노력했어요?"

"내가?"

"계속해서 야쿠자가 나한테 관심 있다는 걸 주지시키려고 했잖아요."

"그건……."

선배는 그게 뭐가 중요하냐는 듯이 눈을 치켜떴다.

"그건 사실이니까. 뭐냐면 적어도 내 기억에 상우는 '실제로 열아홉 살 때' 누군가에게 관심을 가진 적이 없어. 그러니까 내가 '지금' 다시 돌아와서 상우의 시선을 끌거나 관심을 돌리려고 아무리 노력했어도 아까 말한 것처럼 결론적으로는 바뀐 게 없었거든. 그런데 내가 아무것도 안 했는데 걔가 먼저 '실제로 열아홉 살 때'와 다른 행동을 한 거야. 그건…… 좀 놀라운 일이었어."

젠장, 아무리 머리 좋은 나라도 좀 헷갈린다. 과거는 과거답게 흘러간 것이어야 하는데 우리에게 있어서 과거는 앞으로 올 부분이 더 중요하다.

"그러니까……."

"그래서 뭔가 의미가 있다고 생각한 거야. 좀 더 지켜볼 필요가 있다고도 생각했고. 내가 간과한 건……."

선배는 다시 말을 끊었고 나를 물끄러미 바라보았다. 내기해도 좋은데 선배는 지금 말을 끊은 타이밍, 그리고 나를 바라보는 표정과 움직임이 주는 효과를 정확히 알고 있다. 저건 백 퍼센트 연출된 것이다.

"너까지 상우에게 흔들릴 줄 몰랐다는 거야."

연출 없이 이런 말을 하는 열아홉 살은 있을 수 없다. 아참, 저 남자 스물아홉 살이지.

21. 가야 할 곳의 좌표

"아우! 그만 해요!"

0.1초 만에 나는 비명을 질렀고 선배의 연출은 끝났지만 그는 별로 기분 나쁜 기색도 없이 웃었다. 내가 이렇게 나올 줄 알았을 것이다. 어쩌면 여기까지 계산했을지도 모르지.

"선배까지 수준을 의심하게 만들지 말아요."

난 말만으로 그치지 않고 두 손을 쫙 벌려 보였다. 봐라! 나 이렇게 생겼다! 물론 살이 8킬로그램쯤 빠졌다가 2킬로그램쯤 쪄서 현재는 6킬로그램 감량 상태로 반년 전보다야 훨씬 훨씬 나은 모습이지만, 여기까지 오기도 쉽지 않았지만, 아직도 매력적이고 섹시하려면 멀었다. 많이 멀었다. 좀 더 전문 용어를 쓴다면 그래, 요원하다.

"뭘 의심해? 난 네가 정말 예쁠 때의 모습을 봤어. 상우나 의심하라고."

맞다. 옳은 말만 하는 강준현. 야쿠자까지 포함해서 '어쩐지 옳은 말만 하는 사촌 형제'를 결성하면 딱 좋겠다. 하지만…….

나는 준현 선배를 똑바로 바라보았다. 준현 선배가 내 시선을 느끼고는 "응?" 하고 고개를 쳐들었다. 잠깐 정적이 지나갔다. 준현 선배는 한마디를 덧붙였다.

"물론 지금도 예쁘지만."

그러고 나서 다시 정적. 원하던 것은 이루어졌으나 찝찝하다. 이것이 바로 엎드려 절받기인가? 흠흠, 불편하고 속보이는 헛기침이 지나가고 나서 선배는 슬그머니 말을 돌렸다.

"어쨌든 너는 나랑 사귀는 사이였잖아. 시간대가 좀 바뀌었다고 해서 달라질 건 없는 거 아냐?"

맞는 말이지만, 뭐 별다르게 할 말도 없으니 그냥 넘어가자. 젠장, 난 왜 이렇게 너그러운지.

"아니, 일단 그 얘기는 집어치우고 야쿠자 얘기나 해봐요."

선배의 얼굴에 기묘한 표정이 떠올랐다.

"방금 그런 네 태도가 문제야."

이 간단한 문장 하나로 나는 선배가 하고 싶은 말을 깨달았다. 선배도 내가 가졌던 의문, 그러니까 도대체 내가, 이 황민서가 왜 야쿠자 따위를 이렇게까지 신경 쓰느냐에 의문이 생겼음에 틀림없다. 조금 전에도 난 너그러운 게 아니라 더 궁금한 게 있었던 것뿐이다. 그러니까 아마도 준현 선배와 나는 이런 사이가 맞을 것이다. 서로 끔찍하리만큼 똑같은, 이해하는 데 티끌만큼의 어려움도 없는 사이.

"뭐가요?"

그리고 모르는 척하는 사이.

"모르는 척하지 마."

선배는 천천히 허리를 굽혀 팔을 다리에 기대고 나를 바라보았다.

"오늘까지 난 너도 타임리프를 했을 거라곤 생각 안 했으니까 가만 있었던 거였어. 도대체 어떻게 된 거야? 네가 말해봐."

"뭘요. 나도 선배가 타임리프했을 거라곤 생각 안 했어요. 그렇게 따지면 선배든 야쿠자든 나한테는 똑같이 열아홉 살짜리일 뿐이라고요."

"흠."

선배는 짧게, 그러나 납득하지 못하겠다는 의미를 분명하게 담아 콧소리를 냈다.

"그래서 그냥 계도하기 위해 상우를 챙겼다?"

"아니, 선배가 챙기랬잖아요! 담임 선생님도 그렇고…… . 난 올 초에 왔고 선배처럼 실험을 해볼 기회도 없었지만 막연하게, 그러니까 사회정의적인 측면에서 야쿠자를 계도하는 게 옳지 않을까 생각했다고요."

그런가? 그게 다였나?

"그래? 그게 다야?"

"선배."

딱 한마디. 그걸로 충분했다. 그것만으로, 내가 선배를 부르는 분위기만으로 선배는 내가 하고 싶은 말을 알아차렸으며 나도 선배가 알아차렸다는 걸 알아차렸다. 바람난 마누라를 추궁하는 듯한 대화는 이제 그만. 이 시점에, 그러니까 스물여덟 살짜리와 스물아홉 살짜리가 열여덟 살과 열아홉 살의 거죽을 뒤집어쓰고 마주 보고 있는 이 시점에 중요한 건 그게 아닌 것이다. 그리하여 열여덟 살과 열아홉 살의 거죽을 뒤집어쓴, 스물여덟 살짜리와 스물아홉 살짜리는 한없이 어색해졌다.

"내 생각엔 말이죠, 모든 게 우연은 아니에요. 아인슈타인도 말했잖아요. 신은 주사위 놀이를 하지 않는다고."

"그게 지금 상황하고 어울리는 말이야?"

아님 말고.

"어쨌든!"

선배는 가볍게 웃었지만 끝에는 한숨이 섞여 있었다. 확실히 서로 복잡한 상황이다. 긍정적이고 잘난 강준현과 황민서라 하더라도.

"선배는 별로 안 돌아가고 싶어요?"

"글쎄, 처음이야 황당했지만 지금은 그럭저럭 적응도 됐고……. 이대로 있다가 삼성 주식 사는 것도 나쁘지 않을 것 같은데……."

우째 이리 생각하는 것도 똑같단 말이냐.

"그래도 좀 그렇잖아요. 게다가 어떤 일이든 일어나는 데 원인이 있다는 걸 생각하면 우리가 여기 있는 건 그냥 일어난 일이 아니에요."

"그럼?"

"나 혼자 왔을 때는 좀 긴가민가했는데…… 선배까지 온 걸로 봐서 확실해진 게 하나 있어요."

선배는 대답 대신 고개를 기울였다.

"이건 야쿠자와 관련 있어요."

"……굳이 따지자면 그렇겠지. 그렇다고 했을 때 내가 궁금한 건 이거야. 그때 방에 있던 다른 사람들도 다 타임리프를 했을까? 김 계장님이라든지, 아니면 안에 있던 경찰들 말이야."

"확인할 방법은……."

"없지."

한숨이 나왔다. 하기야 저 인간도 저 머리에 생각을 하지 않았을 리가 없다.

"아니면 너와 나만일 수도 있어."

"타임리프한 게요?"

"응. 네 말대로 상우와 관련 있다고 한다면 어쨌든 상우에게 직접적인 영향을 미칠 수 있는 건 너랑 나잖아. 목적에 적합한 사람만 타임리프했다고 해서 말이 안 될 건 없지."

"그렇다는 건……."

"보장할 수는 없지만 만약 목적을 이룬다면 다시 돌아갈 수도 있다는 추측이 가능할지도."

정말?

"정말?"

"보장할 수 없지만."

고백하자면 나의 추측도 완전히 준현 선배의 것과 동일했다.

이렇게 된 거 신이 개입했든 악마가 개입했든 아니면 우연이
든 간에 주제는 뻔히 보인다. 야쿠자 갱생 프로젝트! 문제는 이
렇게 되면 돌아갈 수 있다고 아무도 말해주지 않았다는 거다.
본디 그럴싸한 드라마나 영화에서라면 꿈에라도 신이나 요정
이 나타날 텐데 인생이란 역시 녹록치 않은 것이다. 자력갱생만
을 요구한다.

"뭔가 상당히 부당한데⋯⋯."

"뭐가?"

"그러니까 아무 보장도 없이 우리는 야쿠자를 갱생시켜야 한
다는 거잖아요."

"안 해도 그만이지만⋯⋯."

"안 할 순 없죠."

준현 선배가 씩 웃고는 손을 내밀었다. 나는 거의 망설임 없
이 그 손을 잡았다. 굳은 악수, 그러나 악수는 생각보다 길었다.
선배는 여전히 웃는 얼굴로, 내 손은 꽉 잡은 채 말했다.

"한 가지만 명확히 하자. 상우에게 여자로서 관심은 없는 거
지?"

"질투 나요?"

나는 최대한 아무렇지도 않게, 마치 도발에 능숙한 팜므파탈
처럼 말했지만 머릿속은 팡팡 돌아가고 있었다. 원래 질문에 질
문으로 대답하는 건 뭔가 걸리는 게 있는 사람들이나 하는 짓
이다.

"원래 질문에 질문으로 대답하는 건 마음에 찔리는 게 있는

30

사람들이 하는 행동이지."

이 사람하고 나는 너무 똑같다니까. 젠장.

"그게 무슨 콩밭 매는 아낙네 칠갑산 넘어가는 소리예요?"

"쓸데없는 개그 하는 것도."

사실 나도 그렇게 생각한다.

선배는 여전히 손을 놓지 않은 채 내 눈을 똑바로 바라보았다. 물론 나도 지지 않고, 흔들리지 않는 눈동자로 선배를 마주 봐주었다. 찔리는 게 있으면 눈동자가 흔들리는 건 하수들이나 하는 짓이다.

"자기가 시켜놓고."

"그러게."

선배는 잠깐 간격을 두었다가 내 손을 놓았다.

"그랬지."

그리고 시제를 바꿔서 다시 한 번 인정했다. 그 미묘한 어감.

나는 드라마나 영화에서 여자주인공들이 어째서 그렇게 눈치 없게 구는지를 깨달았다. 나처럼 다 깨달아버리면, 다 알아버리면 안 되기 때문에 그렇다. 물론 지금의 나처럼 다 알면서도 모르는 척해도 되긴 하지만 그럼 너무 나빠 보이니까.

하지만 철딱서니 없는 것도 사실이다. 남자는 남자라고 저 잘난 강준현도 다를 것 하나 없다. 지금 이 와중에, 난데없이 고등학생이 되어 후에 나라를 피바다로 만들 야쿠자 하나를 갱생시켜야 하는 이 와중에 일주일 사건 나의 거취를 놓고 저렇게 신경 쓰다니. 도대체 황산벌 전투에 나가기 전 식솔들의 목을 모

나라를 구했다! 2   31

두 치고 나갔다는 계백 장군의 정신은 어디로 간 거냐.

"이 상황에서 내가 뭘 할 수 있을 거라고 생각해요?"

하지만 얼마 전까지 강준현을 숨넘어가게 안타까워했던 나는 어디로 가고 이렇게 말을 돌리는 내가 있는 걸까? 역시 사랑은 타이밍인 걸까?

아니면 나는 역시 팜므파탈? 강준현은 일단 내 거니 킵해놓고 이제 야쿠자를? 움호호호호!

"상우 만났어?"

"네. 떡대 다섯 명을 떡으로 만들고 사라졌어요. 진짜 끔찍하게 잘 싸우던데요."

"보고 자란 게 그뿐인데다가 결정적으로 운동신경이 어마어마하지. 걔가 싸우는 걸 싫어하지만 않았으면 우리나라 격투기 업계를 평정했을 텐데."

"싸우는 걸 싫어한다고요?"

생각해보면 야쿠자도 비슷한 말을 했던 것 같지만 날아다니면서 애들을 쥐어박는 야쿠자의 모습을 반추해보면 말 같지도 않은 말이다. 마치 이소룡이 자신은 쿵푸를 싫어한다고 고백하는 것과 비슷한 것이 아닌가.

"재능을 가진 분야와 자기가 원하는 분야가 다르다는 건 괴로운 거야. 게다가 재능을 가진 분야가 주변 사람들이 원하는 분야일 경우엔 더 그렇지."

"네가 하고 싶은 대로 하는 거지. 그게 제일 중요하지 않나?"

"어떻게 그러냐?"

야쿠자는 물었다. 어떻게 그러냐?

의외로 착한 놈이라는 걸 고려한다면 아마도 야쿠자는 괴로웠을 것이다. 나처럼 재능 있는 것도 공부, 원하는 것도 공부, 주변의 요구도 공부였던 인간은 이해할 수 없는 부분임에 틀림없다. 사실 나는 주변에서 '놀아도 된다.' 했어도 개의치 않고 나하고 싶은 걸 하는 인간형이므로 더더욱 그렇다.

"이해가 안 가는 게 있어요."

나는 고개를 저었다.

"부모님이 무림 고수라고 쳐요. 그리고 그것 때문에 걔가 힘들다고 쳐요. 그런데 왜 그렇게 싸우고 다녀야 해요? 싸우는 것도 싫어한다면서?"

"싸움을 거니까."

"누가?"

"근처의 불량배들, 운동부 애들, 가끔 조폭들."

"왜?"

"남자들은 원래 그래. 할 일이 없잖니."

뭔가 묘하게 시니컬한 말, 보면 볼수록 준현 선배와 나는 똑같다.

"게다가 상우가 좀 단순하잖니. 조용히 있으면 될 텐데 그걸 못 해. 싸움 걸면 받아주고 곧이곧대로 솔직하게 구니 아무래도 눈에 띌밖에."

음, 하고 선배는 난감하게 입맛을 다셨다. 그 모습을 보며 나도 모르게 따라 입맛을 다셨다. 나도 안다. 그 솔직하고 정직한,

이상할 정도로 융통성 없는 성격.

"근데 걔는 선배를 왜 그렇게 싫어하고요?"

"음, 어렸을 땐데……."

선배는 말을 끊고 겸연쩍게 손가락을 까닥였다.

"나랑 주원 형이랑 좀 장난을 쳤거든. 남자다워지라고. …… 그땐 우리가 어려서 그 덩치에 그 힘을 가진 놈이 꽃이 좋네, 나무가 좋네, 하늘이 푸르네 하는 게 참……. 그래서 싸움도 좀 붙이고 소문도 좀 내고……. 철이 없었지. 어렸잖아. 근데 나도 그렇게까지 잘 싸울 줄은 몰랐는데 정말 잘 싸우더라고."

아니! 이 사람들이! 지금 '어머, 진짜 싸우네?'라고 할 때가 아니지 않은가. 이렇게 어이없는 이유로 시작된 야쿠자의 전투본능 외길 인생은 후에 일본으로 진출하고 그리하여 대한민국의 영토가 쪽바리의 피로 다시 물들……, 응? 좋은 건가? 아니 우리 조폭의 피로도 물들……, 응? 이것도 별로 나쁘지 않은가?

어쨌든!

나비효과라고, 아주 별거 아닌 사소한 일로도 인간의 운명은 휙휙 바뀐단 말이다! 이 화상들아!

"그래서 신경 썼던 거군요."

또다시 침묵이 지나갔다.

"이렇게까지 될 줄은 몰랐지."

모르긴 뭘 모르나! 인어공주 약 먹고 다리 생겨 사람이 되면 목소리는 없어지는 걸 모르나! 진짜!

강준현이 얼마나 긁었을지 안 봐도 비디오다. 함께 일하고야 안 거지만 웃으면서 사람 염장 지르는 데 선배는 대한민국 최고였다. 피의자들이 제풀에 열 받아서 범죄 사실을 읊어댄다는 전설은 아무나 보유하는 게 아니니까.

그래, 야쿠자가 왜 그렇게까지 어이없고 배신당한 표정을 지었는지 알 만하다. 아이고, 가여운 것!

"그리고 원래 이렇게까지 신경 썼던 건 아냐."

선배가 덧붙인 말에서 나뿐 아니라 선배 역시 타임리프 후 노력 중이라는 것을 깨달았다. 좀 다른 방식으로 우리 둘 다 고군분투 중이었던 것이다.

나는 머리를 벅벅 긁었다. 어느새 머리카락은 거의 다 말라 있었다.

"자, 정리해요."

"그래."

"그럼 실제로 야쿠자가 야쿠자가 되는 계기는……."

"원래대로라면 올 초쯤에 이미 크게 싸움이 나서 무기정학을 한 번 당해. 그리고 여름방학 때 다시 한 번, 그걸로 퇴학당해서 주원 형이 데리고 일본으로 가."

그렇군. 내 사랑 강주원이 10년 전, 아니 그러니까 얼마 있다가 학기도 다 안 마치고 일본으로 갔던 건 야쿠자를 데리고 가느라 그랬던 거구나.

"일본에서 그쪽 야쿠자의 눈에 띄고, 싸워 이기고 또 이기고……. 그 다음에는 대강 알지?"

"하지만 아직 무기정학은 안 당했고."

이번에 당하겠군.

"이번에 당하겠군요."

"심하게 싸웠어?"

"다섯 명이 떡이 되었는데 피바다까지는 아니고 피 강 정도
는 흘러줬어요."

"그래? 그래도 무기정학까지는 아닐지도. 내 기억에 그때 무
기정학 당했을 때는 거의 열 명하고 싸웠는데 그 중 세 명이 혼
수상태였어."

무서운 놈.

"그럼 또 싸운다는 얘기예요?"

"모르지. 이번 일로 무기정학이 아니라면 또 싸우는 거겠지."

아주 불리하지는 않다. 정확한 미래는 아니라도 미래를 알고
있고 게다가 이젠 나 혼자가 아니라 준현 선배도 있다.

"왜 웃어?"

나도 모르게 웃고 있었는지 선배가 물었다.

"그냥, 그래도 선배랑 같은 시간대에 있다는 게 마음이 놓여
요. 내가 미쳤다고 생각한 적도 없지만, 불안했던 것도 사실이
니까."

"그래."

선배의 얼굴에도 웃음기가 떠올랐다.

"나도 훨씬 낫다. 재미있기도 하고. 네가 예전에는 이랬을 줄
몰랐지. 우리 그래도 꽤 오래 같이 일했는데 서로에 대해 아무
것도 몰랐던 것 같아."

물론 나도 선배가 사촌 인생을 망칠 정도로 과격한 장난을 치는 철딱서니 없는 영혼인 줄은 몰랐답니다. 남자는 만년 애라더니.

"그리고 말하지만, 난 네가 상우 가까이 가는 거 싫어."

"왜요?"

"왜일까?"

아아, 옛날에는 젠틀했는데.

선배는 싱긋 웃고 있었다. 마치 장난이라도 치는 태도였다. 분위기도 전혀 무섭지 않았다. 그러나 확실히, 착각할 여지를 조금도 주지 않고 시선이 따라붙는다.

남자들의 소유욕이란 이런 말을 하는 내 배가 부끄러워질 정도로 가리는 것이 없는 모양이다.

"나도 생각을 좀 해보자. 그때까진 너 하고 싶은 대로 해. 상우는 나한테도 소중한 사촌 동생이니까."

선배는 이야기를 결론지었다. 그리고 그대로 잠깐 공중에 매달린 전등을 바라보다가 몸을 일으켰다.

"가자, 데려다 줄게."

데려다 줄게.

생각해보면 야쿠자가 나를 산 아래까지 데려다 주지 않았다면 모든 일은 좀 더 달라졌을 수도 있다. 물론 내가 강요한 거지만 야쿠자는 그러지 않을 수도 있었다. 하지만 결론적으로 야쿠자는 나를 데려다 줬다. 그리고 그게 시작이었다.

방을 나서며 나는 선배에게 물었다.

나리를 구했다! ②   37

"언제부터 야쿠자가 날 좋아했다고 생각해요? 정말 좋아하는 게 맞을까요?"

"……글쎄."

걸음을 멈추고 선배는 잠깐 생각하는 표정을 지었다.

"딱 선을 그을 수 없는 게 아닐까? 특히 이런 문제는……."

선배의 부모님께 인사드리고 현관문을 나서는데 비 때문인지 가로등이 깜빡거리고 있었다. 선배는 우산을 펼치며 자연스럽게 내 어깨에 손을 얹었다.

"뭐 짐작 가지 않는 건 아니지만."

"뭔데요?"

"아마 네가 그 녀석을 무서워하지 않아서인 것 같아."

무서울 게 뭐 있소?

"대개의 열여덟 살이 다 너처럼 그 녀석을 당당하게 볼 수 있는 건 아니거든. 나도 이상하게 생각했지. 너답다고 생각하지 않은 건 아니지만 지금 생각하기에 네가 정말 열여덟 살 때였다면 상우를 이렇게까지 신경 쓰지도 않았을 거고 이렇게 안 무서워하지도 않았을 것 같아. 어쩌면 넌 지금 상우에게 있어서 또래 중 최초로 자신을 무서워하지도 않고 신경 써주는 사람인지도 모르지."

선배는 애써 거리를 두려는 나를 우산 속으로 당겼다.

"물론 그렇다고 해서 쉽게 넘어갈 생각은 전혀 없지만. 그건 그거고 이건 이거지."

"어차피 야쿠자도 나랑 선배랑 사귀는 줄 알고 있어요."

"그래?"

의외라는 듯 선배의 눈썹이 치켜 올라갔다. 길은 완전히 어두워져 있어서 표정을 볼 수가 없었다. 하지만 어깨 위를 감싸고 있는 팔의 체온이 무척이나 뜨겁다고 생각했다. 잠자코 서 있던 선배는 어깨에서 팔을 내린 대신 손을 잡았다. 그리고 말없이 걷기 시작했다.

하늘을 가로지른 검은 전깃줄이 비에 맞아 흔들리고 있었다. 검은 줄이 마치 고무줄놀이를 하는 것처럼 크게 흔들릴 때마다 물방울이 후드득 떨어졌다. 어째서인지 떨어지는 물방울에서 아까 캐리비안 베이에서 봤던 준현 선배가 생각났고 그리고 곧이어 빗속에서 그 비를 다 맞으며 서 있던 야쿠자의 모습이 생각났다. 젖어서 유난히도 검어진 머리를 쓸어올리던 손, 착 달라붙은 셔츠 아래의 단단한 팔.

그날의 비가 그해 마지막 장맛비였다.

나리를 구했다! 2   39

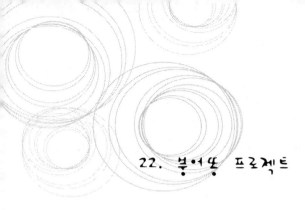

22. 붕어똥 프로젝트

"아씨, 너 저리 안 가?"

앉아 있어도 커다래 보였던 놈이 벌떡 일어서자 공기가 다 일렁거리는 느낌이 들 정도였다. 아니, '일렁거린다'는 너무 점잖은 표현이다. 무슨 원자폭탄 터진 것처럼 팡, 하고 터진다. 장담컨대 주변에 있던 애들 모두 숨을 멈췄다. 나조차도 좀 흠칫했으니까.

나는 저리 갔다. 정말로 딱 저리 가서 야쿠자를 바라보았다.

야쿠자는 그런 나를 바라보고 깊이 한숨을 쉬다가 자기 눈을 가려버렸다. 차라리 안 보겠다는 거냐, 하고 나는 입을 삐죽였다.

야쿠자 갱생 수정 프로젝트 명은 '붕어똥 프로젝트'였다.

야쿠자는 정말 나를 소 닭 보듯 했지만 나는 어쩔 수 없이 야쿠자를 따라다녔다. 처음에 삐쭉삐쭉 주변 10미터를 맴돌던 것이 시간이 흐를수록 담대해져 눈앞에 얼굴을 들이대는 지경에 이르렀으니 나는 스토킹을 해도 이리 잘하나 싶어 자랑스러웠다.

내가 아무리 쫓아다녀도 본 척도 하지 않던 야쿠자가 소리를 지른 것은 2주가 조금 넘었을 때였다.

"그만 따라와!"

"나 너 따라가는 거 아닌데?"

휘적휘적, 야쿠자의 후방 5미터에서 야쿠자를 동일한 속도로 따라가며 내가 대답했다. 야쿠자는 하늘을 우러러보았다. 조금만 있으면 종교에 귀의할 것같이 경건한 태도였다.

야쿠자가 빠른 걸음으로 걸으면 나는 뛰었다. 그리고 야쿠자가 뛰면 나는 야쿠자의 예상 경로를 생각했다. 야쿠자가 문을 이용하지 않고 창문으로 다니기에 나는 창문 앞에서 기다렸고, 야쿠자가 담을 넘으면 나는 그 담 너머에서 기다렸다. 야쿠자가 창고에 짱박히려고 창고 문을 열면 그곳엔 내가 웃고 있었다.

물론 쫓아만 다닌 건 아니었다. 처음엔 그랬지만 야쿠자가 나에게 소리지른, 아니 말을 건 이후로 나는 한 단계 더 나아갔다. 야쿠자가 담배를 물면 나는 얼른 그 담배를 뺏어서 똑, 똑, 3등분을 내 바닥에 꼭꼭 묻어주었다. 야쿠자가 옷을 풀어헤치고 다니면 나는 그 옷의 단추를 꼭꼭 잠가주었다. 야쿠자가 욕을 하면 세상에서 가장 불쌍한 얼굴로 고개를 저어 보였다.

야쿠자는 미친 야쿠자로 변신하기 직전이었다. 하지만……

'저리 가! 멀리 가! 내 눈에 띄지 마!'라고 소리질러도 되는데 야쿠자는 그러지 않았다. 한숨, 그리고 눈 돌리기. 야쿠자가 나에게 보인 반응의 전부였다. 순간적으로 욱해 소리를 지르긴 해도 두 마디 이상 하진 않았다. 그게 좀 더 힘들었다.

그런 반응을 보이는 야쿠자 앞에서 뻔뻔해지기가 쉽지 않다.

나는 스물여덟 살이었고 사람 간의 관계가 사실은 별게 아니라는 걸 알고 있음에도 야쿠자가 정말 나를 마음에서 밀어낸 게 아닐까 때때로 겁이 났다. 내가 눈치 없이 야쿠자를 위한답시고 스트레스만 주고 있는 게 아닐까 가끔은 생각했다. 물론 가끔만.

스트레스를 받더라도 나라를 구하는 게 옳지 않겠는가. 물론 나도 내 시간으로 돌아가야 하지만.

"그런데 이젠 싸울 건가?"

5미터 뒤, 딱 그 거리에서 울린 내 목소리를 야쿠자는 무시했다. 성큼성큼, 내 세 걸음과 맞먹는 보폭으로 앞으로 향할 뿐. 지금 야쿠자는 귀먹은 야쿠자 놀이를 하고 있다. 그런 야쿠자의 기세가 어찌나 흉흉하던지 야쿠자가 지나갈 때면 길을 막고 서 있지도 않던 애들이 홍해가 갈라지듯 쫙 갈라졌다.

"나랑 안 싸운다고 약속한 게 유효한 건가, 아니면 취소라고 한 게 유효한 건가?"

"……."

"아, 유효라는 건 효과가 있다는 뜻이다. 그러니까 둘 중 어떤 말을 지킬 거냐고 물은……"

"야!"

아이고 깜짝이야! 없던 애가 절로 떨어질 정도로 큰 소리였다.

"조용히 가자, 응?"

야쿠자는 이를 악물고 있었는데 내 입술은 야쿠자의 말에 제멋대로 호선을 그렸다.

"그거 아나? 너 3월 초에도 나한테 비슷한 말 한 거……."

물론 대답은 돌아오지 않았지만, 그냥 다시 몸을 돌려 걷기 시작했지만 나는 야쿠자가 그걸 기억하고 있다는 걸 알 수 있었다. 내가 기억하고 있으니까 분명히 그렇다.

"그때 또 뭐라고 했는지 기억나나? 어쩐지 지금 꽤 옛날 같……."

"그 다음에……."

이를 악물고 말하는지 몹시도 저음이었다. 거의 들리지 않을 정도로.

"내가 뭐라고 말했는지 알아? 난, 여자도 때린다고."

그런데도 한마디 한마디 힘주어, 똑똑히 들리도록 발음한다는 게 신기했다. 내용에 겁먹지 않았냐고? 설마…….

"때려!"

나는 두두두두 달려가서 야쿠자의 손목을 덥석 잡아 내 뺨으로 당겼다. 야쿠자는 말 그대로 경기를 일으켰다.

"때려. 차라리 맞을래. 잘못했으면 맞아야지! 넌 여자도 세게 때린댔지? 때려! 때려줘!"

고요했다. 내가 할 말을 쏟아내고 입을 다물자 사방이 고요했다. 야쿠자는 할 말을 잃었고 나는 할 말을 다 했으며 주변에서 보고 있던 아이들은 할 말은커녕 어이도 없는 것 같았다.

"풋."

다수 안에 숨어 있어 대담해진 누군가가 웃음을 터트렸다. 고요 속에서 그 웃음소리는 유난히도 컸다.

그 순간, 마치 먹이를 본 세상에서 가장 잔인한 육식동물처럼 야쿠자의 눈이 번뜩였다.

"딸꾹딸꾹."

교복 사이사이 어디쯤, 아마도 야쿠자의 시선이 닿은 곳에서 딸꾹질 소리가 터졌다.

"젠장!"

야쿠자는 욕설을 뱉었다. 그나마 정말 하고 싶은 삐리리라든지 삐릿삐릿 같은 욕설을 자제한 걸 텐데도 젠장의 끝쯤에서 야쿠자의 눈동자가 흘깃 내 쪽으로 움직였다. 자식, 눈치 보긴.

아마도 야쿠자는 몸이 두 가지 상반된 감정으로 쪼개질 지경일 것이다. 아직 열아홉 살이니 이성이랑 감정이랑 따로 놀 것은 당연한 일이고, 감정이 더 힘이 셀 것도 당연한 일이다. 그럼에도 불구하고 칭찬해줄 만한 건 꽤 성실하게 나를 피한다는 것이다. 대개의 열아홉 살이 될 대로 되라고 생각하기 쉬운데 그러지 않고 아닌 건 아니라고 상황을 담담히 받아들이려 노력하고 있다. 하긴 뭐든 담담히 받아들이는 이놈의 성격 때문에 한국형 야쿠자가 탄생한 것이겠지만.

물론 그렇게 되도록 내버려두지는 않을 것이다.

야쿠자는 소리를 버럭 지르고는 몇 걸음 걷다가 분을 삭이지 못하고 옆에 있는 기둥을 걷어찼다. 우수수 낙엽 떨어지는 소리와 함께 회벽이 떨어져 내렸다. 학생들 사이에서 동시다발적으로 숨을 들이마시는 소리가 들렸다.

"너, 또 따라오면 아무나 걸리는 애 하나 죽여버릴 거야!"

아, 살벌한 놈.

주변에 있던 아이들이 집단적으로 고개를 절레절레 흔들었다. 절대 따라가지 말라는 듯이. 참 사람들을 하나 되도록 만드는 놈이다.

그래, 오늘은 여기까지.

"잘 돼가?"

교실로 올라가는데 위층에서 목소리가 들렸다. 고개를 들어보니 준현 선배가 난간에 기댄 채 아래를 내려다보고 있었다.

"봤어요?"

준현 선배는 대답 대신 창문을 가리켜 보였다. 창문 밖으로는 방금 내가 야쿠자와 생쇼를 했던 장소가 정면으로 펼쳐졌다.

"너무 단순하게 접근하는 거 아냐? 짜증만 내는 거 같은데?"

"단순한 놈한테 단순하게 접근하지 복잡하게 접근할 필요가 뭐 있어요?"

"그건 그래."

선배는 빙긋 웃고 나를 향해 손을 내밀었다. 계단이야 몇 개

남지 않았지만, 사실 108개가 남았다고 해도 손잡고 오른다 해서 더 쉬울 것도 아니지만 나는 그 손을 잡았다.

"게다가 싫어할 때는 아무리 접근해도 안 되는 법이지만 싫어해야 한다고 생각할 때는 이런 붕어똥 전략이 딱 맞다고요."

준현 선배는 말없이 다시 한 번 웃었다.

인생에 딱 한 번, 여자는 꽃이 핀다고 한다. 그건 그 여자가 예뻐서도, 똑똑해서도 아니고 성격이 좋아서도 아니고 그저 그럴 순간이 온다는 것이다. 그리고 준현 선배의 미소를 보고 있노라니 내 봄은 지금, 그러니까 원래 열여덟 살이 아닌 열여덟 살의 거죽을 뒤집어쓰고 있는 지금이 아닌가 싶었다.

좌준현 우야쿠자. 물론 야쿠자의 경우 내가 일방적으로 야쿠자를 따라다니고 있는 양상이긴 하지만.

"성적 떨어졌더라?"

나란히 걸어가다가 선배는 문득 생각난 것처럼 물었다.

"붙었어요?"

"응. 너 2등이야."

전교 2등이라는 말을 '성적이 떨어졌다.'는 문장과 함께 사용할 수 있는 나는 진정 이 시대의 수재.

성적이 떨어질 거라는 건 중간고사를 치르는 도중에 깨달은 것이었다. 내가 아무리 머리가 좋고 고등학교 수업이 우습다고 해도 10년 전에 공부한 걸 모두 기억하고 있기는 무리였다. 처음에 할 일 없어 공부만 할 때야 어렵지 않던 것이 이놈의 붕어똥 프로젝트에 열중하느라 그만……

"사람들이 뭐라고 하는지 알아?"

"사람들?"

"선생님들, 그리고 애들."

"선생님들 사이의 소문도 알아요?"

내 물음에 선배는 거만하게 어깨를 으쓱이고 슬쩍 한쪽 눈을 감았다 떴다. 젠장, 저 잘난 척에는 '뭐든 안다'뿐 아니라 같이 타임리프를 하고도 조금도 흔들림 없이 전교 1등을 지켜오고 있는 것도 포함이라는 걸 알고 있으므로 나는 분했다. 선배야 붕어똥 프로젝트에 참여하지 않았느냐고 항변할 수도 있지만 그건 정말로 우기는 것일 뿐 선배가 야쿠자에게 꽤 많은 신경을 쓰고 있다는 걸 알고 있다. 그러니까 알면 알수록 조용히, 티 안 내며 많은 걸 하는 인간이라는 걸 알게 된 것이다.

생각해보면 난 말이 많다. 말이 많다는 건 생각이 많다는 것과 마찬가지다.

붕어똥 프로젝트를 결정하고 구상해서 행동에 옮기면서도 내 머릿속은 내내 야쿠자에 대한 생각으로 복잡했다. 어차피 야쿠자는 야쿠자가 되는 게 아닐까? 야쿠자는 착한 놈이지만 그래도 야쿠자인데, 내가 이렇게 야쿠자에게 개입하는 게 과연 옳은 걸까?

하지만 준현 선배는 달랐다. 준현 선배의 머릿속도 내 머릿속만큼 복잡한지는 모르겠다. 하지만 적어도 겉보기에 준현 선배의 선택은 훨씬 간단했다. 야쿠자는 선배의 사촌이었고 선배는 전적으로 야쿠자를 믿고 있었다. 아니, 믿고 있다는 말은 적합

하지 않다. 야쿠자의 편이라는 쪽이 옳다. 야쿠자가 잘 되는 방향으로. 그런 단순함은 좀 부러웠다. 나는 야쿠자를 좋아하면서도 동시에 의심하고 있었으니까.

"재미있는 게 선생님들도 애들도 똑같은 생각을 하더라."

"나 성적 떨어진 게 야쿠자 때문이라고요?"

"그래, 아네."

어차피 사람이 생각하는 건 똑같다. 나이가 어리든 많은 경험에 의해 방어벽을 두르긴 해도 생각하는 것 자체가 달라지진 않는다. 연애를 하면 공부를 못 한다. 이것이 학습된 명제이든 아니든 모두가 그렇게 생각하고 있는 것이다.

"정말 그래?"

선배가 물었다.

"나라를 구하는 게 쉽지는 않을 테니까."

그냥, 그렇다. 뭔가 다른 데 정신이 팔리면 그게 연애든 뭐든 한쪽에는 소홀할 수밖에 없는 것이다. 매일매일 야쿠자를 따라다니느라 바쁘다 보니 수업에 집중할 수가 없었다.

"이로서 팩트(fact) 하나가 또 바뀌었군."

"이건 어떻게 보상될 수도 없는 건데."

"그렇게 중요한 문제가 아닌가 보지. 따져보면 등급 상으로는 여전히 1등급일 테고."

"그런가?"

어쨌든 이런 이야기를 할 수 있다는 건 기쁘다.

"어이."

선배가 아무렇지도 않게 손을 들어 보였다. 이런 건 기쁘지 않다. 야쿠자가 창문을 통해 들어오다가 우리를 발견하고 오만상을 다 찌푸리고 있었던 것이다.

야쿠자는 잠깐 나를 쳐다보다가 입술을 깨물고 창틀을 훌쩍 넘었다. 소리도 나지 않을 정도로 가볍게 착지하곤 손을 툭툭 털더니 다시 한 번 나를 노려보고는 뒤돌아 걷기 시작했다.

한 걸음, 두 걸음……. 그리고 멈췄다. 깊은 한숨.

"너 말야."

야쿠자는 세상에서 제일 불량한 표정으로 입술을 깨물며 돌아섰다. 그리고 나? 하고 눈을 반짝 뜬 나를 무시한 채 준현 선배를 향해 말했다.

"네 여자친구가 나한테 무지하게 집적이는 거 알아?"

준현 선배는 씩 웃었다. 전에도 느낀 거지만 무섭다. 선배는 나에게 야쿠자를 무서워하지 않기 어렵다고 말했지만 그건 야쿠자는 나에게 저런 식으로 굴지 않기 때문이다. 소리를 질러도 주먹을 치켜들어도 저런 식으로 금방이라도 죽여버릴 듯이 굴진 않는다. 남자와 여자의 차이인지, 아니면 다른 인간과 황민서의 차이인지는 알 수 없어도 좌우간 야쿠자는 그렇다. 그런 의미에서 더 대단한 건 준현 선배인 것이다.

"그래?"

게다가 대담하게 내 어깨 위에 팔을 올리기까지 했다. 나는 온몸의 근육들의 신경섬유망 하나하나를 느낄 수 있을 정도로 어색해졌다. 이건 계획에 없는 건데……. 야쿠자의 눈에 불이 튀었다. 오오, 데인저(danger), 데인저(danger)! 삭막한 시멘트 위로 붉은 등이 깜빡이는 환각이 보이는 듯했다.

"못 하게 해."

"내가 왜?"

"씨…… 젠장! 이게 맞는 상황이야?"

쾅!

벽이 무슨 죄가 있다고 아까부터 벽을 치는 건지. 처맞은 벽이 엄청난 소리를 냈다. 지나다니던 아이들의 발걸음이 10미터 너머에서 멈춘 것은 한참 전, 학교 무너지는 소리에 이쪽을 보던 아이들의 눈동자가 공포에 질렸다.

"네가 직접 말해."

선배는 턱으로 나를 가리켜 보였다. 그러더니 잡고 있던 내 어깨를 자신의 쪽으로 잡아당겼다. 그걸로 이야기는 끝났다. 야쿠자의 이성이 끊어졌다. 난 정말로 '툭' 하는 소리를 들은 것 같았다.

야쿠자는 성큼성큼, 날듯이 다가와 주먹을 치켜들었다.

"안 돼애애애애!"

내가 무슨 용기로 그랬는지 모르겠다. 야쿠자에 대한 내 근거 없는 자신감을 생각해보더라도 도저히 할 수 없는 일이었다. 나는 두 손을 치켜들며 준현 선배 앞을 가로막았다. 야쿠자의 주먹이 공중에서 멈췄다.

"안 돼!"

나는 엄하게 말하려고 노력했지만 두 손을 치켜든 채 몸을 반쯤 숙인 포즈였기 때문에 그렇게 효과적이었을 것 같진 않다.

"우리 사귀는 거 아냐!"

이야기하고 보니 복도였다. 주변에서 '당연하지.', '저 돼지 미친 거 아냐?'라는 식의 감정이 물결 치고 있었다. 강준현과 황민서라니, 10년 후엔 진짜라도 지금은 언감생심 다들 내가 꿈꾸고 있다고 생각할 것이다. 심지어 강준현이 내 어깨에 손을 올린 적이 있다 하더라도 말이다. 다들 강준현이 봉사하고 있다고 생각하겠지.

야쿠자는 정직하고 착한 보통의 인간들이 그러하듯 '그래?' 하고 바로 납득하지 않았다. 여전히 주먹을 내리지 않은 채 담대하게도 자기 앞을 막아선 나를 바라보고 있었다. 어찌나 뚫어져라 바라보는지 민망할 정도였다. 치켜들었던 손이 천천히 내려왔다. 내 뺨 위로.

찰싹.

가볍게 두드린 것 같은데 워낙 솥뚜껑 같은 손이어서 그런지 타격이 꽤 셌다. 다시 한 번 저 손에 세게 얻어맞은 은혜 갚은 까치 이하 다른 학우들이 안타까워졌다.

"넌 뭘 믿고 이렇게 겁이 없어?"

"겁이 없는 게 아니라 사명이야."

"사명?"

당연히 설명할 수 있지만 이 보는 눈 많은 와중에 타임리프니 어쩌니 말할 수가 없었다. 내가 정신병원으로 끌려가는 건 그 무엇으로도 보상받을 수 없는 팩트니까.

난 대답하지 못했지만 야쿠자는 더 물을 생각도 없는 것 같았다. 야쿠자의 눈에서 짜증이 사라졌다. 아까 같은 폭력적인 분위기도 사라졌다. 야쿠자는 가만히 내 눈을 들여다보다가 고개를 들어 준현 선배 쪽을 바라보았다.

나는 뒤돌아보지 않았지만 뒤에서 준현 선배가 어떤 표정을 짓고 있을지 야쿠자의 표정만 봐도 알 것 같았다. 그리고 의외로, 그런 준현 선배의 태도가 현명하다는 것도 깨달았다. 야쿠자의 분노는 오롯하게 준현 선배를 향했기에 나에게 한 조각도 흐르지 않았던 것이다.

"너 다칠 뻔했어."

다시 내 쪽으로 시선을 돌린 야쿠자는 지적하듯 담담하게 말했다. 그리고 가볍게 한숨을 내뱉더니 내 뺨을 다시 한 번 두드리고 뒤돌아서 걷기 시작했다.

웅성웅성, 그 장면을 보고 있던 아이들이 경악의 표정을 짓는 것이 너무나 잘 보였다. 이제 소문날 것이다. '야쿠자는 뚱돼지에 약해.' 야쿠자를 운동부로 끌어들이고 싶었던 선생님들이나 폭력조직에 가입시키려고 혈안이 되어 있던 불량 학생들은 이제 뚱돼지 모집에 들어갈지도 모른다. 아니, 분명히 그럴 것이다.

난 고개를 돌려 준현 선배를 바라보았다. 야쿠자의 뒷모습을 바라보던 준현 선배의 시선이 내 쪽으로 향했다.

"너……, 얼굴 빨개."

젠장, 지적하지 않아도 알고 있었다. 내 얼굴은 지금 무슨 타다 만 통돼지 구이 같을 것이다. 뜨겁다.

심장이 쿵쾅쿵쾅 뛰고 있었다. 아, 마음이 복잡하다.

하지만 복잡한 내 마음에 신경 쓰느라 나는 준현 선배가 어떤 표정을 짓고 있는지는 미처 보지 못했다.

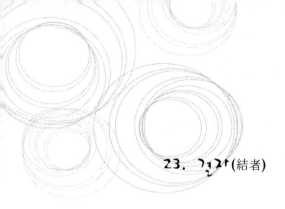

23. 결자(結者)

나로 말하자면 체육대회에 참가해본 적이 없다. 모두가 단체로 하는 줄넘기 외에는 어차피 선수를 뽑아서 하는 데다가, 결정적으로 부대끼는 걸 싫어하는 성격이라 그날은 집에서 쉬거나 양호실에서 밀린 잠을 보충했다. 그게 옳은 것이라고 생각했고.

그랬기 때문에 막상 애들이 체육대회에 나갈 선수를 뽑는 걸 보자 신선했다. 아무 이유 없이 그냥 커다란 운동장에서 펄펄 뛰는 것에 불과한 행위를 위해 온갖 유치하고 부끄러운 전략과 전술이 동원되고 있었던 것이다.

현진고는 남자반, 여자반이 갈라져 있는 관계로 체육대회 때만은 새로 반을 구성한다.

1반부터 5반까지는 여자반, 6반부터 10반까지는 남자반. 이 상황에서 다섯 팀으로 나눈다. 1반과 6반, 2반과 7반 이런 식으로.

물론 1학년, 2학년, 3학년 모두 같은 방식으로 나누므로 1학년 1반과 6반, 2학년 1반과 6반, 3학년 1반과 6반이 한 팀으로 약 3백여 명이 한 팀이 된다. 문제는 바로 그 팀 이름이다.

나는 정작 현역 고등학생일 때는 참가하지 않아서 몰랐던 다섯 팀의 이름을 듣고 충격에 빠졌다. 도대체 이 전통적인 이름을 정한 용자(勇者)는 누구일까? 장담컨대 이사장님이나 교장 선생님 같은 어른들은 아니다.

청팀, 홍팀 같은 청순한 이름이 아닌, 그렇다고 호랑이팀, 용팀 같은 짐승 이름도 아닌 뭐라 정의내리기 어려운 이름…….
비, 풍, 초, 똥, 팔.

바로 이것이 다섯 팀의 이름이다.

응? 원래 비, 풍, 초, 똥, 팔, 삼 아니냐고? 맞다. 삼, 있다. 삼은 바로 선생님팀.

아아, 비팀이나 풍팀은 그렇다고 치더라도 똥팀은 어떻게 할 건데!

'우리는 똥팀입니다!'라고 해야 할 아이들의 트라우마를 이 사회는 어떻게 책임질 것인가!

하지만 나는 살짝 안도했는데, 적어도 나는 그 트라우마를 지지 않아도 되기 때문이었다. 그렇다. 난 적어도 여섯 팀 중 가장 있어 보이는 비팀이었다. 역시 난 운이 좋다. 나만 아니면 되지 뭐.

나는 뒤늦게 팀 이름에 경악하고 있었지만 이미 익숙한 아이들은 다른 풍, 초, 똥, 팔, 삼팀의 전력을 비교하며 신중히 전략을 짜고 있었다.

일단 삼팀이야 숙련된 반칙 외에는 체력 자체가 바닥이고 인원수에서 밀리니 고려 대상에서 멀어지고, 1학년 남자 중에 유도부와 검도부가 포진해 있다는 초팀이 경계 1순위, 그리고 어쩐 일인지 어떠한 과학적 근거가 없이도 체육대회 당일이 되면 다른 모습을 보여준다는 통팀이 다크호스, 학교 내에서는 그게 통독일 거라고 판단하고 있다는 말도 덧붙여졌다. 이 이야기는 모두가 아는 이야기인데도 이야기 자체가 좋아서 되풀이된다는 느낌이 든다. 어쨌든 이 두 팀이 경계 대상.

주요 종목은 점수가 높은 기마전, 지시문 읽고 달리기, 줄다리기, 계주였다.

물론 그 어떤 것도 나와는 무관하다. 내 비록 현역 때에 비해 지금은 학교일에 적극적으로 참여하고 있으나 나는 여전히 공부만 잘하는 황민서였으며, 그게 아니더라도 기마전에 참가하기엔 내 무게가 너무 많이 나…… 가서라기보다는 이건 남자 종목이고, 달리기로 말하자면 내 몸은 지시문 읽고 달리기든 계주든 어쨌든 뛰기에는 적합하지 않았던 탓이다. 줄다리기? 이건 어차피 전체 다 하는 거다.

뭐 이래저래 애들이 다른 팀의 선수 구성을 예측하면서 선수를 뽑는 동안 나는 창 밖을 멍하게 보고 있었다.

창 밖에서는 오랜만에 야쿠자가 있는 힘을 다해 도주하고 있었다. 그동안 중간고사 공부에 바빠서였는지 한동안 볼 수 없었던 장면이라 나는 피식 웃고 말았다. 뒤에서는 역시 학생 주임이 정신단련봉을 휘두르며 그 뒤를 쫓고 있다. 거참 신기하다. 야쿠자는 스토킹을 부르는 사주를 타고 태어났나 보다. 수업 중에는 선생님에게 쫓기고 쉬는 시간에는 나에게 쫓긴다. 게다가 나야 나라를 구하려는 사명이라도 있다고 쳐도, 못 잡을 걸 알면서도 포기하지 않는 걸 보면 학생 주임 선생님이야말로 이 시대의 진정한 교육자임에 틀림없다. 아니면 승부욕이 장난 아니든지.

야쿠자가 긴 다리로 겅중겅중 뛰는 걸 보며 저 녀석은 달리기 종목 중 하나에 나가겠구나 싶었다. 그리고 머릿속으로 야쿠자의 반을 계산해본 나는 야쿠자가, 그리고 야쿠자와 반이 같은 강준현이 우리 비팀이라는 것을 깨달았다.

"쏭!"

"응?"

못하는 것도 없는 한송이는 계주 선수로 들어가기로 막 결정된 참이었다.

"강준현 선배도 우리 팀이다, 알아?"

"그래 봤자 기마전만이지 뭐. 선배 학생회장이잖니. 학생회는 행사 진행하느라 시합 참여는 안 하잖아."

이 학교만 3년 다니고 졸업한 황민서, 몰랐습니다. 하하하하하.

난 빙구같이 웃으며 알고 있다는 듯 송이의 등짝을 두드렸다. 다행이다. 송이는 2학년이 되어서 이런 이야기를 한다고 한심하게 여기는 듯했으므로 사실 졸업까지 했다는 걸 알면 내 지능을 의심할지도 모른다.

그렇군, 그럼 강준현의 생활 근육은 못 본다는 뜻이렷다!

그래도 세상에서 제일 예쁜 생활 근육이 하나 남아 있지. 추르릅!

"난 안 해!"

그래, 내 맘대로 될 리가 없다.

그날 야자를 땡땡이치고 도망치는 야쿠자를 스토킹하느라 나 역시 야자를 땡땡이친 다음 하늘을 보고 한 질문에 야쿠자는 마치 떡집 아들한테 달에 사는 토끼는 떡이 아니라 초콜릿을 만든다고 말한 것처럼 펄쩍 뛰었다. 물론 하늘은 계속 바라보고 있었다. 우리 둘 다 서로에게 말 안 거는 척 이야기하는 데는 도가 트고 있었으니까.

"왜?"

"내가 그런 애들 장난에 왜 끼냐?"

이봐, 당신 열아홉 살이거든!

내가 인상을 찡그리자 야쿠자는 어림도 없다는 듯 마주 썩은 표정을 지어 보였다. 훨씬 불량스럽고 훨씬 썩은 얼굴이라 나는 순식간에 생각이 바뀌었다. 뛰기 싫은 놈은 뛰지 말아야지, 사람 자기 하고 싶은 대로 해야 하는 법이다.

"그럼 너도 줄다리기밖에 안 해?"

"기마전도 남자는 다 해."

"그래?"

"그런데 난 안 할 거야."

기마전에 참가 안 한다는 말을 한일합방조인서에 도장을 못 찍겠다고 말하는 고종황제 같은 비장함으로 말하는 이놈은 도대체 뭐 하는 놈일까?

"왜?"

"유치해. 잠이나 자야지."

그래도 생각해보면 '복도 앞 구타 직전의 난(亂)' 이후 대답은 꽤 성실히 한다. 내가 준현 선배랑 안 사귄다고 해서 마음이 좀 풀렸나? 자식, 사내 새끼가 어찌나 일희일비(一喜一悲)하는지.

"그러다 또 학주한테 얻어맞는다. 학생이 학교 행사에 참여해야지."

웅? 그리고 보면 나도 현역 때 참여 안 했었는데? ……뭐 이놈은 모르니까.

"그런데 너 아까 왜 또 학주한테 쫓겨 다녔어?"

야쿠자가 씩 웃더니 커다란 손끝에 붙어 있는 예쁜 손가락 두 개를 척 펴고 담배 피우는 시늉을 해 보인다. 담배 피우다가 걸렸다는 뜻이다.

자랑이다, 이놈아.

"너 담배 피우지 마."

나의 어른스러운 지시에 야쿠자는 '이게 대꾸해줬더니 머리 끝까지 기어오르네.'라는 표정을 지으며 고개를 돌렸다. 그리고 그 긴 다리로 성큼성큼 걷기 시작했다. 나는 황새 따라가는 뱁새가 취할 수 있는 전략 101번 중 3번, 종종 따라가기를 사용해 야쿠자의 뒤에 바짝 따라붙었다.

"머리 나빠져. 뇌세포 다 죽어. 안 그래도 머리에 든 것도 별로 없는데⋯⋯."

야쿠자가 억울하다는 듯 얼굴을 찡그렸지만 내가 누군가? 최고 성적 전국 12등, 이번 중간고사 빼고 무적 전교 1등 황민서 아닌가! 그리고 저놈은 모르지만 심지어 난 사시도 패스했다. 저 머리에 뭐가 들었든 내 머리에 든 것보다 많지 않을 테고, 그러므로 난 이런 말을 할 자격이 있는 것이다.

"그럼 넌 체육대회 참가해?"

한참을 걷는데 야쿠자가 문득 혼잣말하는 것처럼, 걸음을 조금도 늦추지 않은 채 물었다.

"왜 안 해? 당연히 하지."

"작년엔 안 했잖아."

아니, 이놈이 작년의 나에게도 관심이 있었나? 어찌 나의 행적을 이리 잘 알고 있단 말인가?

"어떻게 알았어?"

"내가 말했잖아. 네 등치에 2주에 한 번씩 단상⋯⋯ 윽!"

야쿠자의 허리를 호되게 쑤셔주었지만, 내 허리와 달리 딱딱하여 손가락 끝이 1밀리미터도 들어가지 않는 허리가 부러워졌다.

"어쨌든 학교생활엔 참여해. 넌 사회성을 좀 더 길러야 해."

야쿠자가 걸음을 멈췄다.

"너 정말 나한테 왜 이래?"

"뭐가?"

"좋아. 강준현이랑 안 사귄다고 쳐. 하지만 가까운 사이지?"

"아마?"

"난 전에도 말했지만 강준현이랑 연관 있는 사람은 우리 엄마라도 보기 싫은 사람이야. 꺼져줄래?"

"절대 못 그래."

단호하고 비장한 나의 대답에 잠깐 야쿠자는 혼란스러운 표정을 지었다.

"왜?"

나라를 구해야 하니까!

"그러기 싫으니까."

"왜 그러기 싫은데?"

"너 진짜로 내가 꺼져주길 바라는 게 아니잖아."

나는 그냥 말했을 뿐인데 야쿠자의 관자놀이가 꿈틀 흔들렸다. 그건 화가 났기 때문이라기보다 아직 때가 묻지 않은 시기라 방어벽이 허술한 그 사이로 정곡을 찔리자 감정을 감추지 못해 생긴 경련 같은 것이었다. 야쿠자의 얼굴이 조금씩 붉게 물들었다.

"너 도대체 뭐냐."

거의 신음에 가까운 목소리였다. 그러나 그 목소리를 듣는 나는 왜 이렇게 웃음이 난단 말이냐. 입술이 자꾸 호선을 그리려는 것을 막느라 나도 경련이 일어날 지경이었다. 나는 표정을 감추기 위해 눈을 세차게 깜빡였다.

"어쨌든 난 싫어."

야쿠자는 앞뒤 가리지 않고 말을 잘랐다.

"나도 싫어."

그래서 나도 그렇게 대답했다.

내 말에 다시 걸으려 몸을 돌리던 야쿠자는 깊은 한숨을 내쉬었다. 그리고는 고개를 절레절레 흔들더니 걸음을 옮기기 시작했다.

언제나 그렇듯 해결책을 제시한 건 나였다.

"이렇게 해."

야쿠자가 걸음을 멈추고 고개를 돌려 나를 보았다.

"이번 체육대회에 참여하면 준현 선배랑 얘기 안 할게."

야쿠자는 세상에서 가장 한심한 짐승을 바라보는 듯한 표정으로 나를 바라보았다. 마치 그런 유치한 제안 따위 전혀 관심 없다는 듯. 하지만 나는 알고 있다. 삶이란 원래 유치한 것이다. 가장 유치한 것이 사실은 가장 원하는 것이다.

"정말?"

이윽고 야쿠자가 물었다.

"너 정말 강준현하고 사귀는 거 아냐?"

"응. 지금은……."

거짓말은 아니니까. 그리고 거짓말이라 하더라도 원래 선의의 거짓말은 용서받아야 하는 법이다.

잠깐 시선이 오갔다. 그 시선 안에 수많은 언어도 오갔다. 나는 가능한 한 시선으로도 뻥을 치기 위해 노력했다. 야쿠자의 시선이 미심쩍어하다가, 믿고 싶은 것 같았다가, 잘 알 수 없다는 듯 바뀌었다가 다시 의심하는 듯한 색으로 바뀌었다.

"됐어."

야쿠자는 간단히 대답하고 몸을 돌렸지만 나는 알았다. 전혀 되지 않았다. 야쿠자는 체육대회에 꽤, 성실히 참여할 것이다.

야쿠자의 뒷모습에 대고 한 번 주먹을 휘두른 나도 몸을 돌려 걷기 시작했다.

내 나이보다 10년 어린 저녁놀이 길을 붉게 물들이고 있었다.

드디어 체육대회의 아침이 밝았다.

내가 체육대회에 참가하겠다고 하자 모친은 어색한 표정을 지으면서 물으셨다. 도시락을 싸야 하는 거니? 초등학교 6년, 중학교 3년, 고등학교 1년을 내가 어떻게 보냈는지 단적으로 나타내는 질문이었다. 엄마 미안.

학교 운동장에는 유치찬란한 만국기와 함께 5개 팀의 깃발이 휘날리고 있었다.

그 풍경에 대해 달리 이야기할 건 없다. 하늘은 높고 푸르렀네 어쩌네 하기에는 가을이니 하늘이 높은 것은 너무나도 당연한 것이며, 함성이 높았네 어쩌네 하기엔 한참 혈기 뻗치는 고등학생을 모아놓은 운동장이 조용할 리가 없으니까. 다만 생각했던 대로 똥팀의 깃발은 몹시도 슬펐다는 것만 짚고 넘어가자.

어쨌든.

내가 비팀 쪽으로 갔을 땐 우리 비팀의 참모들이 머리를 맞대

나리를 구했다! 3   63

고 모여서 전략전술에 대해 논하고 있었다. 근데 그 태도가 웃음이 날 정도로 진지했다. 불리한 시합에 가능성 있는 선수를 내보내야 하는 비장함은 마치 관우가 떠날 것을 알면서도 보내야만 하는 조조의 비애와 같았고, 약세인 시합에 의외의 다크호스를 집어넣는 것은 대군을 이끌고 온 조조를 적벽에서 마주친 손권의 장수 황개가 화공(火攻)으로 조조의 대군을 물리치려 하는 것과 흡사했으며, 적과 내통할 가능성 있는 선수를 잡기 위해 뇌물도 서슴지 않는 것은 조조가 관우에게 적토마를 안기는 것과 같았으니. 그 모습을 지켜보던 나는 송이에게 질문했다.

"이거 우승하면 뭐 줘?"

"노트랑 연필."

오호 통재라, 고등학교 체육대회였다.

어른의 객관적인 눈으로 판단해보자면 우리 팀에 승기는 없었다. 일단 그냥 그림으로 보기에도 초팀은 너무나 막강했다. 딱 봐도 훈남, 아니 잘생긴 근육남, 아니아니 건강해 보이는 고등학생들이 떡하니 버티고 서 있지 않은가? 그리고 다른 쪽의 똥팀은 똥덩어리 하나 덩그러니 놓여 있는 그 깃발 아래 모여 있는 것도 부끄러운 듯 독이 올라 꾸워어어어, 꾸워어어어 울부짖고 있었다. 인간이라면 저 팀을 이기는 데 수치를 느낄 것이다. 마지막으로 삼팀, 모두들 삼팀은 아예 제쳐놓은 것 같지만 내 보기엔 삼팀이 제일 관건이었다. 강주원이 멋져…… 가 아니라 일단 뭐라 해도 어른들의 잔머리와 생활구라를 당할 수가 있으랴.

그에 비해 우리 팀은 일단 발군의 운동신경인 야쿠자가 애들을 매섭게 노려보며 '말시키면죽여버린다' 레이저를 쏘고 있었고, 또다른 희망인 강준현은 학생회 때문에 완장 하나 차고 바쁘게 돌아다니고 있을 뿐, 남은 아이들은 그저 평범한 고등학생들이었다. 제갈공명이 아니라 대갈공갈이 와도 이기기 힘든 상황 아닌가.

그러거나 말거나 큰북이 울리기 시작하고 교장 선생님의 '간단하게 시작되어 길게 끝나는 훈육'을 마지막으로 체육대회의 막은 올랐다.

운동장을 가득 메운 함성에 덩달아 흥분해 악악거리면서도 나는 그날의 체육대회가 나에게 어떤 의미가 될 것인지 전혀 모르고 있었다.

우리 팀은 이미 농구와 피구는 진작 치러진 예선전에서 떨어진 상태였다. 고로 오전 경기인 구기 종목은 우리 선수가 아무도 없는 와중에 허공에다 대고 함성을 쏘아대는 허망한 작업이었다.

응원 단장을 맡은 2학년 남자반의 반장은 사흘 말린 멸치처럼 생겼는데 힘은 좋은지 징채를 휘두르며 펄쩍펄쩍 뛰어다니고 있었다. 하지만 그 징채가 멸치의 팔뚝보다 두꺼워 보여 나는 쫓아가서 징이라도 들어줘야 하는 건지 고민했다.

야쿠자가 어디 앉아 있는지를 찾는 건 조금도 어렵지 않았다.

전교생이 나와 있어 붐비는 스탠드인데도 야쿠자 주변 5미터는 무슨 생화학무기라도 발효된 듯 아무도 없었다. 대신 그 주변은 빡빡하게 애들이 앉아 있었다. 좁아 보이는데 아무도 불편한 표정을 짓지 않는다. 의외의 부분에서 사람들은 협동심이 좋아지나 보다.

사람이 너무 많아 나는 거기까지 올라가지 못하고 야쿠자 쪽을 바라보며 말을 걸었다.

"안 뛰었네?"

야쿠자는 나를 봤지만 못 본 척하고 싶은 것처럼 고개를 돌렸다. 그러나 질 내가 아니다. 나는 다시 말을 걸었다.

"관심 없는 것처럼 굴더니! 관심 있구만 뭐!"

주절주절, 다발다발, 데불데불……. 끈기 빼면 남는 것 없는 황민서.

야쿠자는 그런 나를 한 번 보고 한숨을 한 번 쉬고는 벌떡 일어났다. 그리고 나는 모세가 홍해를 가른 기적이 20세기 현진고에서 재현되는 것을 보았다. 호주머니에 손을 느슨하게 꽂은 채 슬렁슬렁 걸어오는데 아무 말 안 해도 아이들이 절도 있게 쫙 갈리더니 야쿠자가 내 앞에 섰을 때는 사방 2미터에 사람의 그림자도 없었다. 야쿠자가 가는 곳마다 홍해로구나, 홍해메이커 야쿠자.

하긴 이놈이 농구 골대를 종 삼아 까치에게 은혜를 갚게 만들던 걸 생각하면 이런 반응이 이해가 되기도 한다.

"아직 못 뛴 거야, 안 뛴 거 아냐."

자식, 앙탈은……. 그 말 하려고 내려왔니?

"그래그래, 그렇다고 치자. 그리고 네 주변 애들 불편해하잖아. 인상도 좀 펴고."

"불편하냐?"

야쿠자는 내가 아닌 뒤에 있던 다른 애한테 물었다. 선생님과 대화할 때도 짝다리를 짚던 놈이 각을 딱 잡고 앉아서 대답했다.

"아닙니다!"

자식, 군대 가면 잘하겠다 싶다.

"와아아아아아아!"

뒤에서 함성이 일어났다. 내 시선은 자연스럽게 뒤로 돌아갔다. 내 머리통 위로 야쿠자의 시선도 운동장의 농구 코트에 꽂혔다.

"오오오!"

나도 모르게 탄성이 터져 나왔다.

왜 학교 다닐 때는 몰랐단 말인가? 이다지도 잘 뻗은 건실한 미남들이 우리 학교에 많다는 것을……. 이들은 다 어디 짱박혀 있었단 말인가!

저 드리블과 어깻죽지를 보니 다들 운동하느라 공부 한 점 안 한 총각들임에 틀림없다. 옴모나, 어쩜 저런 장딴지 근육이 고등학생의 몸에 붙어 있단 말인가?

후르르르릅…….

"너 침 흐르겠다."

나리를 구했다! ❷   67

야쿠자가 툭 하고 내 뒤통수를 밀었지만 난 눈을 뗄 수 없었다. 파릇하다 못해 푸르딩딩한 십 대 남학생들의 이마 위로 땀이 흐를 때마다 내 심장의 피도 같이 흘렀다.

더웠는지 이름 모를 3학년 선수 하나가 옷을 훌러덩 벗었다. 옷에서 빠져나오는 머리카락이 살랑살랑, 땀방울이 햇빛에 빛나면서 비정상적인 조명효과가 일어났다. 나는 심장이 발랑거리기 시작했다.

"저, 저 오빠는 누구야?"

"내가 어떻게 알아!"

야쿠자가 버럭 소리를 질렀다. 새끼, 왜 소리를 지르고 그래.

"너 아냐?"

야쿠자는 여전히 뒤에서 각잡고 앉아 있던 아이에게 물었다. 그놈은 여전히 각을 잡은 채로 절도 있게 대답했다.

"서정우로 알고 있습니다. 저 선배도 공부 디게 잘합니다!"

아니! 왜 몰랐을까! 이런 세상을 왜 몰랐을까? 잘생기고 몸 좋은 놈이 공부도 잘한다고라고라! 내 강주원과 강준현 사이에 갇혀 있었던 건 너무나 모자란 일이었구나. 정저지와(井底之蛙), 내 스스로의 소견 좁음을 반성하노라.

내가 운동장의 남정네들에게서 눈을 떼지 못하고 있는 것을 야쿠자가 불만 가득한 눈으로 째려보고 있다는 것은 알았지만 어쩔 수 없었다. 너무 행복하면 주변에 신경을 쓰지 못하는 법이다.

혹시나 오해할까 봐 하는 말이지만 난 스물여덟 살이다. 고로 내가 이들에게서 눈을 떼지 못하는 것은 자애로운 할머니가 귀염둥이 손자를 보면서 느끼는 뿌듯함이지 그 외의 것은 절대로 아니다. 그 손자의 장딴지가 좀 튼실하고 등짝이 좀 유혹적이기로서니 뿌듯하지 말란 법도 없지 않은가.

그때 3학년 응원 단장이 소리쳤다.

"어이, 누가 물 좀 떠와!"

"야, 너 갔다 와라."

야쿠자가 내 머리통을 다시 떠밀었다.

"왜? 내가?"

"좌우간 가!"

자식. 내 네 속셈을 모를 줄 아냐. 내가 물 뜨러 가는 동안엔 저 멋진 남정네들을 못 볼 거라고 계산하는 거 아니냐. 흥!

하지만 하는 것도 없는 황민서, 남는 건 힘밖에 없으니 가서 물이라도 떠야겠다 싶어서 나는 내 머리보다 훨씬 큰 노란색 통주전자를 달랑달랑 들고 걷기 시작했다. 운동장에서 함성이 일어날 때마다 기웃기웃 오호라, 하다 보니 속도는 당연히 느렸다. 각 팀의 뒤쪽을 통과하다 보니 팀의 성격이 보였다. 가까이서 보니 풍팀의 여자애들은 아주 쭉쭉 빠졌다. 똥팀의 남자애들은 어디서 눌린 것처럼 상태가 안 좋아 보이는데 기세만은 흉악하다. 하기야 나도 내가 똥팀 소속이면 흉악해질 것 같긴 하지만.

나는 룰루랄라 생각보다 체육대회가 꽤 괜찮은 행사라고 생각하며 수돗가로 향했다.

그리고 거기서.

"어!"

거기에선 같은 체육복도 다르게 입으시는 우리의 학생회장 강준현이 부서지는 물방울을 마구 흩뿌리며 세수를 하고 있었다. 한낮, 태양이 가장 높은 시각의 햇빛이 선배의 머리와 어깨에 묻은 물방울에 반사되어 반짝반짝 빛나고 있었다.

"선배!"

"응, 물 뜨러 왔구나?"

선배는 손을 뻗어 내 손에서 주전자를 받아 물을 틀었다.

"이거 무거울 텐데……. 남자애들이 기사도 정신도 없이."

기사도는 내가 더 있어 보이지 말이다. 사실 어지간한 남자애들과는 1 대 1로 붙어도 내가 별로 질 것 같다는 생각이 들지 않는 건…… 자만일까?

주전자에 물 떨어지는 걸 가만히 바라보고 있는 선배의 옆모습은 어딘지 지쳐 보였다.

"피곤해 보여요."

"응. 우리 학교 행사는 학생회에 기대는 게 많아서. 옛날에도 해보긴 했는데 어쩐지 이번엔 더 힘드네."

"왜요?"

"그러게."

담담하기도 하다. 하지만 솔직히 나도 걱정은 안 되었다. 그러니까 어쩐지 강준현은 뭘 어떻게 해도 잘할 것 같다는 믿음이 있다고 해야 하나. 물가에 내놓은 아기 같은 야쿠자와는 질이

다른 인간인 것이다.

그나저나 참 같은 체육복인데 몸이 다르니 간지가 다르다. 아까 그 민망하지만 훌륭한 농구 선수들처럼 짧은 반바지를 입은 것도 아닌데 평범한 초록빛 체육복 바지가 마치 아디다스 트레이닝복 같은 거룩한 빛을 뿜어내고 있었다.

나는 고개를 숙여 내가 입은 체육복을 보았다. 같은 체육복이 내 몸에 와서는 몸빼바지와도 같은 간지를 이룩하고 있구나.

"요즘 좋아?"

"통화한 지 얼마 안 됐잖아요."

"얼굴 본 지는 좀 됐어."

그리고 보니 요즘 야쿠자에게 신경 쓰느라 선배에게 좀 소홀했다. 야쿠자하고 한 약속 얘기도 안 했구나. 말, 해야 하나?

아무 말 않고 주전자를 들여다보던 선배는 물이 찰랑찰랑 차오르자 수도꼭지를 잠그고 주전자를 번쩍 들었다.

"제가 들고 갈게요."

"반까지 들어다줄게. 나도 비탐이고."

"무거운데……."

선배가 낮게 웃었다.

"무거우니까 내가 들어야 하는 거 아냐?"

그러나 당신의 근육은 너무나도 섬세해 보인단 말이오. 그런 무식한 노란 통주전자 말고 보석 박힌 왕의 홀 같은 걸 들어야 할 것 같단 말이오.

내가 중얼거리든 말든 선배는 앞장서서 성큼성큼 걷기 시작했다. 뭐 그냥 내버려둬도 그만이겠지만, 문명 속에 나고 자란 예의 바른 황민서인지라 손에 힘 하나도 안 주고 그냥 뺏는 시늉만 하면서 뒤따라갔다.

그러다 보니 팔도 좀 스치고 손도 좀 스쳤는데, 좋았다.

좋았다.

그러니까 돌아오지 않는 나를 기다리다 찾아나선 건지, 아니면 빌어먹을 우연인지 어쨌든 준현 선배와 같이 있기만 하면 짐승 같은 본능으로 나타나는 저놈의 야쿠자와 마주치기 전까지는 좋았다는 뜻이다.

도대체 왜 자꾸 이렇게 되는 거야? 나 진짜로 준현 선배랑 오랜만에 만난 거란 말야!

24. 해지(解之)

    야쿠자는 두말하지 않았다. 언제나 그렇지만 야쿠자는 말보다 행동이다. 그저 꼭 먼 곳에서부터 보고 달려온 것처럼 빠른 속도로 다가오더니 주전자를 덥석 빼앗고는 뒤돌아가려고 하는 거다. 물론 그걸 그냥 뺏길 강준현도 아니었기에 두 사람은 때아닌 한낮에 주전자를 부여잡은 채 서로 노려보게 되었다. 주전자는 하나인데 서로 놓지 않겠다는 듯 버티는 꼴은 당장에라도 솔로몬 대왕 앞으로 달려가야 할 지경이었다.

    "우리 팀 거니까 여기서부터 내가 가지고 갈게."

    "나도 너네 팀이잖아."

    "넌 행사해야 해서 기마전만 참가하잖아."

    "그래도 너네 팀이지."

    아아, 유치해서 부끄러울 지경이다.

    지금 노란 통주전자를 부여잡고 진지하게 싸우는 저 두 사람이 후에 하나는 서울지검의 총아로 자라고, 다른 하나는 폭력계의 총아로 자란다니 인생 참⋯⋯.

둘의 표정은 아무렇지도 않았지만 어찌나 팽팽히 주전자를 잡아당기는지 공중부양한 주전자는 부들부들 떨리고 있었으며, 그렇지 않아도 어여쁜 두 사람의 팔 근육에 푸른 정맥이 돋아나 지켜보는 나는 기절할 것만 같았다. 힘줄이 돋아난 남자 팔뚝만도 매력적인데 저런 몸에 달린 저런 팔뚝이라니!

좀 더 보고 싶은 마음에 가만히 구경만 하던 나는 주전자가 학질 걸린 것처럼 떠는 걸 보고 이제 그만 말릴 때라는 걸 깨달았다. 아까운 물만 다 모래로 스며들고 있었다.

"그만! 내가 들고 갈게! 내가! 둘 다 놔요!"

양쪽의 척력으로 당겨지던 주전자는 내가 끼어들자 벡터의 합 방향으로 움직⋯⋯ 이는 게 아니라 덜컥하고 내 쪽으로 잡아당겨지며 쏟아졌다.

악! 차거!

졸지에 물벼락을 맞은 나는 체육복에서 물방울이 뚝뚝 떨어져 내리는데 어정쩡하게 손을 든 채로 꼼짝도 못 했다. 발아래로 물에 젖은 땅의 색이 짙어졌다.

이게 도대체 무슨 일이냐. 왜 나는 이 시간, 이곳에서 물벼락을 맞아야 하는 거냐. 어째서 나는 흠뻑 젖어 이 시간 이 땅 위에 서 있는 거냐. 솔로몬 대왕은 설명해줄 수 있을까? 싸운 건 저 둘인데 내가 물벼락을 맞아야 하는 이유를?

힘의 절대값이 중요한 게 아니라 방향이 문제라는 걸 온몸으로 증명해낸 나는 놀란 표정으로 나를 멍하게 바라보고 있는 두 남자를 쏘아보았다.

뭘 봐? 다 젖은 내 모습이 섹시해? 으이구, 어른스러운 내가 참아야지.

"야쿠……, 너 물 떠가지고 반으로 가고 선배도 그만 일하러 가요. 난 옷 갈아입고 올게."

내가 먼저 입을 열자 그제야 얼음땡, 해준 것마냥 둘 다 고개를 끄덕끄덕했다. 동시다발적으로 고개를 끄덕이는 걸 보니 제법 닮은 데도 있다.

"옷 갈아입을 거 있어?"

그래도 천둥벌거숭이보다 좀 나은 스물아홉 살 강준현이 걱정스럽게 물었다. 하지만 학교에 갈아입을 옷이 교복 외에 뭐가 있겠는가.

"교복 입어야죠, 뭐."

"나 체육복 하나 남는데 빌려줄까?"

"사이즈 몇인데요?"

"엑스라지."

'너무 커요.'라고 말하고 싶지만 별로 안 클지도 모른다. 뭐 크긴 크겠지만 아마도 대개가 기대하는 여자가 남자 옷을 입었을 때의 그런 모양새는 나오지 않을 것이다.

그래도 괜찮다.

"괜찮겠네. 빌려줘요."

"야! 안 돼!"

야쿠자가 반대한다.

"뭐가 안 돼?"

"그, 그, 그럼 네가 애 옷을 입는다고?"

말더듬이 야쿠자의 재림. 오랜만에 야쿠자가 말 더듬는 걸 본다.

"그게 왜?"

"가, 가, 가, 가, 간접!"

그리고 내 홍조증의 재림. 이 자식, 고등학생이라 순진하다고 생각했는데 머릿속에서는 온갖 야동들이 플레이되고 있는 듯했다. 생각지도 못했는데 사람 이상하게 만든다.

"야! 넌 뭘 생각하면 옷 빌려 입는 걸 그렇게 생각할 수 있냐?"

고등학생이니까.

"안 돼!"

"시끄러!"

"안 돼!"

"이게 정말!"

나랑 야쿠자랑 티격태격하는 걸 본 준현 선배가 피식 웃었다. 가소롭다는 웃음이라 나도 잠깐 열불이 났는데 안 그래도 열받아 있던 야쿠자의 눈에서는 불이 튀겼다.

"가을인데 이렇게 있으면 애 감기들어."

뭐 사실 전혀 춥지는 않았다. 절기는 가을이나 아직 후텁지근했던 터라 물에 젖으니 시원하기까지 하고 딱 좋았지만 뭐 저렇게 말하는데 굳이 나는 하나도 안 춥소, 내 안에 지방 있소, 할 필요 없을 것 같아 나는 입을 다물었다.

확실히 강준현은 똑똑하다. 폭발 직전이었던 야쿠자가 한풀 꺾였다. 자신의 정의가 아닌 나를 위해서라고 하면 야쿠자는 할 말이 없어지는 거 아닌가? 입을 다문 야쿠자의 얼굴에는 '마음에 안 들어 미치고 팔짝 뛰겠음'이라고 적혀 있긴 하지만 준현 선배가 나를 끌고 교실로 들어가는 걸 막지는 않았다.

어쩐지 불안한 생각이 들어 교실로 들어가면서 자꾸 뒤를 돌아보니 준현 선배가 묻는다.

"아직도 보고 있냐?"

"네. 어쩐지 갈아 마셔버리겠다는 말이 들리는 거 같은데요?"

그렇게 말하자 낮게 웃는 폼이 이거이거, 상당한 사디스트다 싶다. 남의 고통을 즐기고 우월함을 확인하면서 쾌감을 느끼는 것, 이것도 정상 아닌데……. 아니, 갈아 마셔버리겠다는 부분에서 쾌감을 느끼는 거라면 마조히스트인가?

"왜 자꾸 뒤돌아봐? 보지 마."

"선배 변태예요?"

"뭐야, 이 정도는 해야지."

뭘 이 정도는 해?

한 살 차이긴 해도 보통 스물아홉 살이 아닌 이 남자의 머릿속을 들여다보는 건 아무리 천하의 황민서라도 조금 벅차다는 걸 인정해야겠다. 이건 두뇌의 성능 문제가 아니라 구조 자체의 문제다. 머릿속에서 무슨 생각을 하는지 도저히 읽을 수 없는, 그러니까 본인이 내켜서 드러내기 전까지는 전혀 의도를 알 수 없는 사람도 있는 법이다.

가엾은 야쿠자, 이런 인간을 사촌이랍시고 내내 곁에서 시달렸으니 성격이 저렇게 어처구니없이 정직하고 단순해진 것도 이해가 간다.

3학년 교실로 가니 뺀질이들 몇몇은 반에서 자습 중이었다. 뭐 사실 어쩔 수 없는 일이긴 하다. 수능이 코앞이니 급하기도 했겠지. 사실 아무도 이해 못 한다고 해도 전적을 생각하면 난 이해해야 한다.

우리가 들어서니 흠칫한 듯 시선이 모였다가 머쓱하게 흩어졌다. 안타까운 현실이다. 아마 여기 앉아 있는 그 누구도 여기에 앉아 있고 싶진 않겠지만, 그리고 이게 옳지 않다는 것도 알겠지만 이래야만 한다고 생각했을 것이다. 나도 그랬으니까.

준현 선배는 다른 사람의 시선은 일절 무시하고 교실로 들어가 체육복 하나를 꺼내 가지고 왔다. 사물함을 뒤지기 위해 약간 구부린 등짝을 보니 잠깐 진지했던 마음은 휘발되고 금세 뿌듯한 기분이 들었다. 등짝에도 표정이 있다. 뿌듯한 등짝. 참 바람직하다. 보기만 해도 즐거워지는 사람이란. 그래, 현실이 어쨌든 즐거움은 있는 거니까.

"다행이다. 얼마 전에 빨아서 갖다놨거든."

뭐 안 빨아도 상관은 없지만…….

문득 아까 '가, 가, 가, 가, 간접!'이라고 절규하던 야쿠자 생각이 났다. 자식, 생각하는 것하곤…….

우리 반 자리로 돌아왔을 때는 스탠드가 텅 비어 있었다.

"뭐야?"

"기마전!"

아아, 송이가 긴장한 표정으로 대답했다. 아이고, 난 또 야쿠자가 난장친 건 줄 알았다. 내가 어쩌다 이런 걱정을 다 하게 되었나 한심했다. 나는 스탠드에 앉아 아직 정리가 되지 않은 운동장을 바라보았다.

기마전은 나름 우리가 승기를 점치고 있는 종목이다. 달리 기술이라든지 전략이 필요 없이 오로지 힘만으로 승부하는 것이라 삼팀(선생님팀)은 이미 아웃, 문제는 언제나 그랬듯 초팀과 어디서 구했는지 똥색 완장까지 차고 있는 똥팀이다.

똥팀을 보면서 생각했다. 사람이란 것이 부정하고 싶은 현실에 맞닥뜨리면 오히려 그 현실에 침몰하는 것 같다고. 애들이 정신 줄을 놓은 듯 거의 발악적으로 즐기는 것 같았다. 정말 안됐다.

기마전은 무식하게도 여섯 팀이 동시에 격돌하는 형태로 되어 있다. 그러니까 토너먼트, 이런 거 없단 뜻이다. 넓은 운동장에 애들을 풀어놓고 머리띠 하나씩 묶어주고는 '자, 싸워봐라!' 하는 것이 현진고 방식의 기마전이다.

둥둥둥둥!

징 치던 멸치도 기마전에 참가했는지 그 자리엔 내 팔뚝 같은 팔뚝을 가진 복된 여자애가 북을 치고 있었다.

자고로 전쟁에 나가기 전에는 나팔을 불거나 북을 울린다고 한다. 그것은 어떤 얼빵이가 전쟁 시작한 줄 모르고 있다가 죽을까 봐 그러는 게 아니라 규칙적인 리듬이 사람 안의 전투욕을 고취하기 때문이다. 옛말 틀린 거 하나 없어 그 소리와 함께 내 심장도 둥둥 울기 시작했다.

나는 눈으로 잽싸게 야쿠자를 찾았다.

야쿠자는 말이 아니라 기수였다. 그 키와 덩치라면 사실 말이 되는 쪽이 옳을 텐데…….

하기야 감히 야쿠자를 올라탈 기수가 어디 있겠는가?

나는 문득 이 기마전, 상당히 우리에게 유리할 수도 있겠다는 생각이 들었다. 야쿠자가 그냥 노려보기만 해도 어지간한 기수는 '여기 제 머리띠가 있습죠. 헤헤.'라고 말하며 머리띠를 갖다 바칠 것 같다는 생각이 들었던 것이다.

한쪽에서는 역시 만만치 않은 덩치를 가진 준현 선배가 기수 노릇을 하고 있었다. 준현 선배도 야쿠자와 다른 의미이긴 하지만 위에 타기 부담스러울 수도 있다. 하여간 어떤 의미든 저 사촌 형제는 짱이다.

문득 생각난 김에 삼팀도 확인해보니 강주원도 기수였다. 그리고 그 아래 학주가 있었다. 학주는 살기등등했으나 그 외의 말들은 아직 움직이지도 않았는데 땀을 폭포수같이 흘리고 있었다. 제자 된 도리로 체력 딸리는 스승들을 향해 안타까움의 기도를 날리는 순간 휘슬이 울었다.

와아아아아, 하는 함성과 함께 말들이 일제히 날뛰기 시작했다.

그렇게 나는 아비규환을 보았다.

정의? 스포츠맨십? 그런 거 없었다.

옆구리를 찌르거나 발로 걷어차는 건 양호한 편이었다. 눈이 마주친 선배는 후배에게 눈을 부라렸고 선생님들은 연실 "이 쉐끼들, 수행평가를 생각해라."라고 중얼대고 있었다.

하지만 역시 기마전의 장관은 야쿠자가 연출해내고 있었으니, 뭐라 했는지 몰라도 야쿠자의 말들은 준현 선배를 공격하고 있었다.

그렇다.

준현 선배도 비팀, 우리 팀이다.

"어, 어, 어, 어, 어?"

응원하던 여자 비팀들은 단체로 같은 방향으로 몸을 기울이며 '어, 어, 어, 어, 어?'를 외쳐댔고 야쿠자의 말들은 울고 싶은 듯한 표정을 보이고 있었다. 나는 상황을 파악했다.

뭐라고 협박한 걸까.

상황은 이러했다. 아비규환, 지옥의 소용돌이 속에서 너 나 할 것 없이 스러져가고 있는데 준현 선배와 야쿠자의 말 주변엔 감히 다른 말들은 접근할 수도 없는 전술이 펼쳐지고 있었다.

야쿠자가 일단 손으로 준현 선배의 어깨를 잡아챘다. 준현 선배의 몸이 돌아가는 순간 준현 선배의 말들이 선배의 명령에 따라 일제히 출렁였다. 중심을 잃은 야쿠자는 자신의 말 머리를 쥐어뜯으며 준현 선배를 놓고 말았다. 그 타이밍을 놓치지 않은 준현 선배가 야쿠자의 머리띠를 향해 손을 뻗었는데 두말하지 않고 야쿠자는 자신의 앞에 있는 말의 등짝을 걷어찼다. 죽을 듯한 통증을 느낀 말이 허리를 굽히는 바람에 준현 선배는 목표물을 놓치고 후퇴할 수밖에 없었다.

덕장(德將)과 맹장(猛將)의 전투를 보는 것 같았다. 아니, 맹장이라기보다 악장(惡將)일 수도. 솔직히 말하자면 선(善)과 악(惡)의 대결이라고 해도 될 것 같다.

새삼 다시 생각해도 야쿠자는 못됐다. 말로 해도 될 일을 꼭 몸으로 하는 통에 야쿠자의 말들은 일찍 엎어진 어떤 말들보다도 불쌍했다. 차라리 다섯 마리 중 하나가 쓰러져버리면 될 텐데 후환이 두려운지 전부 다 죽을힘을 다해 버티고 있다. 그들의 쥐어뜯긴 머리카락이 마치 전장에 휘날리는 검은 벚꽃처럼 비장했다.

그리고 항상 그렇듯 정의는 소중한 거지만 이상하게도 언제나 악이 승리한다.

야쿠자가 준현 선배의 말 중 제일 앞의 말을 냅다 발로 차버리자 그 말은 할리우드 액션 영화에 나오는 듯한 폼으로 저만치 굴러 떨어졌다. 순간 남은 네 마리 말들의 얼굴에 공포가 깔렸다. 준현 선배는 간신히 중심을 잡긴 했으나 악의 폭력에 겁먹은 자신의 어린 말들을 통제하느라 여력은 많지 않아 보였다.

흉흉한 기세, 악은 물드는 것이었던가, 자신들의 머리카락을 쥐어 뽑던 기수의 악랄함을 잊은 듯 야쿠자의 말들이 음침하게 웃으며 준현 선배의 말들을 향해 덤벼들었다.

풍전등화(風前燈火)!

그렇지 않아도 말 하나를 잃어 백척간두(百尺竿頭)에서 흔들거리던 준현 선배의 얼굴에 비장한 기색이 스쳐갔다. 내 머릿속에도 사자성어가 벼락처럼 스쳤다.

동귀어진(同歸於盡)!

그 순간, 모든 사람이 준현 선배와 야쿠자의 말도 안 되는 격돌에 집중해 있던 그 순간, 그래도 가장 제정신이었던 나는 운동장 전체를 조망해보곤 기겁했다. 제길, 내가 제일 제정신이었던 것이 아니었다.

"안 돼애애애애애애!"

나는 몸을 일으키며 천둥같이 사자후를 내질렀으나 늦었다. 늦어버렸다.

야쿠자의 말들은 꾸워어어어어어, 이상한 함성과 함께 준현 선배의 말들을 향해 돌진했고 준현 선배의 말들 역시 우와우오오오오오오, 하는 함성과 함께 야쿠자를 향해 덤벼들었다.

준현 선배는 이미 패배를 예감하고 있었던지라 스스로가 쓰러지는 것을 두려워하지 않고 야쿠자를 덮쳤다.

그러나 야쿠자는 덤벼드는 준현 선배의 말들에게 자신의 말 두 마리를 내어주고, 남은 세 마리의 머리채를 휘어잡아 한쪽으로 피했다.

야쿠자의 승리였다.

아주 잠깐은.

그리고 그들의 격돌에 흥분했던 전 운동장의 학생들이 집단으로 멍 때려야 하는 사태가 벌어졌다. 어느새 다른 기마들은 다 무너졌는데, 그들의 전투를 뒤에서 짱박혀 보고 있던 나보다 더 제정신이었던 초팀의 1학년 꼴통 하나가 승리해 취해 있는 야쿠자의 뒤로 와 야쿠자의 머리띠를 홀랑 벗겨 낸 것이었다.

멍하게 서 있는 야쿠자, 그리고 그의 말, 앞으로 지옥에서 살 것도 모르고 야아아아아, 하면서 머리띠를 휘두르고 있는 꼴통과 겁에 질린 꼴통의 말들.

때는 초가을, 넓디넓은 운동장에 바람이 휘몰아쳤다.

휘이이이이이이잉!

"초팀, 승리!"

멍하게 있던 교장 선생님이 빈 마이크를 쥐고 외친 목소리만이 운동장을 울렸다.

초팀, 승리.

"야야야야야야! 네가 인간 새끼라면 이럴 수가 없는 거야!"

자기가 잘못한 줄은 알아서 묵묵히 참치 김밥만 우겨넣고 있는 야쿠자 앞에서 나는 팔짝팔짝 뛰었다.

"어떻게 할 거야! 책임져! 책임져!"

"너 노트랑 연필 갖고 싶냐? 내가 사줄게."

야쿠자가 시큰둥하게 물었다. 물론 노트랑 연필에 관심이 있는 건 아니다.

나는 야쿠자의 뺨을 꽉 잡고 내 눈을 똑바로 보게 만들었다. 당황한 야쿠자가 고개를 돌리려 바동거렸지만 나, 힘세다. 좀 많이 세다.

"내가 누구야?"

"화, 황민서."

"내가 든 팀이 진다는 건 있을 수 없어."

언제부터 그랬냐고? 야쿠자가 기마전에서 뻘짓하면서부터.

난 승부욕이 강한 타입이다. 다만 쓸데없는 데에 그 승부욕을 불태우지 않을 뿐이다. 야쿠자가 기마전에서 뻘짓하기 전까지 체육대회는 쓸데없는 일이었으되 이제는 쓸데 있는 일이 되었다. 왜냐고? 내 맘이다.

"너너너너, 이거 못 놔?"

야쿠자가 바동바동 내 몸에 손대지도 못하고 허우적거리다가 한 발 물러서자 그제야 나는 야쿠자의 얼굴을 놓았다. 야쿠자가 오만상을 찌푸린 채 나를 노려보았다.

"너, 나 아는 척하지 말라고 그랬지."

"너 아까 나 따라왔잖아."

"아니거든. 그리고 네가 자꾸 눈앞에 알짱거리는 거 신경 쓰여. 그러니까 아예 꺼지라고."

"날 봐라. 내가 어디 안 보일 몸이냐? 어딜 가도 다 보여."

야쿠자는 곰곰이 나를 뜯어보곤 수긍하는 듯 고개를 끄덕였는데 거기엔 좀 시무룩해졌다. 새끼가 예의가 없다. 이놈의 사

나리를 구했다! 3   85

전에는 빈말이란 존재하지 않는다.

"그래, 어쨌든 말만 걸지 마."

"일단 내 체육대회를 책임져."

야쿠자는 고개를 뒤로 젖히며 입술을 깨물었다. 진짜로 짜증 난다는 표정이었지만 난 안다. 진짜로 짜증 난 건 아니다. 다만 어쩔 줄 몰라서 그러는 것뿐이다.

물론 그걸 알고 이용해 먹는 나도 나쁜 년이지만, 이건 다 나라를 구하기 위해서니까. 야쿠자에게 단체생활의 규칙을 가르치고 협동정신을 길러주려는 것뿐이다.

한참의 간격, 야쿠자의 시선이 내 쪽으로 움직였다.

"어떻게?"

고민 다 했니, 아가?

"계주 나가."

"계주?"

"계주랑 또 뭐가 점수가 높지?"

"몰라."

이왕 마음먹은 거 좋은 얼굴이면 더 좋을 텐데 야쿠자의 표정은 뚱하기가 그지없었다.

"넌 어떻게 3학년이나 돼서 그걸 몰라?"

"넌 2학년인데 왜 몰라?"

……신이시여, 저희를 용서해주소서.

결국 야쿠자의 턱짓에 칼 루이스처럼 달려온 2학년생을 쥐어짜 정보를 알아냈다. 우리의 승리를 위해서는 계주, 줄다리기,

쪽지 보고 달리기에서 우승해야 한다.

"이미 선수 다 정해져 있잖아."

계주에 나가라고 들들 볶고 있노라니 야쿠자가 인상을 찡그리며 말했다.

"그, 그런가?"

그러고 보니 그런 것 같기도 하다. 애들 경기에서 이기자고, 아니 야쿠자에게 협동정신을 가르치자고 다른 애들의 협동을 깨뜨릴 수는 없는 노릇이겠지.

그러나.

말했지만 난 운도 좋다. 세상은 내 맘대로 된다.

점심시간이 지나고 나서 얼마 안 있다가 쪽지 읽고 달리기에 나가기로 했던 3학년생이 배탈로 양호실에 가는 사태가 일어났다.

당연하게도 다음 수순은 타는 듯한 나의 눈총을 받으며 마지못해 손을 든 야쿠자가 그 자리를 메우는 것이었다.

야쿠자는 마치 내가 매일 밤 달에 사는 계수나무 아래 토끼를 상상하던 소년에게 달에는 계수나무도 없고 토끼도 없다고 말한 암스트롱인 것처럼 나를 노려보았다. 3학년 자리에서부터의 눈길이 어찌나 강렬한지 왼쪽 뺨이 화끈거릴 지경이었으나 나는 그 시선을 무시했다. 그러나 나를 제외한 나머지 비팀원들은 야쿠자의 눈빛에 질식하기 직전인 표정을 짓고 있었다.

한낮의 찌르는 것 같은 태양빛에 가을 체육대회라는 말이 무색할 정도로 운동장은 후끈거리고 있었다.

밥 먹은 후 또다시 시작된 훈화에 이어 백 미터 달리기, 학교 내 스타라는 3학년 선배의 축하공연이 끝나고 마침내 운명의 쪽지 보고 달리기 시간이 돌아왔다.

차라리 계주를 하겠다며 쪽지 읽고 달리기는 너무 유치하다 용트림하는 야쿠자를 말리는 건 쉽지 않았기에 이 해의 체육 대회를 맞아 나도 뭔가 한 게 있구나 싶어 뿌듯했다. 짱구는 못 말렸지만 야쿠자는 말렸다. 그 뿌듯함은 야쿠자가 나오자마자 스탠드가 집단 술렁임의 물결에 빠져들었을 때 조금 더 깊어졌 다.

저게 내가 해낸 것이다! 인간 만들고 있는 거다. 내가, 바로 내 가! 아, 이 인간 승리의 현장이여!

옆에 선 다른 학생들과 덩치 차이가 얼마나 심하게 나던지 원 근이 왜곡된 것처럼 야쿠자는 어색했다. 그뿐 아니라 아까 기마 전의 난(亂)을 목격했던 다른 아이들이 슬금슬금 야쿠자의 곁 을 피하고 있었기 때문에 공간마저도 왜곡된 것처럼 보였다.

잔뜩 찡그린 표정으로 발목을 풀어주던 야쿠자는 흐뭇하게 자신을 바라보는 나와 눈이 마주치자 쌩하고 고개를 돌렸다. 속 좁은 놈 같으니라고.

하지만 그렇다고 해서 반응할 나도 아니다.

둥둥둥둥. 징지리징징.

다시 북소리와 징소리가 신나게 울리기 시작한 가운데 나는 신이 나서 응원을 하기 시작했다. 밥을 먹고 나니 한층 더 배에

힘이 들어가는 것이, 소리도 더 잘 나온다. 멸치가 징을 치고 복
된 여학생이 북을 치는 와중에 나는 덩실덩실 춤을 추고 있었
다.

탕!

준현 선배가 들고 있던 총 끝에서 하얗게 연기가 피어올랐다.

동시에 6명의 여자들이 튀어나갔다.

와아아아아아아아아!

함성이 높아졌다.

1등으로 달리고 있는 건 삼팀의 생물 선생님이었다. 워낙 조
그마한 데다가 오늘은 운동화를 신은지라 그야말로 땅에 붙어
서 달리고 있는데 빠르다! 게다가 야비하기까지 하다! 그때 얻
어맞고 있던 야쿠자를 구해내던 그 포스 그대로 뭔가를 중얼거
리자 순간 달리던 초팀의 육상선수 출신 1학년이 움찔하고 자
리를 비켰다. 그리고 그 뒤를 바짝 초팀이 쫓고 그 뒤를 똥색 완
장이 거의 우리 팀의 1학년생과 같은 속도로 뛰고 있었다.

운동장을 반 바퀴 돌아 쪽지를 주운 사람들은 잠시 난감한
듯 주변을 둘러보았다.

제일 먼저 움직인 것은 역시 연륜의 삼팀, 생물 선생은 에라,
모르겠다 하는 표정으로 교실 쪽으로 뛰기 시작했다. 다들 띠
용, 하고 있는데 짱돌 쪽지를 뽑은 풍팀은 울고 싶은 것처럼 하
늘을 우러러봤고 똥팀이 여유로운 표정을 지으면서 달려가 자
기 팀 여자애 머리에서 헤어밴드를 들고 뛰기 시작했으며 우리
팀의 주자도 우리 학교에서 제일 조그만 남자아이에게로 달려

가 SS 사이즈의 체육복을 홀랑 벗겨 뛰기 시작했다.

1번 주자

비 : SS 사이즈 체육복 상의

풍 : 90사이즈 사각 팬티

초 : 300밀리미터 운동화

똥 : 똥색 헤어밴드

팔 : L 사이즈 교복 셔츠

삼 : M 사이즈 교복 치마

준현 선배에게 검사받고 인정되면 바통 터치, 2번 주자가 출발했을 때 순위는 똥, 초, 비, 삼, 팔, 풍.

2번 주자

똥 : 라면 봉지

초 : 아이스크림

비 : 김치 김밥

삼 : 맥콜

팔 : 반쯤 녹은 얼린 물

풍 : 맥주

망설이지 않고 귀빈석으로 뛰어들어 교장 선생님 앞에 놓인 맥주를 움켜쥐고 달린 풍팀이 팀의 순위를 올려놓았으며 맥콜

대신 보리텐을 가져왔다가 퇴짜맞고 도로 매점으로 달려가야
만 했던 삼팀이 순위에서 밀려났다. 가장 짱돌 쪽지라고 여겼던
반쯤 녹은 얼린 물을 뽑은 팔팀은 의외로 잘 극복해냈으며 가
장 쉬운 쪽지를 집은 우리 팀의 주자는 달려오자마자 아이들
이 내민 김치 김밥을 집어들고 뛰어 1위로 등극하는 영광을 안
았다.

그리하여 3번 주자가 출발했을 때의 순위는 비, 똥, 풍, 초, 팔,
삼.

3번 주자

비 : 음악 교과서

똥 : 동가 출판사, 수리 2 〈연습편〉

풍 : 슈퍼 박스, 사회 탐구의 정석 〈지리편〉

초 : 비리와 상징, 언어 문제집 〈종합편〉

팔 : 이원스, 과학 탐구의 맥 〈물리편〉

삼 : 나 잘난 수(秀), 수리 1 〈기초편〉

지옥이었다. 다들 자신이 집은 문제집을 소리높여 외치고 그
걸 학교에 두고 있는 아이들은 번쩍 손을 들어 함께 뛰는 풍경
이 창출되었다. 문제는 생뚱맞고 어이없는 짱돌 쪽지를 뽑은 우
리 팀이었다. 1학년, 2학년, 3학년 통틀어서 그 누구도 음악 교
과서를 갖고 있지 않았다!

절망! 절망! 절망!

그때 우리의 히어로이자 4번 주자로 대기하고 있던 야쿠자가 활약했다.

성큼성큼 뛰어온 야쿠자는 우리 팀 앞에서 망연자실하게 서 있는 3번 주자의 손에서 쪽지를 뺏어 읽더니 망설이지 않고 옆 팀 쪽으로 갔다.

"야! 음악 교과서 있지?"

"없……."

없다고 말하려던 풍팀의 1학년생은 야쿠자와 눈이 마주치자 그 안에서 자신의 묏자리를 발견했는지 침을 꿀꺽 삼키고 말했다.

"없는 애들이 대부분이지만 난 있는 애를 알고 있죠. 쟤 있어요!"

그 손가락 끝에 지적된 애는 그야말로 '브루투스 너마저!'라는 표정으로 가슴을 움켜쥐었다가 야쿠자가 쓱 그쪽으로 고개를 돌리자 잽싸게 자신의 교실을 향해 뛰기 시작했다. 누구보다도 빨리 책을 넘겨주겠다는 의지가 보이는 동작이라 우리 팀의 주자가 야쿠자를 향해 손을 들어 보이고 그 뒤를 쫓기 시작했다.

"와아아아아아!"

풍팀은 가슴을 쥐어뜯고 싶을 노릇이었겠지만 우리 팀은 신났다. 생전 처음 받아보는 것임에 틀림없는 환호를 받은 야쿠자는 답지 않게도, 정말이지 답지 않게도 부끄러운 듯한 표정을 지었다.

그렇게 3번 주자가 돌아오고 마지막 주자인 4번 주자가 출발했을 때의 순위는 똥, 풍, 비, 삼, 초, 팔.

　　우리의 야쿠자 출발!

25. Kisssssssss

우리는 흥분했다. 우리 히어로의 능력, 아까 보여준 개깡패 같은 열정과 부도덕함, 그리고 폭력이 우리를 승리의 길로 이끌 것임을 믿어 의심치 않았던 것이다.

본디 적으로 만나면 싫은 사람이 우리 편일 때는 세상에서 제일 든든한 법이다.

야쿠자는 우리의 기대에 한 치의 어긋남이 없었다.

우~ 오~ 우오~ 우~ 오~ 지! 구우는! 숨! 을! 쉰! 다!

야쿠자의 야생본능 주제가가 울려 퍼지는 듯한 환청과 함께 야쿠자는 눈앞에서 달리는 똥, 풍을 젖히고 뛰기 시작했다. 다른 때라면 몸싸움이라도 해보겠지만 상대가 야쿠자라는 걸 알았을 때 이미 똥, 풍은 겁에 질려 있었고, 그리하여 그들은 순순히 1위 자리를 내주었다.

그렇게 운동장을 반 바퀴 돈 야쿠자는 허리를 굽혀 쪽지 하나를 줍더니 확인 후 인상을 확 찡그리고는 내던졌다.

"저! 저!"

원래 저러면 안 된다. 쪽지를 집었으면 그게 뭐든 해야 하는 법, 그러나 법 알기를 뭐같이 아는 야쿠자는 알고 저러는 건지 모르고 저러는 건지 다른 쪽지를 집어들었다. 그때쯤 도착한 똥, 풍이 야쿠자의 눈치를 흘깃 보고 쪽지를 향해 손을 뻗었다. 자신의 쪽지를 본 야쿠자의 인상이 다시 찡그려졌다.

"젠장!"

똥, 풍이 화들짝 놀라더니 슬금슬금 뒷걸음질로 자신의 타깃을 향해 뛰기 시작했다. 사실 얼핏 보기에는 그저 야쿠자에게서 도망가는 걸로 보이기도 했다.

야쿠자는 잠시 생각하는 듯하더니 멍하니 그를 바라보고 있는 우리들 쪽으로 고개를 돌렸다. 처음 야쿠자를 응원하던 것도 잠깐, 그 심상치 않은 눈초리, 시니컬한 태도에 겁을 먹은 비팀은 경직된 표정으로 야쿠자를 시선을 받아냈다.

그리고 마침내 야쿠자가 뛰기 시작했다.

똥팀이 준현 선배 쪽으로 뛰기 시작하자마자, 그리고 삼팀이 우리 팀의 댄싱퀸인 은영에게 손을 뻗치자마자였다. 우리는 결사적으로 은영을 보호했다. 내가 나의 곰 같은 힘으로 삼팀을 막아내기 위해 앞으로 가고 있을 때였다.

갑자기 하늘이 기우뚱하더니 땅이 나에게서 멀어지기 시작했다.

"꺄아아아아아아아악!"

여자아이들의 비명이 높았지만 나는 비명도 지르지 못했다.

야쿠자가, 야쿠자가, 야쿠자가! 나를 쌀자루 짊어지듯 덥석 들어 어깨에 실은 채 뛰기 시작한 것이다.

배, 배, 배가 아프다아아아아아아!

야쿠자의 어깨에 뭉개지고 있는 내 배애애애!

저 앞에서는 똥팀의 주자가 준현 선배의 손을 잡고 뛰는 것이 보였다. 야쿠자의 시선이 잠깐 그쪽으로 향했다.

"이기고 싶어?"

야쿠자가 물었다. 조용히, 마치 내가 그렇다고 하면 이길 수 있다는 듯 그렇게 물었다.

역전도 가능한 상황, 광란한 수천 명의 함성에 땅이 흔들리는 것 같았다. 배는 아팠지만 지금 그게 문제가 아니다. 생각할 시간도 없었다. 나는 복식호흡을 사용하여 우렁차게 대답했다.

"응!"

배가 아픈 것이 문제가 아니다. 고통은 잠깐, 영광은 영원! 나의 대답이 끝나자마자 야쿠자는 숨을 들이마셨다. 그리고 사자후를 내질렀다.

"너 이 새끼 거기 안 서?"

물론, 이건 그냥 할 수도 있는 이야기다. 서란다고 꼭 서야 하는 것도 아니고, 야쿠자는 그냥 서라고만 했지 서지 않으면 어떻게 하겠다거나 하는 구체적인 이야기는 하지 않았다.

그러나 여덟 글자, '너이새끼거기안서'가 이렇게 무섭게 들릴 수도 있다는 것을 나는 처음 알았다. 그리고 아마도 앞서 뛰던 똥팀의 주자도 알았을 것이다. 똥팀의 주자가 누구인가. 아까 심약하게 야쿠자에게 1위를 양보했던 바로 그 주자 아닌가.

아마도 그는 이 풍진 세상 영광스럽게 살다 산화하는 것보다는 길고 건강하게 사는 쪽에 더 관심이 있는 것임에 틀림없다.

똥팀 주자는 머뭇거렸다.

그리고 분명히, 준현 선배는 그것을 묵인했어야 한다. 조장하진 못하더라도 적어도 묵인은 했어야 한다! 왜냐면 강준현도 비팀이니까! 그게 아니라도 적어도 공정해야 하는 학생회장이란 위치에 있는 사람이니까!

그러나 현진고에서 야쿠자의 협박이 먹혀들지 않는 몇 안 되는 사람 중의 하나인 강준현은 무슨 생각을 했는지 표정이 싸늘해지더니 오히려 똥팀의 주자를 질질 끌다시피 앞으로 달리기 시작했다.

"젠장!"

야쿠자가 욕설을 내뱉고 나에게 말했다.

"입 꼭 다물고 있어. 혀 깨물어."

뭔가 말하려던 나는 입을 딱 다물었다.

그와 동시에 야쿠자가 마치 터보엔진이라도 켠 것처럼 달리기 시작했다. 순간 난 바람이 되었다. 놀이기구를 타지 않아도 이런 속도감이 나오는 거구나. 으아아아아아!

머리가 광년이처럼 날리는 가운데 뒤를 돌아보자 앞에서 달리는 똥팀 주자와 준현 선배가 점점 더 가까워지고 있었다. 야쿠자! 육상선수로 내보내야겠다!

어? 그런데 뒤에서 팔팀과 풍팀의 주자가 뭔가를 외치며 쫓아오고 있다. 쟤들은 왜 자기가 찾아야 되는 사람 안 찾고 우리를 쫓아오고 그래?

그러나 허덕이며 손짓하는 팔팀 주자를 신경 쓸 때가 아니었다.

자꾸 뒤돌아보느라 귀찮게 구는 똥팀의 주자를 견디다 못한 준현 선배는 3학년 남자인 똥팀의 주자를 번쩍 들고 뛰기 시작한 것이다.

"와아아아아아아아아!"

함성이 무슨 월드컵 경기의 골든볼이 터졌을 때처럼 커졌다.

그래, 다들 이런 거 처음 봤을 거다. 뚱뚱한 난쟁이 똥자루를 짊어지고 달리는 야쿠자와 운동선수 하나 짊어지고 달리는 학생회장, 정말 보기 힘든 광경이다.

둘 중 하나다. 내가 그래도 남자보다는 더 가벼웠거나, 아니면 야쿠자의 힘이 원시적이었거나.

거의 비슷하게, 그러나 확실히 야쿠자가 한 걸음 먼저 결승점을 통과했다.

"으아아아아아아아아아악!"

비팀은 난리가 났다. 모자와 옷, 징채, 북채, 하다못해 큰북까지 하늘을 날았다.

결승점을 통과하고도 관성으로 50미터쯤 더 뛴 야쿠자가 거

칠게 가슴을 들썩이며 나를 내려놓았다. 야쿠자의 시선을 따라 뒤를 돌아보니 역시 숨을 몰아쉬며 손등으로 입가를 쓱 문지른 선배가 이쪽을 바라보다가 휙 돌아서 손을 들고 마이크를 잡고 선언했다.

"비팀, 승리!"

"와아아아아아아아아아아아!"

이상한 일이었지만 학부형의 참관석에서도 함성이 터져 나왔다. 맞다, 야쿠자, 학부형 팬클럽 있었지.

나는 문득 쪽지의 지시문 내용이 궁금해졌다.

"아, 맞다."

나의 의문 제기에 그제야 정신이 돌아온 듯 선배는 다시 마이크를 쥐었다.

"지시문 확인합니다."

4번 주자

비 : 교내 최고 미녀

풍 : 교내 최고 주먹

초 : 교내 최고 미남

똥 : 교내 최고 킹카

팔 : 교내 최고 수재

삼 : 교내 최고 퀸카

순간 준현 선배의 얼굴이 딱딱하게 굳었고 내 얼굴도 굳었다.

이거 몰수패인가?

풍과 팔이 우리를 죽어라 쫓아왔던 이유도 깨달았다. 교내 최고 주먹이 교내 최고 수재를 들고 뛰는 중이었으니 어쩔 수 없었으리라. 뭐지? 교내 최고 미녀는 신경도 안 쓰고 교내 최고 수재에 불쾌해하는 표정은? 진짜라고.

그나저나 교내 최고 미녀라…….

할 일을 다 했다고 생각했는지 야쿠자는 벌써 바람과 함께 사라졌고, 2등으로 들어온 통팀의 주자는 당장에라도 몰수패를 주장할 기세였다. 게다가 3등으로 들어온 초팀이 아까 농구 시합 때 홀렁 벗고 날뛰던 3학년 서정우 선배를 데려와서는 자신이 2등이라고 우기고 싶어하는 얼굴로 우리를 바라보고 있었다. 물론 4등으로 들어온 삼팀 역시 뭐가 어쨌든 비팀이 떨어지면 자신은 3등인지라 흥미진지하게 우리 쪽을 바라보고 있었다.

"에……."

잠시 말을 끌던 준현 선배의 곤혹스러운 시선이 나에게 향했다. 그리고 곧이어 1,500명에 달하는 현진고 학생 전원과 선생님들, 학부형들의 시선도 내 쪽으로 향했다. 나는 부끄러웠으나 가능한 무표정하고 당당하려고 노력했다.

사실 말이야 바른 말이지 미남미녀의 기준만큼 주관적인 것이 어디 있겠는가? 응? 그래도 어느 정도 타당한 선이 있는 법이라고?

그렇다. 인정. 그 타당한 선에서 벗어난 나는 어떻게 해야 좋을지 하늘을 우러렀다. 나는 후회하고 있었다. 야쿠자가 바람과 함께 사라질 때 나도 같이 사라질걸.

하지만 이때 제일 곤란했던 건 준현 선배였을 것이다. 이미 열광적으로 뛰는 모습에서 비팀으로부터 배신자의 낙인이 찍힌 선배가 여기서 몰수를 선언한다면 말 그대로 예수의 발에 키스한 유다 꼴이 나는 것이다.

그러나 인정한다면 아마도 후에 안목에 문제 있던 학생회장으로 길이길이 기록되리.

To be or not to be, that's the question. (사느냐, 죽느냐, 그것이 문제로다!)

"이, 인정합니다."

"우우우우우우우우우우."

지금 소리지른 놈들, 잊지 않을 테다.

물론 이 문제는 후에 빗발치는 이의신청에 교무회의까지 올라가게 되지만 당연하게도 기각되었다. 누가 교내 최고 미녀인지 따위, 어른들의 기준에서는 별로 중요한 게 아니었으므로.

그렇게 강준현은 눈 삔 불공정 학생회장이 되었고 나는 현진고 최고 미녀가 되었다.

수돗가에서 세수를 하던 나는 옆구리가 축축하게 젖은 것을 발견했다. 오른쪽 옆구리가 마치 핏자국마냥 젖어 있었다. 내가 오른쪽 옆구리에서만 땀을 흘릴 리가 없으니 이 땀은 아마도 아까 나를 짊어졌을 때 야쿠자가 흘린 땀이렷다!

잽싸게 주변을 살피다가 킁킁 코에 대고 냄새를 맡아보았다. 아, 좋구나! 왜 어린것들은 땀에서도 향기가 날까?

"뭐 하냐?"

나는 셔츠에 코를 박은 채로 딱딱하게 굳었다.

야쿠자의 목소리. 이건 뭐라고 설명할 수도 없이 변태다. 자기 셔츠에 코 박고 냄새 맡는 건 혼자 하면 몰라도 누군가 보면 심하게 부끄러운 일이다. 이 자식은 타이밍 한번 끝내주는구나.

주변을 둘레둘레 봤는데 여전히 사람이 없다. 이제 이 야쿠자가 닌자술까지 배운 걸까? 목소리는 가까이서 들리는데 어찌 보이지 않을 수가 있단 말인가. 이상하다 싶어서 인상을 찡그리는데 다시 소리가 들렸다.

"위쪽."

나는 고개를 꺾었다.

폐쇄된 까만 철제 비상계단 위, 야쿠자가 난간에 기대어 나를 내려다보고 있었다. 등 뒤로 파란 하늘이 쨍하니 높았다. 고개가 꺾어져라 올려다보고 있노라니 그런 나를 가만히 내려다보던 야쿠자가 한마디 했다.

"이리 올라와."

"왜?"

사람이 왜냐고 물었으면 이유를 설명해주는 것이 초등교육을 마친 학생들의 본분이건만 이놈의 야쿠자는 몸을 획 돌려버렸다. 결국 별수없이 나는 비상계단을 올라갔다.

"도대체 왜 여기에 짱박혀 있어?"

"여기 사람 없어서 기분이 좋아."

사람이 없는데 왜 기분이 좋냐? 하기야 사람들도 너 없으면 기분 좋아하는 것 같더라.

바보는 높은 데를 좋아한다더니 철제 발판 사이로 아래가 다 보이는데도 태연히 벽에 등을 기대고 앉아 있던 야쿠자는 나를 보고 싱긋 웃었다. 그리곤 앉으라는 듯이 자기 옆을 두드렸다.

"안 무서워?"

"뭐가 무서워? 문명에 확신을 가지라고. 안 부서지게 잘 지었을 거야."

삼풍백화점에 들어갔던 사람들도 그렇게 생각했겠지.

나는 야쿠자의 옆에 털썩 주저앉았다.

"넌 어쩜 그런 쪽지를 집고 나를 끌고 오냐? 창피해 죽는 줄 알았잖아."

"그게 뭐?"

"아무리 그래도 말야, 내가 교내 최고 미녀는 아니지 않아? 사실 교내 미녀 중 1인이라고 하기에도 좀 민망하다고."

야쿠자는 고개를 비스듬히 기울이더니 나를 가만히 바라보았다. 어디선가 바람이 불었다. 멀리서 들리는 함성은 그 바람에 실린 듯 우리를 지나갔다.

"……뭐라도 너였어."

그 함성의 끝, 마치 지나가는 말처럼 야쿠자가 말했다.

"응?"

응?

나라를 구했다! 2

야쿠자는 망설이는 듯, 미간 사이를 찡그렸다. 그리고 잠깐의 간격, 다시 한 번 천천히 이야기했다.

"어떤 게 적혀 있었어도 너라고."

나를 바라보지 않거나 아니면 못 하거나. 시선을 돌린 채 야쿠자는 아무런 표정도 없었지만 섬세해 보이는 긴 속눈썹이 희미하게 떨리고 있었다. 내 심장도 아마 크게 뛰고 있을 것이다. 내가 내가 아니었다면, 그러니까 내가 이런 말을 듣고 심장이 설레는 와중에도 '최고 뚱땡이가 아니라 최고 미녀라서 다행이다.'라든지 '최고 못난이가 아니라 최고 미녀라서 다행이다.'라고 생각하는 이런 성격이 아니었다면 여기서 좋았을지도 모른다.

"넌 내가 여자로 보이냐?"

야쿠자의 시선은 다소 뚱하게 돌아왔다. 어이없다는 듯 야쿠자가 대답했다. 좌우간 대답 하나는 참 진실되게 한다.

"여자잖아. 남자로는 안 보이는데?"

여전히 핀트는 좀 어긋났지만.

"넌 눈이 왜 그러냐? 그리고 우린 아직 어려서 그런 걸 생각할 때가 아냐. 넌 자꾸 준현 선배랑 날 의심하는데 우리도 그거 아니고."

"아니긴, 넌 몰라도 걘 아냐. 그건 보면 아는 거지."

이상한 데서는 또 예리하다.

"준현 선배가 미쳤냐?"

"그건 그래."

이상한 데서 짜증 나게 솔직하고.

"여튼 난 너 남자로 안 보여."

야쿠자의 시선이 천천히 내 시선 위에 겹쳐졌다. 이제 나는 야쿠자를, 그리고 야쿠자는 나를 똑바로 바라보고 있었다.

"그래?"

"그래. 물론 미래야 어떻게 될지 모르는 거지. 그러니까 난 네가 지금은 그냥 우리 학교 선배로서, 그리고 한 사람으로서……"

"안 보여?"

야쿠자는 조용히 다시 한 번 물었다.

나는 얼른 고개를 돌려 하늘을 바라보았다. 큰일 났다. 난 이런 물음이 어떤 걸 내포하는지 다 아는 스물여덟 살이다. 그래서 설렌다.

구름은 티없이 하얗고 하늘은 투명하게 푸른 가을날이었다. 시원하게 불어온 바람이 물기를 닦아내지 않은 얼굴을 시원하게 스치고 지나갔다.

야쿠자의 시선이 느껴졌다. 아마도 웃고 있는 것 같다. 마음을 읽혀버린 것 같았다. 아니, 굳이 읽지 않아도 내가 대답하지 못한다는 것부터가 대답이다.

이게 무슨 짓이냐, 어쩌려고 열아홉 살짜리를 앞에 두고 설레는 것이냐. 손바닥에 올려놓고 노는 게 아니라 이렇게 정말 가슴 떨려버리면 어쩌란 말이냐.

바람이 불어와 얼굴을 간질이고 있었다.

"바람 부니까 정말 좋다."

나는 아무렇지도 않은 척 바람만 좋다는 듯 말했다.

"난 너랑 있으니까 좋은데."

실패다. 심장이 덜컥 내려앉았다. 이 직설적인 천둥벌거숭이를 대체 어쩌면 좋을까.

나는 느릿느릿 고개를 돌렸다. 어쩌면 조금쯤 떨었을지도 모른다. 그건 내가 제어할 수 있는 문제가 아니었으니까.

내가 생각했던 것과 똑같은 얼굴로 야쿠자가 웃고 있었다. 눈이 마주쳤다. 언젠가, 온실에서도 이렇게 눈이 마주쳤던 적이 있긴 했다. 하지만 그때와는 달랐다.

많이, 다르다.

세수를 했는지 야쿠자의 검은 머리도 물에 젖어 있었다. 머리카락 끝, 매달려 있는 물방울 하나가 무지갯빛으로 빛나고 있었다. 나도 모르게 손을 뻗어 물방울을 건드렸다. 내 손가락 끝을 타고 물방울이 또르르 흘러내렸다.

나는 숨을 멈췄다.

천천히 야쿠자가 고개를 숙였다. 커다란 어깨가 기울어졌다.

나는 이놈이 뭘 할지 알고 있었지만 꼼짝도 하지 못했다.

그대로 야쿠자의 입술이 내 입술에 겹쳐질 때까지.

26. 순수의 계절

내가 정신을 차렸을 때 눈에 들어온 건 시베리아 벌판에서 다섯 시간 서 있다가 따뜻한 집 안으로 돌아온 아이처럼 얼굴이 붉게 물든 야쿠자였다. 왜 당한 건 난데 제 얼굴이 붉어지는 거냐 탓할 수도 없을 만큼 그렇게 야쿠자의 얼굴빛은 붉었는데 마주 보는 동안 점점 발열, 결국에는 귀끝까지 발갛게 물들어 버렸다.

운동장 쪽에서 와아아아, 하고 다시 함성이 일었다 가라앉는 동안에도 우리는 서로에게 시선을 둔 채 떼지 못했다.

나로서도 드물게 멍한 상태로, 야쿠자가 무슨 생각으로 이렇게 대담한 짓을 했는지를 생각할 여유도 없었다. 정말이지 드물게 뭐라 반응해야 좋을지 알 수가 없었다.

그래서 나는 그만 야쿠자가 그대로 일어서서 몸을 휙 돌려 날다시피 계단을 내려가 도주하는 것을 허용하고 말았다. 뭔가 말해야 했지만, 아니 사실 말해야 하는 건 야쿠자겠지만, 아니 상황상 아무래도 내가 말해야 했던 게 옳았겠지만 정말로 정말로 나는 완벽한 공황상태였다.

조금만이라도 이성이 남아 있었다면 화끈하고 열정적이며 섹시한 데다 끈적끈적하기까지 한 키스도 아니고 피부의 일종인 입술이 닿았고 아마 조금쯤, 어쩌면 조금쯤 더 나아갔을지도 모르는 그런, 그런, 그런, 그런…… 일일 뿐이었는데. 이 내가 이렇게까지 당황할 일은 아니었는데. 게다가 거기서 조금만 더 생각해보면 열아홉 살, 체육대회, 생전 처음으로 느꼈을 성취감, 그 앞에 여자아이가 있는 상황이니 어쩌면 당연하고도 자연스러운 것으로, 난 어른스럽게 받아넘겼어야 했던 것인데.

하지만 언제나 그렇듯 머릿속과 현실은 몹시도 다르다. 대부분의 연애는 마치 사고처럼 일어나는 법이다. 왜 이렇게 되었는지도 알 수 없고 어떻게 반응해야 하는지도 알 수 없게, 딱 그런 방식으로.

내가 그랬다.

야쿠자가 당황한 거야 그렇다고 치더라도 나조차도 어떻게 반응하지 못했다는 것, 심지어 야쿠자가 뭘 할지 알았으면서도 막지 않았다는 것이 내게는 문제였다.

나는 내가 진실에서 눈을 감고 있다는 걸 알았다. 그리고 바로 그 충격이 야쿠자를 도주하게 내버려둔 원동력이었다. 그게 아니었다면 내가 도주해야 할 상황이었으니까.

난 정말이지 어떻게 해야 좋을지 몰랐다.

천하의 황민서가, 잘나기 그지없었던 황민서가 할 말을 잃고 다음 행동을 결정하지 못할 정도로 압도당했다. 아니, 그보다 더 나빴던 건 압도당하고 싶었던 마음이다. 그냥 내버려두고 싶은 강렬한 마음, 조금 더 가보고 싶은……. 눈앞에 있는 게 야쿠자라는 걸 잊어버리고 내가 누구란 걸 잊어버리고, 젠장 나는 스물여덟 살인데!

야쿠자, 폭력적이고 부끄러울 만큼 단순하며 당연하게도 한없이 어린 야쿠자. 날라리였고 잘난 구석이라고는 얼굴하고 몸, 그리고 엄청난 운동신경밖에 없는, 게다가 반항적인 야쿠자. 머리 좋은 남자를 밝히는 내 취향을 생각하면 절대로 아니올시다지만, 그러나 동시에 그런 야쿠자이기 때문에, 그 모든 단점들을 가진 야쿠자이기 때문에 야쿠자가 특별했다. 나처럼 못되지도 않았고 계산적이지도 않았고 그냥, 한없이 순수하다.

……그게 문제였다. 마음을, 움직인다.

나는 내가 야쿠자를 원한다는 것을 알았다.

"으아아아아아아아아아아!"

난 짐승이다.

그날 저녁, 준현 선배는 우리 집 앞으로 왔다.

"으음."

그리고 내가 일어난 일을 말하자 정말 딱 말 그대로, 으음이라고 전형적인 신음 소리를 냈다.

"너 그 말은 나한테 하기에 좀 부적절하다고 생각하지 않아?"

"그러니까 하는 거예요. 숨기고 있다는 기분은 싫으니까."

"차라리 하지 말아줘."

하지만 비장한 대사와는 달리 별로 놀란 표정도 아니었기 때문에 나는 대수롭지 않게 선배의 말을 받아들였다. 사실 놀라기엔 우리에겐 시간이라는 문제가 있다. 우리가 안 시간은 길어도 대부분 소 닭 보듯 지냈고 사귄 기간은 딱 일주일뿐, 그것도 손만 잡았지 않은가. 그리고 여기 와서가 반년이 넘는다. 심각하게 반응한다면 그건 합리적이지 못한 일이 되겠지.

……라고 생각한 건 내가 여자였고 또 비밀리에 순진무구했기 때문이었다.

준현 선배는 정말 놀란 표정은 아니었지만, 생각해보면 이 남자는 총에 맞은 다음 머리에 칼을 꽂고 피를 질질 흘리면서도 아무렇지도 않은 표정을 지을 성격이었던 것이다.

"그 녀석이 좋아?"

난 고민했다. 도저히 안 좋다고 말할 수는 없다. 나는 아마 야쿠자를 좋아하는 게 맞을 거다. 그것도 철없이 귀여운 고등학생이나 계도해야 할 문제아로서가 아닌 남자로 좋아하는 게 맞을 거다.

그때 야쿠자의 표정에 대한 나의 반응……, 순간 움직였던 마음은 전혀 이성적이지 못했고 나답지도 않았으며 어른스러운 것과도 거리가 있었다. 나는 순수하고 순수한 야쿠자의 마음에 순수하고 순수하게 반응했다. 가슴 언저리에 아득하게 와 닿던 마음.

하지만.

야쿠자는 야쿠자다.

"잘 모르겠어요."

나는 고개를 숙인 채 언젠가의 야쿠자가 그랬던 것처럼 발로 땅바닥을 문질렀다. 발끝에서 벅벅 소리가 났다.

"뭘 몰라?"

"야쿠자는 야쿠자잖아요. 선배 말대로 운명이라는 게 변하지 않는 거라서 야쿠자가 된다면 그것도 무서운 일이고."

나는 여전히 고개를 숙이고 있었지만 선배의 시선이 따가울 정도로 선명하게 정수리에 느껴졌다.

"만약 뭔가 바뀐다면…… 그것도 또 무서운 일이잖아요."

"어차피 살면서는 미래를 몰라."

"아니에요."

나는 고개를 들었다.

사람이 미래를 모른다는 건 거짓말이다. 물론 사고가 날지, 언제까지 살 수 있을지, 아프지는 않을지 이런 건 하나도 모른다. 그러나 오늘을 살면서 내일을 예측할 수는 있다. 내가 오늘 한 일이 내일을 만든다. 그렇게 하지 않으려면 어려운 거다. 오늘 내가 한 일과 다른 내일을 맞이하기가 어려운 거다. 지금의 야쿠자처럼. 내가 야쿠자가 되기 어려운 것처럼 야쿠자가 야쿠자가 되지 않는 것은 어렵다.

"야쿠자는 너무 불안해요."

"뭐가?"

"그냥 보고만 있어도 좀 그래요. 난 언제나 내일을 예측할 수 있도록 조정해왔는데 야쿠자랑은 그게 잘 안 돼요. 무슨 짓을 할지도 모르겠고 내가 생각하는 것과 너무 달라서 좀 그래요."

준현 선배는 입을 굳게 다물고는 생각하는 듯 미동도 않고 고개를 숙이고 있었다.

얼마나 지났을까, 선배의 손이 부드럽게 호선을 그리며 올라오더니 내 머리 위에 놓였다. 그 손길이 놀라울 만큼 부드러워서 나는 고개를 들어 선배의 눈을 바라보았다. 선배의 등 뒤로 어느새 어스름해진 하늘이 보였다.

"있잖아, 네가 그런 걸 생각한다는 것부터가 이미 결정된 거 아냐?"

"네?"

"상우를 보는 게 어떤 의미인지, 상우랑 함께 있는다는 게 어떤 의미인지 넌 이미 생각해봤잖아. 네가 정말 관심이 없다면 그런 거 생각 안 했을 거야."

난 할 말을 잃었다. 지독하리만큼 옳은 이야기였으니까.

"그리고 말야, 내가 정말 너보다 1년 더 살아서 아는 건데 그렇게 생각하는 건 별 의미 없더라. 이게 문제고 저게 문제고……, 아무리 생각해도 결국 어쩔 수 없는 순간이 와. 네가 선택하는 게 아니거든. 문제가 있다는 걸 몰라서 시작되는 게 아니라 시작되어버렸기 때문에 어쩔 수 없이 굴러가는 거야. 특히 이런 문제는……."

"선배."

잠깐의 간격, 선배는 장난스럽게 덧붙였다.

"너도 1년 있으면 알 거야."

해가 떨어지기 시작한 하늘은 시시각각 어두워졌다. 선배의 얼굴이 시시각각 어둠 속에 잠겨들고 있었다.

나도 모르진 않는다. 야쿠자는, 유상우는 내가 빠져들 만한 타입이 전혀 아니다. 그러나 사람 일이라는 것이 마음대로 되는 게 아니다.

정말이지 오랜만에 나는 고민했다. 도대체 나는 왜 이 시간대로 온 걸까? 일이 이렇게 되려고?

"선배는 만약 내가 야쿠자를 진지하게 계도하겠다고 하면 어떻게 할 거예요?"

희미하게나마 웃음이 떠올라 있던 선배의 얼굴이 굳었다. 여전히 웃음은 남아 있는 채로, 그러나 모를 수 없을 만큼 선명하게.

"제대로 말해. 진지하게 계도하겠다는 게 무슨 뜻이야?"

아아, 야쿠자도 그렇고 준현 선배도 그렇고. 이 형제들 성격 하나는 끝내준다. 난 이렇게 질문을 효과적으로 사용하는 형제들을 본 적이 없다.

어제 야쿠자의 '남자로 안 보여?'가 질문이 아니었듯이 오늘 선배의 '무슨 뜻이야?'도 질문이 아니었다. 나는 그것이 선이라는 것을 알았다. 절대로 애매모호하게 끝내주지는 않겠다는, 어슬렁어슬렁 넘어가는 일 없이 명확한 선택을 요구하는 선.

한참 시선이 멎어 있었다.

나는 황민서고, 나름 성격이 있고 못됐지만 강준현이 훨씬 심하다는 것을 알았다. 나랑 강준현은 비슷한 인간형이지만 자신이 지적했듯 1년을 더 살았고 딱 그만큼 더 못됐다. 아니, 나라도 그랬을 것이다. 사실 그래서 준현 선배를 부른 게 아닌가. 사실 어느 정도 보고만 하고 두루뭉수리 넘어가고 싶었지만 그렇게 내버려두지 않겠다는 데야…….

연애란 전부(全部)가 아니면 전무(全無), 나는 선택해야 한다.

하지만 이런 말도 안 되는 상황이 있단 말인가. 이렇게 예쁘고 바람직하고 미래성 있는 강준현을 앞에 두고, 대책도 없고 생각도 없고 미래도 없는 야쿠자를 택한다는 말을 해야 한단 말인가?

내가?

이 계산적이고 남들 다 좋아하는 것만 좋아하는 황민서가?

준현 선배는 조용히 기다리는 듯한 표정으로 나를 보고 있었다. 나는 이미 내가 뭐라고 대답할지 알았지만, 아니, 아니까 욕하고 싶었다. 나를 말리고 싶었다. 그러나 나는 짱구였나 보다. 짱구도 못 말리고 나도 못 말린다.

"당분간은 야쿠자 옆에 있고 싶어요."

침묵.

어느새 주변은 완전히 어둠에 잠겨 있었다. 준현 선배는 고개를 숙이고 있어 얼굴에 생긴 음영 때문에 표정을 볼 수가 없었다. 나는 여러 가지 의미로 심장이 두근두근 뛰는 걸 느꼈다.

내 발언에 대한 준현 선배의 반응, 내 발언의 의미, 내 안의 감정을 내 목소리를 듣고야 깨달을 수도 있다는 걸 알았다.

핏, 전기가 흐르는 듯한 소리와 함께 가로등이 켜졌다. 순식간에 주변이 호박빛으로 물들었다. 나도, 그리고 준현 선배도.

준현 선배가 고개를 들었다. 고개를 숙이기 전과 조금도 다름없는 평온한 표정. 그러나 아마도 마음속은……, 응? 준현 선배가 씩 웃었다. ……웃어?

"누구 맘대로?"

응?

준현 선배의 손이 내 뺨 위에 와 닿았다. 찬 가을 바람에 식어버린 얼굴 위로 뜨거운 체온이 느껴졌다. 토닥토닥, 손바닥이 두 번 움직였다. 꽤 힘이 들어가 있다고 느낀 건…… 그냥 느낌이겠지? 그렇겠지?

"아가씨, 하고 싶다고 해서 다 할 수 있으면 헝그리 정신이라는 말이 왜 나왔겠어?"

으응?

"원래 말야, 여자들은 모성본능이 있어. 상우 같은 타입한테 약해. 상우 자식이 모성본능을 좀 자극하거든. 옛날부터."

으으응?

"근데 그보다 더 여자들이 더 약한 게 뭔지 알아?"

선배는 다시 한 번 웃었다.

차라리 한 대 맞는 게 낫겠다. 이 형제들은 왜 이렇게 무서운 거냐. 선배가 야쿠자한테 마구 맞다가 씩 웃었을 때보다 지금이 훨씬 무섭다.

"바로 나쁜 남자야."

어머나.

토닥토닥, 내 뺨을 두드리던 선배의 손이 멈췄다. 선배가 허리를 굽히는 순간 나는 눈을 질끈 감았다. 이거, 이거, 이거 뭐냐아!

"네가 아직 어려서 그래. 조금만 있어 봐. ……응?"

귓가에서 간질간질, 따뜻한 숨결이 느껴졌다.

내가 눈을 뜨기 전에 귓가에서 숨결이 사라졌고 뺨을 덮고 있던 커다란 손도 사라졌다. 놀란 건지 좋은 건지 알 수 없는 애매한 기분으로 눈을 떴을 때 준현 선배는 어느새 뒤돌아서 걷고 있었다. 난 멍하게 서서 그 모습을 바라보았다. 인사를 해야 하는 건지, 아니면 욕을 해야 하는 건지도 알 수 없었다.

방금 뭐가 지나간 거야? 저 사람과 내가 비슷한 인종이라는 건 완전 취소다. 난 저 사람에 비하면 정말이지 맑고 밝고 순진한 빛의 세상의 사람이구나! 저 사람이야말로 리얼 악마의 자식이야. 그래그래, 야쿠자가 괜히 그렇게 치를 떨 리가 없는 거야. 저 사람은 나의, 아니 내가 보기에 인류의 머리꼭대기에 있다.

그런데 지금 저 사람이 이러는 이유가…… 나 때문이야? 나? 황민서?

난 형법을 130번쯤 통독했고 헌법을 모두 암기하고 있으며, 민법을 70번쯤 봤다. 아인슈타인의 통합장 이론을 이해하고 있으며 양자역학 책도 두어 권 뗐다. 연애 관련 심리 서적도 열 권

116

쯤 읽었고 연애지침서 같은 것도 한두 권은 본 듯하다.

그러나 여전히 세상에는 알 수 없는 일이 많다. 이해할 수 없는 일이 일어난다.

이 미묘한 남자복은 무엇이냔 말이다.

"밥 안 먹어?"

모친이 소파에 앉아 별도 보이지 않는 까만 밤하늘을 바라보고 있는 나를 보고 의아하게 물었다. 약간 넋 나간 듯 보였을 거라는 건 인정한다. 하지만 다른 사람도 아닌 강준현에게 방금 전과 같은 기술이 걸리고도 정신 줄을 붙들고 있을 수 있다면 그 사람은 신인류다. 여자가 아니다. 그 기묘한 매력, 맙소사! 이런 게 바로 나쁜 남자라는 것인가! 내가 봤을 때 팔십 먹은 할머니도 거울을 보면서 '오홍홍' 할 것 같은 이 이상하고도 얄딱꾸리한 이…… 이…… 뭐라 말할 수 없는…… 으아아아아!

"엄마, 엄마 딸이 그래도 많이 빠지는 얼굴은 아니지?"

"풋!"

웃음소리가 난 건 모친 뒤에서였다. 황준서가 화장실을 가려고 제 방에서 나왔다가 내 목소리를 듣고 침을 튀기며 웃기 시작했다

"엄마, 쟤 아무래도 이상하지? 이번에 전교 2등 한 충격이 큰가 봐."

황준서는 오른쪽 관자놀이 근처에서 손가락을 뱅뱅 돌려 보이면서 고개를 절레절레 흔들었다. 내가 전교 2등을 했다고 했

나리를 구했다! 2   117

을 때 제일 좋아한 놈은 저놈이었다. 언제나 1등만 하던 내가 인간답지 않았다며 이제 드디어 인간이 되었다고, 살만 빼면 된다고 말하는 저놈이 내 친오라비라는 것이 한없이 부끄러웠다.

때르르르릉.

"여보세요? 여보세요?"

전화를 받았던 모친이 수화기를 한 번 쳐다보고는 이상하다는 듯이 전화를 끊었다.

"이상하네. 아까부터 왜 자꾸 끊는 전화가……"

"난가? 나 찾는 전환가?"

황준서가 손가락으로 자기를 가리키며 촐싹댔다. 내 기억에 저 녀석은 내내 차이기만 했을 뿐, 단 한 번도 끊는 전화 따위를 받아본…… 가만, 그럼 내 전환가?

예감이 있었다.

나는 몸을 일으켰다. 베란다 문을 열고 나가자 차가운 바람이 얼굴을 때렸다. 나는 난간에 바짝 기대어 눈에 힘을 주었다. 우리 집은 15층, 아파트 아래의 사람들은 손가락 한 마디 정도는 될까? 어둠이 드리운 아파트의 놀이터, 가로등이 그리고 있는 호박색의 동그란 선을 딱 한 걸음 넘어선 어둠에 사람이 서 있었다.

그리고 나는 그 사람이 야쿠자라는 데 앞으로 내가 먹을 모든 꽃등심을 걸 수도 있을 것 같았다. 가슴이 두근거리기 시작했다. 단지 실루엣만으로 야쿠자를 알아보다니 말도 안 되는 이야기지만 나는 저 널따랗고 단정한 어깨와 천연 건방이 살아 있는 자세가 야쿠자의 것이라는 데, 뒤통수가 야쿠자의 뒤통수라는 것에 대해 약간의 의심도 품지 않았다. 그러니까 문제가되는 것은 저것이 야쿠자냐 아니냐, 혹은 야쿠자가 우리 집을어떻게 알았을까 같은 것이 아니었다.

난 지금 어떻게 해야 하는 거지?

나는 소심하고 별볼일없는 여자아이들만 한다고 믿었던 혼자서 북 치고 장구 치기를 시작했다. 그러니까 야쿠자가 우리 집을 알고 있는 거라면, 그래서 이쪽을 올려다본다면, 그러면 그때는…….

그리고 거짓말처럼 그 순간 실루엣이 우리 집 쪽으로 고개를돌렸다.

내가 야쿠자의 얼굴 표정을 볼 수 없으니 야쿠자는 아마 날볼 수도 없을 것이다. 그러나 마치 보이기라도 한다는 듯 시선이 머물렀다. 15층이니 아무리 야생 야쿠자의 시력이라도 날 볼수 없을 텐데 검은 어둠 어디쯤, 분명히 시선이 닿았다고 믿고싶은 지점이 있었다.

잽싸게 창문에서 떨어져 뛰어나가는데 심장이 쿵쾅거리며 뛰고 있었다.

이건 내가 아냐, 황민서가 아냐. 스물아홉 살짜리인데 이러면안 돼. 준현 선배 문제도 그렇고 이건 아냐. 아니긴 뭐가 아냐?심장이 이렇게 뛰는데 안 되긴 뭐가 안 돼? 그래도 이건 뭔가너무 무분별하고 대책이 없잖아. 생각을 해야지. 차분하게 생각하고, 그 다음에…….

"민서야, 어디 가?"

머리는 머리, 가슴은 가슴.

"잠깐 요 앞에 바람 쐬러요!"

엘리베이터를 기다리느라 발을 동동 구르던 나는 엘리베이터 문이 열리자마자 뛰어들었다. 서둘러 닫힘 버튼과 1층을 누르자 엘리베이터가 느리게 움직이기 시작했다. 엘리베이터 전광판의 숫자가 줄어들기 시작하고 나서야 문득 옆에 있는 거울이 눈에 들어왔다. 오오, 엘리베이터에 비춰본 모습은 미친 심장을 단박에 정신 차리게 할 정도로 강력한 것이었다.

아무렇게나 틀어올려 묶은 머리, 헤어밴드로 고정한 앞머리 덕에 튼실한 볼따구니 살이 한결 더 강조되어 있었다. 집에서 입는 아무 무늬 없는 헐렁한 셔츠는 그렇다 치더라도 무릎이 튀어나온 이 바지는 어떻게 할 건데?

순간 다시 올라가야 하나 고민했으나 마음이 더 급했다. 이 야밤에 꽃단장하고 나가기도 웃기지만, 혹여나 꽃단장하는 동안 야쿠자가 돌아가 버린다면 닭 쫓던 개, 아니 야쿠자 쫓던 저팔계 텅 빈 놀이터 바라보는 꼴이지 않은가. 게다가 야쿠자라면, 야쿠자라면 내 이런 모습에 그렇게 놀라진 않을 것이다. ……아마.

머릿속에서는 온갖 생각들, 그것도 이성적인 척하는 생각들로 넘치면서도 나는 뛰고 있었다. 여전히 아침마다 조깅을 하고 있는데도 이미 집을 나설 때부터 미친 심장이 피를 이상하게 공급하고 있었기 때문에, 야쿠자 앞에 대장군처럼 섰을 때 나는 숨을 몹시도 헐떡이고 있었다.

"너! 왜 여기 있어!"

나의 우렁찬 호령에 오히려 놀란 듯 야쿠자는 멍한 표정으로 나를 바라보다가 그 날씬하고 예쁜 손가락으로 나를 가리켰다.

"너네 집이 여기라기에."

우문현답(愚問賢答), 완벽한 대답이었다. 언제나 할 말 없게 만드는 야쿠자.

"어떻게 알았는데?"

"학생기록부 뒤졌어."

아, 네. 그걸 위해서는 교무실에 침투해서 철제 캐비닛을 뒤져야 하는데 그걸 하셨군요. 장하십니다.

"왜 우리 집 앞에 네가 있는데?"

야쿠자는 물끄러미 나를 바라보았다. 머리가 많이 길었다. 어디선가 불어온 바람이 야쿠자의 머리끝을 스치고 지나갔다. 그 움직임이 어찌나 섬세하고 뚜렷하게 보이는지 나는 미칠 지경이었다.

"그냥……. 보고 싶잖아."

신이시여!

"아깐 도망가놓고."

"응. 미안."

지금 미안하다고 할 상황이 아닙니다만.

내 머릿속에서는 '누구 맘대로? 누구 맘대로? 누구 맘대로?'라는 준현 선배의 목소리가 에코 효과를 넣어서 울려 퍼지고 있었다.

내가 숨을 씩씩 내쉬며 두 주먹 불끈 쥐고 버티는데 야쿠자는 놀이터의 벤치에 가 앉더니 나를 불렀다.

"이리 와."

야쿠자가 자기의 옆을 툭툭 쳤다. 그래, 앉아야겠다. 다리가 몸을 지탱하기 힘들다며 떨고 있었다. 나는 귀신에 홀린 것처럼 비틀비틀 걸어가 그 옆에 앉았다. 야쿠자가 몸을 내 쪽으로 기울이고 내 얼굴을 바라보았다.

"뭐가 미안해?"

두 손으로 얼굴을 가린 채 내가 물었다. 물론 얼굴을 가린 이유는 부끄러워서였다. 모든 게 다 부끄럽다. 내가 지금 야쿠자를 앞에 두고 설레고 있다는 것도, 내가 스물여덟 살이라는 것도.

"뭐가 미안했으면 좋겠어? 도망간 게? 아니면⋯⋯."

아아아아아, 이놈이 과연 열아홉 살 맞습니까?

나는 고개를 들었다. 그런데 눈앞에서 나를 바라보고 있는 야쿠자의 표정이 너무나 순수했다. 이놈은 나나 강준현처럼 더럽혀진 영혼이 아니다. 떠보는 것이 아니라 진지하고 진지하게 묻는 것이다. 이놈은 정말 '질문'을 한 것이다. 아마 내가 답을 말하면 그대로 해줄 작정일 수도 있다.

그런 놈이다.

"그런 건 묻는 게 아냐."

야쿠자는 잠깐 나를 바라보았다.

"그래, 그럴게."

대답 하나는 정말 끝내주게 잘하는 놈이다. 야쿠자 역시 대답한 후 자기가 자랑스러운지 씩 웃으면서 오른쪽 다리를 자신의 왼쪽 무릎 위에 올리며 허리를 펴 등을 벤치에 기댔다.

정말 미칠 노릇이었다.

벤치에 기대어 하늘을 바라보는 야쿠자는, 그러니까 무엇 때문이든 기분이 좋아 보였다. 그리고 그건 내가 판단하기로는 나를 봐서 기분이 좋은 것이다. 그리고 이제 와서 살짝, 조용히 인정하건대, 나도 야쿠자를 봐서 기분이 좋았다. 아마도 그런 것 같다.

그러나.

야쿠자는 야쿠자다. 나는 그걸 무시할 수가 없었다.

언제나 생각한다. 나쁜 놈은 그냥 나쁜 놈이었으면 좋겠다고. 그러나 언제나, 정말이지 언제나라고 해도 좋을 정도로 나쁜 놈 안에 있는 착한 부분이 마음에 걸리곤 한다.

충주에서 검찰 시보로 있을 때였다.

돈이 없어서 제대로 결혼식도 못 올리고 함께 살던 아내에게서 종양이 발견되자 약국을 돌아다니면서 강도질을 하다 잡힌 남자가 있었다. 그 남자는 교육도 제대로 못 받았고 말하는 것도 아주 무식하기 그지없어 대화하기에 쾌적한 상대는 아니었다. 착했냐 하면 또 그런 것도 아니었던 것이, 약사들이 신고하는 걸 막기 위해 아내나 아이들을 협박하는 치밀함까지 보일 정도로 악랄했다. 그러나 자신이 이렇게 구치소에 있으면 아내는 죽는다고 그가 울먹였을 때 나는 갈등했다. 그는 아내를 정

말로 사랑했다. 진심으로 보였다. 아니, 진심이라는 걸 의심할
수가 없었다.

그때 선배 검사가 나에게 해준 말이 있다.

"법이라는 건 사정을 봐주기 위해 존재하는 게 아냐. 만약 이 사람
의 사정이 딱하다고 해서 약사들을 위협하는 게 정당화된다면 피해자
의 권리는 어떻게 되는 거니? 이건 원칙의 문제야. 안 되는 건 절대로
안 되는 것이어야 해. 그렇지 않으면 피해를 입는 사람은 결국 규칙을
지키려고 했던 사람들뿐이니까."

맞다.

그 말이 맞다.

누구에게나 알고 보면 사정이 있는 법이지만 그렇다고 해서
그 사람이 한 일이, 그 사람의 행동이 정당화되지는 않는다.

여기서 문제가 되는 건 야쿠자는 아직 아무것도 하지 않았다
는 것 정도일까. 한숨이 나온다.

"뭐 어쨌든 타이밍은 좋다."

"무슨 타이밍?"

내가 창 밖을 내다보는 순간 이놈이 딱 우리 집 놀이터 앞에
와 있을 확률이 얼마나 될까?

"너 우리 집 몇 동 몇 호인지 알아?"

"알아."

"내가 없을 수도 있잖아."

"없을 수도 있지."

"그런데?"

"종종 왔었어. 너네 집이 여기라는 걸 알고 나서부터는 가끔⋯⋯."

뭣이?

"언제부터?"

"그날, 애들 작살내고 나서도 여기 왔었어."

뜨끔, 심장으로 추정되는 부위를 바늘로 한 땀 뜬 것 같은 감각이 느껴졌다.

"강준현한테 뛰어가셨더만."

"선배가 바래다주는 거 봤어?"

"넌 내가 눈이 멀어 보이냐?"

봤다고 짧게 할 수 있는 말을 참 길게도 한다.

"왜 아는 체 안 했어?"

"생각할 게 있어서."

"뭘?"

야쿠자는 대답하지 않았다. 가만히 몸을 앞으로 기울인 채 곰곰이 생각에 잠긴 것 같은 표정을 짓고 있을 뿐이었다.

생각하는 야쿠자라, 오뎅 뜯어먹는 '생각하는 사람'만큼이나 어울리지 않는다.

"그냥 네가 날 싫어하는 것도 이해는 가니까."

"뭐가?"

"넌 예쁘진 않지만 공부도 잘하고, 예쁘진 않지만 똑똑하고, 예쁘진 않지만 귀엽거든."

갑자기 여러 번 지나간 '예쁘진 않지만'의 물결은 뭐지?

고개도 돌리지 않았으면서 내가 인상을 구기는 것이 느껴졌는지 야쿠자는 손을 뻗어 내 머리를 툭 건드렸다.

"어떻게 해야 할지 모르겠다는 생각을 해."

There is no fate but what we make for ourselves.

왜 이런 순간에 이런 생각이 나는 걸까.

모든 일에는 때가 있는 게 아닐까? 만약 내가 진짜 열여덟 살이었다면 나는 이런 생각을 하지 않았을 것이다. 혹은 내가 스물여덟 살이었다면 이런 말을 할 수 없었을 것이다.

그러나 나는 지금 열여덟 살의 몸을 하고 있는 스물여덟 살이었다.

나는 일단 한 걸음을 내딛기로 했다.

"난 너 안 좋아."

암쏘쏘리밧알러뷰 다 거짓말. 이 노래는 이런 상황에서 만들어진 걸까?

"······알아."

"내가 좋아하는 남자애가 학교를 자유패턴으로 다니고 쌈질이 주 종목이라는 건 참을 수 없어."

응? 하고 야쿠자의 시선이 내 얼굴에 와서 꽂히는 것이 느껴졌다.

"공부해. 그리고 학교도 매일매일 나오고. 싸움도 절대 안돼."

말하는데 얼굴이 타오를 것 같았다. 나도 참 유치하다. 누군가를 좋아한다는 말을, 이런 식으로 표현하는 건 어른스럽지 못하다.

"정말?"

야쿠자는 믿어지지 않는다는 듯이 물었다. 난 대답 없이 고개를 끄덕였다.

"정말?"

그러나 아직도 모자란 듯 야쿠자는 다시 물었다.

아이고, 나도 모르겠다.

야쿠자는 싸움에는 타고난 재능이 있지만 K1 선수가 되지 않을 바에야 그런 재능은 없는 쪽이 나을지도 모른다. 아니면 적어도 내가 붙어서 어떻게든 잘 계도하면 좋은 방향으로 풀릴 수도 있다. 혹시 아는가? 그러다 보면 정말 이대로 운명이 바뀌어 종로가 피바다가 되지 않을 수도 있고……. 그렇게 되면 나는 나라를 구했다고 표창을 받을 수도 있는 거 아니겠는가. 뭐 누가 상을 주느냐 하는 아주 작고 작은 문제가 남아 있지만.

"욕도 하지 마."

"그러면 돼? 정말이야?"

나는 벌떡 일어났다. 이놈이 속고만 살았나! 한 번 하기도 힘든 이야기를 왜 자꾸 물어봐?

나는 야쿠자를 향해 씩씩하게 손을 내밀었다. 야쿠자는 앉은 채로 나를 물끄러미 바라보았다.

"자!"

나는 다시 한 번, 재촉하듯 손을 흔들었다. 계속해서 내 눈을 똑바로 바라보던 야쿠자의 시선이 내 손으로 옮겨갔다. 그리고

나리를 구했다! ②

슬며시 자신의 손을 올려 내 손을 잡았다. 그런데 그 방식이 좀 이상했다. 나는 악수를 하자고 손을 내밀었는데 야쿠자는 내 손바닥 위에 자기 손을 올린 것이다.

이건 뭐 개한테 '손!' 한 것도 아니고 이 애매한 동작은 무엇이냐.

"이게 뭐야?"

어처구니없어 올려다보자 야쿠자가 빙그레 웃었다. 그리고 내 손을 굳게 잡고 돌려 손등에 입을 맞췄다.

으아아아아아아아악!

내가 경악하며 두어 걸음 물러서자 야쿠자는 기분 좋게 하하 웃고는 몸을 일으키더니 뒤로 돌아 뛰기 시작했다. 겅중겅중, 걷는 걸음걸음 신이 나 있다. 그렇게 뛰어가던 야쿠자는 흘깃 뒤를 보고는 아직도 내가 자신을 보고 있다는 걸 깨닫고 손을 마구 흔들었다.

아니, 저놈은 강아지과였구나! 고독한 하이에나과인 줄 알았더니 개과였어!

나도 모르게 손을 흔들어주다가 깜짝 놀라 돌아섰다. 웃고 있었기 때문이었다. 이렇게 대책 없는 짓을 해놓고 앞으로 고생길이 작살로 펼쳐져 있는데 뭐가 좋아서 웃는단 말인가? 저 녀석이 웃으니까? 그래서 좋아?

여전히 바람은 차가웠지만 마음은 기묘하게도 따뜻했다. 간질간질, 솜털 이불 하나를 심장에 덮은 것처럼 그렇게 따뜻했다.

집으로 올라오는 엘리베이터 안에서 나는 내 얼굴의 구석구석을 자세히 뜯어보았다.

사실 꽤 볼 만하긴 하다. 여드름 때문에 좀 붉으락푸르락했던 피부도 요즘 좀 신경 썼더니 많이 가라앉았고 살도 좀 빠졌다. 속눈썹이 좀 짧은 편이지만 2년만 기다리면 마스카라라는 문명의 이기가 기다리고 있고, 그게 아니면 돈 좀 쓰고 붙이는 방법도 있다. 한 번 붙이면 한 달은 가니 1년에 12번 정도만 붙이면 되는 일, 이 정도를 극복하는 거야 시간 문제. 그래그래, 괜찮아.

나는 내 뺨을 감쌌다.

점점 예뻐질 것이다. 점점 나아질 것이다.

거울 속으로 통통한 내 손등이 보였다. 정말이지 야윈 구석이라고는 손목뼈밖에 없구나. 아니, 손목뼈도 야위었다고 하기엔 심히 미안하다. 그냥…… 있는 것은 알겠구나. 저것이 뼈라는 건 알겠구나. 남들은 손등의 뼈도 보인다는데……. 손등이라……

발랑 까진 야쿠자, 어디서 본 건 있어가지고 손등에 키스냐. 지가 중세의 기사야? 응?

가만히 손등을 올려다보던 나는 충동적으로 손등을 쓸다가 그 위에 입을 대보았다. 야쿠자가 했을 때와는 느낌이 다르다. 왜 같은 입술인데 다른 느낌일까? 나는 이리 쪽, 저리 쪽, 쪽쪽 쪽쪽 여러 각도로 입을 맞춰보았다.

땡.

엘리베이터가 섰다. 그리고 열리는 문으로 내리려던 나는 문득 섬뜩한 기분에 뒤를 돌아보았다.

으아아아아아악!

나의 눈은 경악으로 커다래졌다. 카메라다! 카메라가 엘리베이터의 한쪽 구석에서 우헤헤헤헤 웃고 있다. 웃고 있다. 웃고 있다아아아아!

난 왜 이 아파트에서 15년을 넘게 살았는데 카메라의 존재를 몰랐단 말인가.

그럼 저 카메라 뒤의 경비 아저씨들은 내가 춤추는 모습도, 볼을 감싸 안고 갖가지 귀여운 표정을 짓는 것도, 셔츠로 얼굴을 닦아내는 것도, 내 손등을 관찰하다가 뽀뽀하는 것도 다 보았단 말인가?

보았단 말인가?

아아아아아아아아아악!

니체는 말했다. 신은 죽었다.

27. 밤

　그렇게 한동안 공포 분위기를 조성했던 야쿠자는, 우리 아파트의 놀이터에서의 밤 이후로 완전히 강아지형 야쿠자로 탈바꿈했다. 정말 신기한 일이었다. 따지지 않고 추궁하지 않고 묻지도 않는다. 확인하려고 하지도 않고 방치하지도 않는다. 내가 말한 걸 그대로 받아들이고 자기가 하고 싶은 이야기를 한다. 그것이 묘하게 편했다. 그런 직선적이고 단순한 성격이라 나는 야쿠자 앞에서 그 어느 때보다도 솔직할 수 있었다. 스물여덟 살의 나에게는 얼마나 편하고 신선한 것이었는지 모른다. 그런 성격의 장점을 알 수 있는 건 내가 스물여덟 살이기 때문이라고 생각했다.

　그러니까 관계란 이런 것이다. 옳고 그르고를 다 떠나 서로 필요한 부분을 갖고 있는 것. 명확히 이유 같은 것을 몰라도 서로에게 딱 맞는, 그런 것이 존재한다. 나 역시 왜 이렇게 시간이

꼬여버렸는지는 모르겠지만 '지금' 우리는 서로가 서로에게 필요한 것을 갖고 있다는 것은 알 수 있었다.

조금 여유를 찾고 갱생 프로젝트의 연장 선상으로 공부를 좀 시켜본 결과 말 그대로 수학, 아니 산수는 계산기가 해주고 국어는 다양한 욕설을 구사할 줄 알며 영어는 양키 고 홈을 안다는 수준의 학력이었지만 뭐 무슨 상관이랴? 나는 야쿠자가 학자가 되기를 바라는 것이 아니었으므로 그냥 수업시간에 좀 더 충실히 참여하는 것과 나와 나란히 앉아서 책을 읽는 것 정도에 충분히 만족할 수 있었다. 그리고 그럴 때의 야쿠자는 정말 야쿠자라는 것이 믿어지지 않을 정도로 얌전하고 조용했다.

학교도 정시에 출석하기 시작한 야쿠자, 수업 중에 어디로 사라지지 않는 야쿠자, 옷을 제대로 입고 다니는 야쿠자는 센세이션 그 자체였다.

내가 해낸 일은, 그건 테레사 수녀보다 더한 희생과 봉사였다. 한 인간을 사람이 되게 만드는 일이란 얼마나 숭고한 것인가.

그렇게 시간이 흘렀다. 시간이 지날수록 야쿠자는 평범해 보였으며 사실 그동안 야쿠자가 학교에 나타나지 않아서 문제였지, 일단 자주 나타나자 어울리는 아이들도 조금씩 생겨나기 시작했다. 솔직히 야쿠자가 비호감형은 전혀 아니고 오히려 다른 사람의 관심을 불러일으키는 형인데, 그동안은 꼴을 보여주지 않으니 어찌할 수 없었던 것뿐 아니었겠는가.

사실 그놈이 인상파라 그렇지 생긴 것이 못나지 않은 터라 학부형 팬 모임 외에도 남몰래 사모하는 취향 특이한 것들이 있었다. 그러나 감히 티를 낼 수도 없었던 것이 야쿠자의 인상 자체가 워낙에 흉흉한 데다 아이들의 시선도 그랬고 무엇보다 꼴을 봐야 고백을 하든 말든 할 것 아닌가.

그러던 야쿠자가 꼴을 보여주기 시작하자 파리떼가 꼬이기 시작했다.

나는 분노했다.

이들은 야쿠자의 변모가 모세가 신께 열심히 기도해 얻어낸 이집트의 저주나 홍해의 갈라짐 같은 기적인 줄 알고 있지만 이건 인간의 역사(役事)였다. 바벨탑을 손으로 돌을 날라 쌓은 것이나 다름없는 나의 노고란 말이다.

나는 소유 주장을 공개적으로 해야 하나 고민하기 시작했다. 그러나 공개적으로 소유 주장을 하기엔……. 아, 강준현이 조금 걸리는구나. 여자의 마음이란.

"너 애들한테 이런 거 받아오지 말란 말야."

무슨 뼈다귀 물어오는 강아지도 아니고 저녁에 학교 정문 앞에서 날 기다리다 수줍게 애들에게서 받은 초콜릿을 내밀었던 이 생각 없는 야쿠자는 내가 인상을 찌푸리자 진정으로 억울하다는 표정을 지어 보였다.

"초콜릿 좋아하잖아!"

물론 저번에 야쿠자가 허쉬 초콜릿을 사다주었을 때는 좋아했다. 그건 제 돈으로 산 거였으니까.

나는 야쿠자의 머리를 후려쳤다.

"잘 들어. 내가 이런 거 받아오지 말랬지, 사오지 말랬어? 사오는 건 괜찮아."

야쿠자가 깨달음의 표정으로 고개를 끄덕였다. 그러나 아직까지도 이해는 가지 않는 듯 얼굴에 물음표가 둥실 떠올라 있었다. 그러니까 칭찬받을 줄 알고 옆집 갈비뼈를 물어왔는데 그옆에 있는 다이아몬드를 물어오지 그랬냐며 부도덕한 주인한테 얻어맞는 강아지의 표정 같은 것 말이다.

"이런 거 받아오는 건 상대방의 마음을 기만하는 거야. 너 나좋지? 그럼 다른 애들이 주는 건 받아오지 마."

"응. 근데 싫다고 하는데도 자꾸 주는데……. 네가 인상 쓰지 말랬잖아."

이놈은 왜 이렇게 순종적인 것이냐. 싸우기 싫은데도 싸움을 걸어와서 싸웠다고 하더니 이제 받기 싫은데도 자꾸 준다고 받아왔단다. 신은 오른팔을 거두시면 왼팔을 내미신다더니 공부는 지지리도 안 하는 대신 싸움은 잘하고, 응용력이 없는 대신 아주 정직하구나.

나는 야쿠자의 자아를 일깨워줘야겠다는 생각이 들었다.

"싫은데 왜 싫다고 말을 못 해! 나는 이 초콜릿이 싫다! 너에게 받고 싶지 않다고 왜 말을 못 하냐고!"

"말한다니까!"

음.

"원래 멋진 남자는 자기가 한 말은 반드시 지키는 거야. 네가 정중히 싫다고 했는데도 계속 우기는 애들이 있으면 단호하게 한마디 해도 좋아. 네 고집은 반드시 관철해야 해."

말해놓고 나니 고집을 관철한답시고 내 말도 안 들을까 걱정되어 덧붙였다.

"내 말은 무조건 듣는 거고, 알았어?"

야쿠자는 당연하다는 듯 고개를 끄덕끄덕했다. 그래서 좀 기분이 좋아졌다. 난 착하다는 의미로 손을 잡아주었다. 야쿠자는 좋아했다. 단순하긴.

우리의 관계란 이런 것이라고 생각했다. 나는 야수의 조련사였고 야쿠자는 약간 머리가 덜 떨어진 야수였다. 그리고 그것으로도 충분하다고 여겼다.

그것이 오산이라는 것을 알기까지는 채 여섯 시간도 걸리지 않았다.

우리 분단의 청소주간이라 나는 간만에 야쿠자에게서 독립해 독자적인 시간을 보내려고 마음먹고 있었다. 그래서 야쿠자에게는 먼저 가라고 이르고 송이와 함께 청소가 끝나면 떡볶이를 한 입 하는 것으로 합의를 보았다. 캐리비안 이후에 서먹한 것도 그렇다고 친해진 것도 아니게 된 송이와의 관계를 회복하기 위해 나는 떡볶이와 튀김, 그리고 만두까지 쏘겠다고 선언했다.

그렇게 우리가 청소를 마치고 담임에게 검사를 받은 후 쓰레기를 버리러 소각로로 향할 때였다.

"오빠, 저 1학년 권소희인데요."

간드러지는 목소리. 나와 송이는 동시에 얼굴을 마주 보았다. 이건 분명히 고백 장면, 재미있겠다!

우리는 슬금슬금 뒤로 돌아 밀애의 현장관람을 시도했다. 소각로의 뒤편으로 돌아 숲 속의 그늘 아래로 몸을 숨긴 우리의 시야에 들어온 것은 꽤 예쁘장하게 생긴 1학년 학생이었다. 저런 얼굴에도 고백을 하나? 하면서 고개를 돌렸을 때였다. 비딱한 자세로 호주머니에 손을 찔러넣고 서 있는 남학생은……, 응?

익숙한 어깨, 그리고 생활 근육……. 절로 눈에 힘이 잔뜩 들어갔다. 교육 성과의 현장을 직접 목격하는 스승의 심정.

"근데?"

일단 시작은 아주 좋다. 저 불성실한 자세, 무관심한 말투.

"어어, 이거…… 드릴게요."

왜 울려고 하나? 야쿠자가 한 대 때린 것도 아니고.

"됐어."

야쿠자는 단호하게 거절했다. 장하다.

권소희라는 애는 아마도 야쿠자가 각종 비행 청소년들과 맞붙는 걸 보면 울 수도 있는 심약한 성정(性情)의 소유자인 것 같았다. 야쿠자가 단 한마디 했을 뿐인데 눈에 눈물이 그렁그렁 고이기 시작한 것이다.

"저런 여우 같은 눈!"

응? 야쿠자를 싫어하는 줄 알았던 송이가 옆에서 이를 바득 바득 갈고 있었다.

"넌 왜?"

내가 속삭이자 송이는 인상을 찡그렸다.

"난 저런 여우를 원래 싫어해."

흠, 괜찮은 남자는 모두 좋아하는 송이의 특성으로 생각하면 야쿠자가 괜찮은 남자군에 속하게 된 것 같다. ……좀 뿌듯한가?

뭐 어쨌든 우리의 야쿠자는 과연 야쿠자였다. 저놈이 어찌 일본을 제패했는지 알 수 있을 것 같다. 단순한 놈, 내가 아무리 고집을 관철하는 게 진짜 남자라 가르쳤다 해도 남자인 이상, 아니 인간인 이상 눈앞에서 저 정도로 예쁘장하게 생긴 여자아이가 눈에 눈물을 그렁그렁 담고 올려다보면 움찔하기 마련이거늘, 이놈은 냉혈인지 철혈인지 핏줄 속에 푸른 피가 흐르는지 꿈쩍도 안 하는 것이다. 야쿠자는 담담하게 다시 물었다. 머릿속에 다른 생각이라고는 없는 놈처럼 다시 물었다.

"나 가도 돼?"

대단한 놈이다.

"오, 오빠! 이거요!"

성질도 급한 야쿠자는 자기 말에 물음표도 찍기 전에 벌써 몸을 반쯤 돌리고 있었다. 무표정에 가까운 야쿠자의 얼굴이 얼핏 보이는 순간, 청순해 보였던 1학년이 손을 뻗어 야쿠자의 옷자락을 붙잡았다.

아니, 이봐. 왜 이수일과 심순애를 찍는 것인가?

그러나 이수일과 심순애가 문제가 아니라는 것은 금방 알 수 있었다. 멋모르는 순진한 1학년생이 야쿠자의 팔을 잡는 순간 야쿠자의 얼굴에서 말 그대로 표정이 싹 지워졌다. 지우개로 지워도 저렇지는 않을 것 같다는 생각이 들 정도로 완벽하게. 싫은 게 저렇게까지 티가 나다니, 까짓 몸에 손 좀 댔다고.

나는 좀 무서워지려고 했다.

내가 저런 놈을 붙잡아 야단도 치고 단추도 채워주고 잔소리도 했단 말인가? 아, 얼마 전엔 머리도 후려쳤지, 엄마야!

나만 그런 살기를 느낀 것은 아니었던 것 같다. 야쿠자는 자신의 살기를 감추려 하지 않았고 내 옆에 있던 송이도, 그리고 그 누구보다 그런 야쿠자 앞에 있던 1학년생도 같은 것을 느꼈다. 야쿠자의 소매를 놓은 1학년생은 울먹울먹, 손에 들고 있던 초콜릿을 내던지고 뛰어가버렸다.

가여운 것.

나랑 송이랑 이율배반적인 감정, 그러니까 그 1학년이 괘씸하기도 하고 또 안됐기도 한 감정에 시달리는 동안 우리 쪽을 바라보지도 않고 야쿠자가 나지막하게 중얼거렸다.

"숨어 있지 말고 나와라."

또다! 아무래도 무역 적자를 걱정할 것이 아니라 이런 놈을 CIA나 KGB에 팔아먹어야 하는 거 아닐까? 태어날 때부터 최종 병기인 놈 같으니라고.

"나야, 나."

내가 손을 막 흔들면서 나가자 야쿠자의 표정이 풀어졌다. 말이 풀어졌다고 하는 거지, 사실 별 차이도 나지 않는다. 정확히 말하자면 더 험악해지지는 않았다는 쪽이 맞을 수도 있겠다. 저놈은 왜 저렇게 표정이 없을까? 어렸을 때 너무 맞고 자라서?

"왜 거기 있어?"

"응, 쓰레기 버리려다가."

그제야 나는 내가 손에 꼭 쥐고 있던 쓰레기통을 발견하고는 소각로로 향했다. 야쿠자가 가볍게 한숨을 내쉬고 손에서 쓰레기통을 빼앗아 나를 물러나게 하고 자기가 탈탈 털어 버렸다. 그리고 송이가 들고 있던 쓰레기통마저 말없이 해결했다. 송이는 감동받은 표정이었고 난…… 좀 뿌듯했다. 엄마들이 아들을 키워놓고 뒤에서 바라보는 기분이 이런 걸까?

"나 잘했어?"

저놈도 내가 엄마 같나? 지금 칭찬해달라는 거 맞지? 그럼 아까 표정 사라진 건 내가 시킨 건가?

"잘하긴 했는데 그렇게 살벌한 표정을 짓냐."

"살벌해?"

"응. 가엾은 1학년생 완전히 겁먹었잖아."

"응? 그래? 그냥 본 건데."

당신은 그냥 보면 그런 표정이 나옵니까!

"넌 안 무섭지?"

그러면 되었다는 듯, 나만 무섭지 않으면 된다는 듯 야쿠자가 물었다. 나는 대답하지 못했다.

뭐 별 불만은 없었다. 원래 말 나기 쉬운 고등학교다. 이제 야쿠자의 이런 태도는 동네방네 소문이 날 것이고 쓸데없이 야쿠자 책상 위에 선물을 갖다놓는 애들도 줄어들 것이다. 그거면 된 거겠지. 그래, 노동의 대가는 노동자에게 돌아가야 하는 법, 어디서 저팔계가 재주넘길 기다렸다가 홀랑 떡을 집어삼키려 하는 건가?

그래, 그런 거지.

나는 내 떡에게 손을 내밀었다. 내 떡이 손을 잡았다. 손이 무척이나 따뜻했다. 그래서 약간 불안했다. 나는 이런 식으로 사람을 만난 적이 없다. 마음을 다 준다는 것이, 아니 마음을 다 주겠다고 결심한 적이 없는데 마음이 다 간다는 것이 어떤 것인지 모른다.

그런 내 마음을 눈치 챈 것처럼 야쿠자가 웃어주었다. 나는 마주 웃었다.

"흠, 잘도 내 앞에서 그런 이야기를 하는군."

준현 선배가 별로 불만스럽지도 않은 표정으로 투덜댔다.

"내가 이런 얘기를 누구에게 하겠어요?"

"양손에 떡이냐?"

좌우간 나쁜 남자다. 내가 자기 마음에 들지 않게 행동하자 대번에 삐딱하게 굴기 시작한다.

"뭐 그 녀석이라면 일편단심이겠지."

"선배는 아니에요?"

"내가 일편단심이면……."

씩 웃어 길어진 눈꼬리가 까맣게 매력적이다. 그래그래, 나쁜 남자도 아무나 하나? 매력 있으니까 나쁜 남자인 거다.

"세상 여자들에게 너무 미안하잖아."

선배는 커다란 손으로 내 이마를 아프지 않게 톡 튕겼다. 이 이마에 와 닿는 상큼한 감각이라니. 내 비록 야쿠자에게 정붙이겠다고 마음먹긴 했으나 아아, 아까워라 강준현!

"뭐, 잘해봐."

"오, 진짜?"

"기다리면 다 깨지게 되어 있으니까."

응?

"네?"

"그래 봤자 상우는 열아홉 살이라고."

"근데요?"

"좀 있으면 여자 보는 눈도 생길 텐데 그러면……."

"뭐요!"

내가 소리를 지르자 선배는 껄껄 웃으면서 멀리 달아났다. 나는 짐짓 화가 난 척 주먹을 치켜들어 보였으나 사실은 전혀 화가 나지 않았다.

화날 이유가 어디 있겠는가? 틀린 말도 아니고 무엇보다 진심이 아니라는 걸 아는데…….

정말 이걸로 된 걸까? 정말?

내 마음속이 어떻게 번잡했든 모든 일은 꽤 잘 돌아가기 시작한 것처럼 보였다. 선배는 나를 놀리는 데서 그치지 않고 종

나라를 구했다! ②   141

종 나와 함께 있는 야쿠자를 갈궜고, 야쿠자는 거기에 반응했으며, 나는 그 둘 사이에서 불안한 안정감을 느끼고 있었다. 그러니까 불안감, 그것이 늘 나를 따라다녔다는 것을 제외하고 말이다.

나는 내가 이렇게까지 불안한 것이 과연 예감인지, 아니면 망상인지 고민했다. 하지만 인지라는 것은 어차피 그런 것이다. 내가 그렇게 믿으면 실제와는 무관하게 그렇다고 느껴지는 것. 뭔가 근본적인 부분에서부터 문제는 있었지만 나는 그것을 무시하려고 노력했다. 그럼에도 불구하고 아무 문제도 없다고 되뇌는 마음의 어느 한켠에서 계속 바람이 부는 듯한 느낌이 끊이지 않았다.

때로는 여자의 육감이란 논리보다 낫다고 하던가? 시간에서 길을 잃은 나도 여자는 여자였던 것이다.

내 인생이란, 내 생활이란 몹시도 보편타당한 것이었다고 생각한다. 모험도 없었고 굴곡도 없었다. 나는 정해진 것에 충실했고 약간의 어긋남도 인정하지 않았다. 학생 때는 학생이므로 공부만 했고 직업을 가지게 된 후로는 그것이 직업이므로 또다시 열심히 일했다. 그게 옳다고 생각했고 그것에 만족했으나 그것이 얼마나 고마운 일인지는 몰랐다. 내일이 예측가능한, 내가 생각하는 대로 된다는 것……. 그것이 얼마나 쉽지 않은 일인지 몰랐다.

나는 정말 알 수 없었다. 언제나 나는 사람의 마음을, 내 마음을, 내 생활을, 내 미래를 알고 있다고 생각했는데 역설적이게도 과거로 돌아온 지금은 아무것도 알 수가 없었다.

나는 처음으로 대책 없고 내일을 알 수 없다는 기분이 들었다. 야쿠자나, 나 자신이나. 야쿠자의 일을 나 자신의 일처럼 느낀다는 것도 내게는 부담스럽고 어색한 일이었다.

누가 그랬더라? 인생은 셔츠 단추를 끼우는 것과 똑같다고 한다. 첫 단추를 잘 채우면 그 다음부터는 훨씬 쉬워진다. 그러나 첫 단추를 잘못 끼우면? 그 사람은 나쁜 사람이 아니었는지도 모른다. 그저 첫 단추를 끼우는 동안 잠시 한눈을 팔았을 수도 있고 단순히 졸렸을 수도 있다. 하지만 그 후로는 엉망이다. 두 번째 단추가 세번째 단춧구멍과 엇물리고, 다시 세 번째 단추가 네 번째 단춧구멍과 엇물리고 그리하여 도저히 어떻게 할 수 없을 정도로……. 차라리 옷을 벗는 게 나을 정도로 그렇게 모든 것이 엉망이 되어버린다.

아마도 운명이란 그런 것이 아닌가 싶다. 우리가 운명을 운명이라 부를 때는 그것이 처음부터 끝까지 정해져 있기 때문이 아니라 첫 단추를 끼웠을 때, 그때부터 뭔가가 '한쪽으로 가기 더 쉬운 상태'가 되어버린다는, 그런 것.

체육대회가 끝나고 한 달이 지나지 않았을 때, 그러니까 2학기 두 번째 모의고사를 앞두고 강주원이 등교하지 않았다.

"너희 담임 선생님께서 집안 사정 때문에 등교하지 못하셨으니까 반장은 있다가 나한테 와서 종례해달라고 해라."

아침에 강주원 대신 들어온 생물 선생님의 표정은 어두웠다.

그녀는 아무 말도 하지 않았지만 이미 그 얼굴에서 우리는 뭔가 큰 문제가 생겼음을 직감했다.

"담탱이 무슨 일 있나?"

애들이 수군거리는 소리 속에서 나는 강주원이 내가 실제로 열여덟 살 때, 학기를 채우지 못하고 일본으로 건너갔다는 것을 기억해냈다. 그때는 그것이 뭘 의미했는지 몰랐지만 이제는 강주원과 야쿠자의 관계를 알고 그것이 분명 야쿠자와 관련 있다는 것을 안다.

나는 벌떡 일어나 3학년 남자 교실을 향해 뛰었다.

"강준현! 2학년 뚱…… 이 아니라 여학생이 널 찾아왔다."

남 몸매 걱정할 때가 아닐 것 같은 놈이 교실을 향해 냅다 소리를 지르자 호주머니에 손을 넣은 채 자리에 비스듬히 기대어 뭔가를 곰곰이 생각하던 준현 선배가 고개를 들었다. 그리고 몸을 일으켜 내 쪽으로 다가왔다. 숨이 막혔다. 표정, 이미 표정이 모든 것을 말해주고 있었다. 나의 불안은 기우가 아니었다.

준현 선배의 손이 문설주를 잡는가 했더니 깊은 한숨이 뒤따랐다. 선배는 힘없이 자신의 팔에 이마를 기댔다.

"어떻게 된 거예요?"

"어제 싸움이 있었어."

젠장.

"운동부 애들 몇이 덤빈 모양이야. 어떻게 된 건지 모르겠는데 이번엔 좀 심하게 싸웠어."

"별로 다치지 않게 싸우잖아요."

선배는 고개를 들었다. 나를 바라보는 눈빛은 스물아홉 살의 것이었다. 그것은 몹시 좋지 않은 신호였다. 강준현이, 천하의 강준현이 현재를 가장할 수 없을 정도로 상황이 나쁘다는 뜻이니까.

내 얼굴에 떠오른 표정을 느꼈는지 고개를 두어 번 저어 보인 준현 선배는 뒤에서 느껴지는 시선을 떨쳐버리려는 듯 걷기 시작했다.

"내 실수야."

목소리가 참담했다.

"네?"

"뭔가 더 있을 거라고는 생각했는데. 그냥 이렇게 넘어갈 리는 없다고 생각했는데."

하지만 생각했더라도 어쩔 것인가? 나라고 생각하지 않았겠는가?

준현 선배는 짧게 숨을 몰아쉬다가 걸음을 멈췄다. 언제나 장난스럽게 내 머리카락을 흐트러뜨렸던 커다란 손이 올라가 얼굴을 가렸다.

"나, 이렇게 내가 무능력하다고 느끼는 게……."

이런.

남자들이란, 그러니까 때로 굉장히 약하다는 생각을 한다. 지나친 자신감은 곧 지나친 열등감과 통하는 법, 스스로에게 엄격한 사람일수록 스스로의 실패를 용납하지 못한다.

고집스러운 남자일수록 더더욱.

"우리가 어떻게 할 수 있는 게 아니잖아요."

운명이다.

운명만큼 힘센 것이 어디 있을까. 운명만큼 사람을 무력하게 만드는 게 어디 있을까. 이미 그렇게 되기로 정해져 있다는데 사람이 거기에서 할 수 있는 게 뭐가 있을까.

어쩌면 운명은 이미 다 정해진 길을 놓고 그 위를 달리는 사람들을 구경하고 있는 게 아닐까.

나는 준현 선배도 혼란에 빠져버렸다는 걸 알았다. 처음으로, 그러니까 내가 강준현이라는 사람을 알고 지낸 모든 시간을 통틀어 강준현이 제일 솔직하고 약한 모습을 내보인 순간이었던 것 같다. 그럴 수밖에 없다. 선배는 10년 전 야쿠자가 무너지는 것을 목격한 사람이다. 일이 시작되어버리면 그 공포가 나와 같을 리가 없다.

멍하니 선배를 바라보는 나의 시선을 느꼈는지 문득 깨달은 것처럼 준현 선배는 다시 걷기 시작했다.

"지금 한 명이 혼수상태야. 10년 전대로 간다면 그 녀석이 죽고 상우는 퇴학, 정당방위가 인정되긴 하지만…… 이때부터야. 상우가 걷잡을 수 없어지는 것이."

말이 빨라지는 것만큼 걸음도 점점 빨라졌다.

"알아? 가장 무서운 건 마음속에 있어. 장애 중에 가장 무서운 건 마음의 장애지. 그건 신체의 장애처럼 눈에 보이지도 않고 불편하지도 않아. 하지만 모든 게 달라져. 아주 작은 마음의 흔들림이나 가책만으로도 모든 게 달라진다고."

나는 손을 뻗어 선배의 손목을 쥐었다. 할 수 있는 한 가장 가만히, 조심스럽게 쥐었다고 생각했는데 선배는 벼락이라도 맞은 것처럼 깜짝 놀랐다.

"괜찮을 거예요."

선배의 시선이 나에게로 향했다. 나는 내 스스로가 놀랄 만큼 침착했다. 머릿속에 비로소 모든 것이 정리되기 시작했다. 내가 이 시간대에 떨어져 있는 나를 발견하면서부터, 야쿠자를 만나고, 준현 선배를 보고, 야쿠자에게 마음을 열고, 계속되는 불안감을 억누르면서…… 나는 이제야 내가 원하는 것을 선명히 보았다.

사람은 사람 마음대로 안 된다. 자기 자신조차 자기 마음대로 안 된다. 게다가 열아홉 살이다. 마음대로 될 리가 없다.

그러나 운명은 정말 인간보다 더 힘이 센 걸까? 운명은 사람 마음대로 되지 않는 걸까?

"괜찮을 거예요. 걱정하지 마요."

준현 선배가 물끄러미 나를 바라보았다.

이럴 때 발견한다. 나는 야쿠자를 의심하고 망설이고 흐르는 마음을 바라보며 불안해했다. 하지만 오히려 가장 불안한 순간 내 마음을 명확히 들여다본다. 내가 진정으로 무얼 원하는지 알게 된다.

열린 복도 창문으로 바람이 들어오고 있었다. 나와 선배는 어쩌면 내내 이 시간의 이방인이었다. 이 바람은 우리의, 나의 바람이 아니었다. 하지만 나는 비로소, 이 바람이 나의 바람이 되

나라를 구했다! 2

147

었다는 걸 깨달았다.

"내가 어떻게든 할게요."

지금 뭔가 할 수 있는 건 나밖에 없으니까.

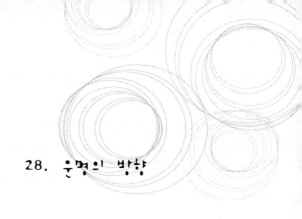

28. 운명의 방향

어떻게든 한다니……. 뭘 어떻게? 대책 없이 지르는 버릇은 전혀 없었는데 이제 제법 호언장담도 한다.

나는 침대에 웅크린 채 이불을 뒤집어쓰고 고민했다. 내가 원하는 건 알았다. 그리고 내가 무얼 해야 하는지도 알았다. 그러나 어떻게 해야 할까.

이미 야쿠자놈은 사고를 치고 어디로 갔는지 은폐엄폐해버린 상태고 준현 선배는 아무 말도 없었다. 나는 온종일 기분이 착잡했다. 학교가 끝나고 뒷산의 온실에 올라갔는데 물론 야쿠자는 그곳에 없었다. 결국 그냥 내려오는 길, 날씨가 야쿠자를 처음 만났을 때처럼 차갑다는 것을 알았다. 그때의 야쿠자, 나는 그때의 야쿠자를 조금도 이해하지 못했는데…….

"메밀묵 사아려! 찹싸알떡!"

아직 겨울이 오려면 멀었는데 아파트 단지 사이로 메아리치는 아저씨의 구성진 목소리가 내 정신을 현재로 데려왔다.

어떻게든 해야 하는데…….

사주니 팔자니 많은 이야기를 들었지만 이렇게 운명이라는 것의 존재를 직접적으로 느낀 것은 처음이다. 마치 절대로 변하지 않을 것처럼, 이미 그렇게 정해진 것처럼 그렇게 단단하게 느껴지는 운명.

아니, 아니다.

나는 고개를 저었다.

운명을 믿지 않은 적도 없었다. 고등학교 때, 대학교 때, 열심히 공부를 하면서 나는 내 운명이 법을 수호하고 정의를 실현하는 데 일조하는 것임을 믿어 의심치 않았다. 사법시험에 떨어졌을 때도 그 다음엔 될 것을 의심하지 않았다. 연수원에서도 나는 내가 잘해낼 것을 의심하지 않았다. 그것이 내 운명이라고 생각했다. 나는 남자도, 친구도, 가족도, 나라도 깊게 생각해본 적이 없지만 내가 무얼 할지는 언제나 알고 있었다. 알고 있다고 생각했다. 그런 것이 바로 운명이라고 생각했다. 이미 정해진 것. 너무나 선명하게 정해져서 의심할 필요도 이유도 없는 그런 것.

하지만.

시간을 거슬러오면서, 내가 왜 여기에 왔는지를 생각하면서, 내가 무엇을 할 수 있는지 생각하면서, 그리고 야쿠자를 바라보면서 모든 것이 바뀌었다.

운명을 운명이라 부르는 것은 그것이 이미 정해져 있기 때문이 아니라 그렇게 될 수밖에 없도록, 그렇게 되어 있기 때문이 아닐까.

나였다면, 아니면 준현 선배였다면 야쿠자같이 되지는 않았을 것이다. 야쿠자처럼 굴지는 않았을 것이다. 같은 시간, 같은 장소, 같은 상황…… 그러나 그 안에 있는 것이 누구냐에 따라 모든 것이 달라진다. '지금'이 미묘하게 달라진 것도 '내'가 열여덟 살의 '내'가 아닌 스물여덟 살의 나였기 때문이다. 아마도 열여덟 살의 나라면 때려죽인다 해도 야쿠자 같은 인간과 상종하지 않았을 것이다. 하지만 지금의 나는 나고, 그러니까……

"쫄깃쫄깃한 메미일묵! 참싸알떡!"

메밀묵이랑 찹쌀…… 젠장, 진지해질 시간을 주지 않는구나.

난 시계를 바라보았다. 새벽 1시. 이 시간에도 장사를 끝내지 않다니 워커홀릭 찹쌀떡 아저씨다.

"메밀무우우우우욱! 참싸알떠억!"

참으로 구성지도다.

"메밀무우욱 사려어! 참싸알떡!"

규칙성은 없군.

"메미일무우우우욱! 참싸알떠어억!"

하지만 이건 너무한 거 아닐까? 새벽 1시인데……. 아무리 워커홀릭이라도 그렇지, 다른 집에서는 아무도 불만제기를 안 하는 거야?

아무리 귀를 기울여봐도 워커홀릭 찹쌀떡 아저씨의 외침 외에는 사방이 쥐죽은 듯 조용했다.

"메미이일무욱! 참쌀떠어어어억!"

결국 난 이불을 걷어내고 일어섰다. 아무리 생업전선이 험난하다고 하지만 이건 너무하다! 나도 좀 진지해져야 하는데 배경음악이 메밀묵찹쌀떡 메들리라는 건 너무하다!

나는 먹이를 낚아채는 하이에나와 같은 몸짓으로 창문을 열어젖혔다. 그리고 숨을 깊게 들이쉬고 사자후를 내지르려 할 때였다.

눈에 들어온 광경에 나는 창문에 바짝 붙었다. 한밤, 차가운 바깥 기온에 익숙해져 있던 창문이 내 손의 체온에 뿌옇게 흐려졌다.

가로등 불빛이 동그랗게 그린 호박빛 원의 귀퉁이가 사람의 그림자로 일그러져 있었다. 어깨일 뿐이었지만 언젠가 그랬듯 나는 그 어깨를 알아볼 수 있었다. 나는 눈이 그렇게 좋은 것도 아니었지만 왜 그런지 몰라도 언제나 그랬다. 언제나 그러리라는 것을 알 수 있었다. 가슴이 쿵 하고 내려앉았다. 심장이 어디로 떨어진 건지 몰라도 떨어져서 피를 흘리는 것처럼 가슴에 무언가 퍼져 나갔다.

나는 입술을 깨물었다.

이상한 일이다. 도대체 이런 기분을 뭐라고 하는 걸까? 이유도 모르면서, 전혀 논리적이지도 않은데 이렇게, 이렇게 마음이 저린 이런 기분을……

나는 가만히 일어서 창문을 닫고 깊게 한숨을 쉬었다. 그리고 뒤돌아 어두운 거실을 가로질러 문을 열었다. 딸깍, 하는 현관문의 소리가 유난히도 크게 느껴졌다.

"뭐야? 왜 여기서 청승을 떨고 있어?"

아무렇지도 않게 말한다고 한 건데 목소리에는 힘이 하나도 없었다. 어둠 속에서 내 쪽을 바라봤음직한 야쿠자의 웃는 모습도 별로 힘이 없었다.

"이상하지? 왜 네가 보고 싶었을까?"

열아홉 살이라는 것이 이렇게 위태해 보이는 것이라고 생각한 적이 없다. 마음속에서 다시 무언가가 뭉클 흔들렸다.

내가 야쿠자에게 한 발 다가가자 야쿠자의 눈빛이 조용히 내 얼굴 위로 내려앉았다. 그래도 뒤로 물러서지도 않았다.

내가 다시 한 발을 다가갈 때까지.

거리가 무척 가까워질 때까지.

내가 손을 뻗을 때까지.

나는 야쿠자의 등 뒤로 팔을 돌리며 품 안에 얼굴을 묻었다. 내가 야쿠자를 감싸기는커녕 가슴팍에나 간신히 미치는 정도라 내 행동은 위로하려는 건지 위로받고 싶은 건지 애매할 정도였다. 그러나 있는 힘을 다해 야쿠자를 꽉 안았을 때 분명히 내 마음은 전해졌을 거라고 생각했다.

굳어버린 것처럼 서 있던 야쿠자의 팔이 천천히 내 등 뒤로 돌았다. 차가운 기온에 식어 있을 줄 알았던 팔은 의외로 뜨거웠다. 등 뒤로 야쿠자 팔의 선만큼이 따뜻해졌다.

나는 팔에 좀 더 단단히 힘을 주었다. 차가운 기온이 더 이상 느껴지지 않도록.

"뭐 피하려고는 해봤는데······."

어깨를 웅크리지 않으려고 했지만 나란히 앉은 우리 둘 다 잔뜩 웅크린 상태였다. 그것이 온전히 추위 때문만은 아니라는 건 확실하다.

"일단 대강이라는 게 잘 안 되고······."

"네 성격이잖아. 자책할 필요 없어."

"하지만, 가끔 생각하는 게······."

말로 설명하기 어려운지 파카 주머니에 손을 찔러넣은 채 야쿠자는 한참을 망설였다.

"나는 정말 싸우고 싶지 않아. 누군가를 때리고 싶지도 않고, 학교도 다니기 싫은 거 아니고, 반항하고 싶은 것도 아냐. 진짜 그래. 그런데 사람들이 다 내가 나쁘다고 말하면······."

야쿠자는 길게 한숨을 내쉬었다. 한밤, 까만 밤 공기 사이로 하얀 입김이 흩어졌다. 뒤로 비스듬히 짚은 손은 건조했다.

"사실은 그런 게 아닐까, 내가 혼자만 착각하고 있는 게 아닐까 싶어."

생각도 못 했다. 이 아무 생각 없고 단순하기만 한 놈 머릿속에 이런 생각다운 생각이 들어 있기도 하다는 것은.

그러니까 결국 그런 것이다. 겉모습을 보고는 아무것도 알 수 없다.

"나는 정말 형편없는 사람인 게 아닐까 싶어. 이대로 정말 형편없는 사람이 되어버리지 않을까 싶어."

"나, 나도 그래!"

나는 얼른 야쿠자의 말을 가로챘다. 물론 야쿠자는 형편없는 사람이 된다. 내가 아는 한, 단순히 '형편없는' 정도로는 표현하기조차 어려운 그런 사람이 된다. 하지만 적어도 지금은…… 지금은 나는 그것을 생각하고 싶지 않았다. 그러고 싶지 않다.

"나도 내가 형편없다고 생각하는걸!"

"네가?"

말도 안 된다는 듯이 야쿠자는 고개를 저었다.

"넌 공부도 잘하고, 예쁘지는 않지만 그래도 귀여운 편이고……."

정직한 녀석.

"나한테 너처럼 솔직하게 군 사람은 없었어. 다들 시비를 걸거나 아니면 겁먹었거든. 넌 할 말 다 하고, 욕하고 싶으면 욕하고, 안 되는 거 있으면 안 된다고 말하고……."

그 말의 끝에 야쿠자는 슬쩍 자신의 앞섶을 내려다보았다. 단정히 단추가 채워져 있는 셔츠 위로 파카.

"넌 좋아."

"아냐!"

나는 고개를 저었다.

"난 공부할 줄밖에 모르고 사실 되게 이기적이다? 아니아니, 이기적이었다? 다른 사람들 은근 무시하고 깔보고 그런 것도 있었어. 공부 안 하는 거 되게 한심하게 생각하고 놀러다니는

거 바보 같다고 생각하고, 나 잘난 줄만 알고 그랬어. 내가 하는
게 다 맞는 줄 알았어. 사실 나 외모 콤플렉스 엄청난데, 그거
아닌 척하려고 얼굴은 중요하지 않다느니 예쁘면 머리가 텅텅
비었다느니 말도 안 되는 소리 했고, 사실 나 남자도 되게 좋아
하는데 남자들이 날 안 좋아하니까 관심 없는 척했어."

"너 남자 좋아하는 거 티 나는데?"

"엇, 그래?"

"응. 많이 나. 강준현 보는 얼굴도 그렇고 나 볼 때도 그렇고,
체육대회할 때도……."

말이 끊겼다. 야쿠자가 체육대회라고 말했을 때 우리는 같은
생각을 했고 아마도 그래서 말이 끊겼다. 잠깐 침묵이 이어졌
다.

"풋."

가만히 고개를 숙이고 있던 야쿠자의 입술을 비집고 낮은 웃
음소리가 새어나왔다. 어깨를 들썩이며 쿡쿡거리던 야쿠자는
결국 소리 내어 웃고 말았다.

"하하하하하."

난 기묘한 기분으로 야쿠자를 바라보았다. 내가 웃겨서 기뻤
던 건 처음이었다. 그 웃음이 어떤 웃음이든 누군가가 웃어준
것이 이렇게 기쁜 것은 처음이었다.

"하아."

웃음 끝은 한숨이었다. 그래도 얼굴이 조금 편해졌다. 그래서
나도 편해졌다.

"왜 싸웠어?"

내 질문에 야쿠자는 고개를 비스듬히 기울여 나를 바라보았다. 눈은 아까보다 훨씬 편해 보였지만 얼굴빛은 좋지 않았다.

"그냥, 엄청난 이유가 있으면 좋을 텐데……. 그건 아냐. 미안해."

야쿠자는 잠깐 말을 끊었다.

"언제나처럼 그 녀석들이 덤볐는데 안 싸우겠다고 피하는 게 더 열 받았나 봐. 내가…… 내가 태도가 썩 좋지 않잖아. 어떻게 대꾸해야 할지 몰라서 그냥 피했는데 더 성질을 내더라고. 그러는 게 꼴 같지 않기도 하고 같잖기도 하고……. 그러다가 한 대 제대로 얻어맞았는데 그러니까 이성이 확 나가서."

그래, 너 전에 타이어로 얻어맞는 거 보니까 내 이성도 나가더라.

"맞았어? 안 다쳤어?"

야쿠자는 어깨를 으쓱했다. 그리고 보니 턱 쪽에서 목으로 멍자국이 붉게 남아 있었다. 건조하게 일어난 입술도 다 갈라져 있었다.

"야쿠……, 유상우."

내 목소리에 야쿠자의 몸이 내 쪽으로 조금 기울었다.

"네 잘못이 아냐. 사실 산다는 게 원래 그래."

야쿠자의 시선이 몹시도 부드러운 천처럼 나에게 닿았다.

"나비효과라고 알아?"

"나비효과?"

"응. 사실은 별거 아닌 거야. 무슨 일이든 일어나는 이유도 일어나지 않는 이유도 다 대단하지 않아. 영화나 소설처럼 어떤 거창한 이유가 필요한 게 아냐. 평소와 똑같은 행동이었을 뿐인데 아주 살짝, 아주 살짝 다른 것만으로 사고가 되어버리는 거야. 무슨 말인지 알겠어?"

아는 건지 모르는 건지 긴 속눈썹 아래 소를 닮은 검은 눈동자가 깊어졌다.

"그러니까 물론, 다시는 이런 일이 안 일어나도록 조심해야겠지만 자책할 필요는 없다는 거야. 전부 다 네 잘못인 건 아니니까."

야쿠자가 뭔가 말하려는 걸 난 막았다.

"네 잘못이 아니라는 게 아냐. 너 잘못했어. 여태껏 너 쭉 잘못해서 이번에도 이렇게 된 거야. 이제 그러면 안 돼. 하지만 일어난 일을 후회하기만 하는 건, 그래서 자포자기하는 건 더 나빠."

난 내 말의 효과를 확인하기 위해 잠깐 말을 멈췄다. 야쿠자는 말 잘 듣는 착한 학생인 것처럼 가만히 나를 내려다보고 있었다. 반듯한 어깨는 약간 내 쪽으로 기울어진 채였다.

"날 나쁘지 않다고 말하는 건 너뿐이야."

야쿠자의 손이 밤 공기를 가르고 내 쪽으로 천천히 다가왔다. 하지만 나와 야쿠자의 중간쯤에서 하얀 손은 망설이듯 멈춰 섰다. 나는 느릿느릿, 야쿠자를 놀라게 하고 싶지 않은 것처럼 느릿느릿 손을 뻗어 야쿠자의 손바닥 위에 내 손바닥을 겹쳤다.

야쿠자의 손가락과 손가락 사이에 내 손가락이 들어가 굳게 마주 잡았다. 따뜻한 체온, 차갑게 식어 있던 야쿠자의 손 때문에 내 손은 무척이나 뜨겁게 느껴졌다.

야쿠자의 이마가 내 이마에 닿았다. 하얀 입김이 까만 밤 공기 사이로 섞여들었다.

나도 널 나쁘다고 생각했어. 미안해. 그게 아니라는 걸 이제는 알아. 어쩌면 누구도 나쁘다고 생각할 수 없는 건지도 몰라. 나는 스물여덟 살이고, 많은 걸 알고 많은 걸 보고, 사람들은 모두 그렇게 좋지만은 않다는 걸 알아. 하지만, 하지만……. 너를 알고 너를 보고 너를 배우면서 나는, 사람에게 믿음을 가져도 된다는 걸……. 기대를 가져도 된다는 걸……. 어쩌면, 운명의 방향은 정해져 있는 게 아니니까, 그러니까 노력해볼 수 있다는 걸…….

그날 밤, 우리는 나란히 앉아 많은 이야기를 했다. 나는 객관성을 잃지 않기 위해 노력했지만 정말 그것에 성공했는지는 알 수 없다. 나는 무조건 야쿠자를 이해할 수 있을 것 같았고 야쿠자를 돕고 싶었다.

하나, 내일의 방향을 알 수 없었던……, 아니 알지만 부정하고 싶었던 내게 남아 있던 하나, 그것은 내가 시간을 거슬러 여기에 온 이상 분명히, 그리고 반드시 뭔가가 달라질 것이라는 믿음이었다. 하나가 달라지면 그 다음 것도 달라진다. 그것은

아주 미묘한 밸런스, 내가 아무 의미도 없었다면 나는 여기에
오지 않았을 것이다.

　야쿠자의 무기정학을 알리는 공고문이 나붙은 것은 다음날
이었다.

29. 나비효과

- 세세한 것까지는 기억 안 나지만 이제 무기정학이니까 조금 있으면…….

전화기 저편, 선배는 병원에 누운 채 한 달째 혼수상태인 운동부 아이가 죽는다는 말을 차마 하지 못하고 말을 끊었다.

선배가 기억하는 '현재'는 이랬다.

무기정학 후 야쿠자는 가출, 행방을 알 수 없다가 반죽음상태로 경찰에 발견된다. 유흥가에서 어슬렁거리다가 그 구역의 조직폭력배들과 한판 붙은 듯하다는 것이 경찰의 말이었지만 언제나 그렇듯 야쿠자는 입을 꼭 다물고 있었기 때문에 사실 여부를 파악할 수는 없다. 혼수상태였던 아이는 결국 단 한 번도 의식을 회복하지 못하고 사망선고를 받게 된다. 다행인 점은 유가족의 합의를 얻은 데다가 싸움 자체가 다수 대 1인라는 정당방위적 요소가 포함되어 있었다는 것. 불행인 점은 야쿠자

특유의 반항기 어린 외모와 성질머리, 그리고 정직하다 못해 이상할 정도로 사실적인 답변으로 판사와 검사의 호감을 사는 데 실패했다는 것이었다.

어쨌든 사망사건이라면 아무리 청소년 범죄라도 기소유예는 택도 없다. 정상참작이고 뭐고 야쿠자 본연의 태도로 맞선다면 더더욱 택도 없다.

한숨이 나왔다. 영화에서 보면 사건이 풀리기 위한 뭔가 새로운 단서가 있다거나 판사에게 문제가 있다거나 하던데……. 절대 아니다. 일은 풀려야 할 방향으로 풀렸고 그럴 만하니까 그렇게 됐다. 이럴 경우 어떻게 해야 할지 도저히 알 수 없어지는 것이다.

"휴우."

나는 전화기에 대고 길게 한숨을 쉬었다.

"어쨌든 이미 좀 달라지기 시작했잖아요. 더 나빠질 데도 없으니 뭐가 달라져도 좋은 방향인 거겠죠."

전화기 저편, 잠깐 말이 끊겼다. 나는 선배가 내 말을 이해 못했다는 걸 알았다.

"지금 우리는 야쿠자의 행방을 알고 있다고요. 게다가 더 나빠지려야 나빠질 수도 없는 상황이죠. 야쿠자가 일본으로 건너가서 야쿠자가 되는 것보다 더 나쁜 일이 어디 있다고?"

- 얘기가 나왔으니까 하는 말인데.

전화기를 고쳐잡는 소리가 들리더니 선배가 나에게 물었다.

- 어떻게 된 건지 알아? 얘가 어떻게 집에 돌아온 거야? 원래대로

162

라면 절대로…….

궁금하겠지. 하지만 의외로 모든 비밀은 쉬운 편이다.

"왔어요."

- 응?

"나한테로 왔다고요."

나는 입술을 깨물었다. 설명해야 할지 말아야 할지 확신할 수 없었기 때문이다.

이런 건 도대체 뭐라고 정의내려야 하는 감정일까? 야쿠자가 나에게로 왔다는 것, 그것은 따지고 보면 사실에 어긋나는 일이면서도 동시에 당연한 일이었다. 정말이지 이상한 일이다. 스물여덟 해를 살면서 단 한 번도 이렇게 설명하기 어려운 일이 있었던 적이 없었다. 남들이 어렵다고 말하는 형법도 하면 된다는 걸 알고 있었고 그 양이 많다는 민법도 시간문제라는 걸 알고 있었다.

그러나 내 감정, 내 느낌, 내 상황……. 그것은 당황스럽기도 하고 부끄러운 것이기도 했으며 무엇보다 설명하기 어려운 것이었다. 분명히 뭔지 나는 알고 있지만 설명하는 것은 불가능했다. 특히 내가 '좋아한다'고 생각했던 준현 선배 앞에서는 더욱 말이다. 이건 '좋아한다'거나 '괜찮다'라고 생각하는 것과는 굉장히 다른 것이다.

그냥 마음이 그런 것이었다. 마음이 느낀다. 마치 내 몸 어디선가 절대적으로 이미 정해진 것처럼 나는 야쿠자를……, 그리고 야쿠자는 나를…….

나리를 구했다! 2

- 너한테로 갔어?

"네."

- 그래서군.

가벼운 한숨 소리가 들렸다.

- 이상했거든. 제 발로 들어올 놈이 아닌데 말야. 확실히 뭔가 다르긴 하다. 원래대로라면 맘 붙일 데 하나 없어 헤매고 다니다 사고를 칠 텐데 적어도 그건 아니니까.

"그래요."

무기정학을 받은 후 야쿠자는 코빼기도 볼 수가 없었다. 학교 도서관에서 책을 보는 야쿠자의 뒷모습만 가끔 봤는데 내가 도서관 창 너머로 들여다보았을 땐 앉아 있는 그 자세로 굳어버린 게 아닌가 싶을 정도로 꼼짝도 않는 상태였다.

"이러다가 저놈이 사시 패스하는 거 아닌가 몰라요."

- 응?

"만날 책만 들여다보고 있으니, 나도 저렇게까지 할 줄은 몰랐는데 정말 성격 한번 엄청나요."

- 그래 봤자 꽃이니 풀이니 그런 책일 텐데 뭐.

선배는 잠깐 말을 멈췄다. 하고 싶은 말이 남아 있는 것 같았기 때문에 나는 기다렸다.

- 하지만 정말 그렇게 되면 좋겠다.

들은 것 중 가장 마음아픈 말이었다.

그렇게 되면 좋겠다.

사시에 패스하지 않아도 좋다. 그걸 바라는 게 아니다. 이대로 시간이 그냥 흘러, 또 흘러 마치 아무 일도 없다는 듯, 없었다는 듯 그렇게 야쿠자가 평범한 학생일 수 있기를…….

선배와 전화를 끊은 후 나는 창문가로 다가갔다. 오늘의 놀이터에는 아무도 없어 검은 어둠만이 벤치 위에 내려앉아 있었다. 차가운 공기, 나는 창에 바짝 손을 대고 하늘을 올려다보았다. 별이 없는 하늘에는 달이 유난히도 밝았다. 커다란 초승달은 아직 다 채워지지 않은 시간 같았다. 시간이 언젠가는 찬다는 걸 알고 있는데도 어떻게 찰지, 언제 찰지 조바심이 나는 건 아마도 내가 지금 바라는 게 있어서일 거라고 생각했다.

정말로, 그렇게 되면 좋겠다. 정말로 야쿠자가 그냥 평범하게…….

길을 잘못 들었을 뿐 아주 평범한 야쿠자가, 그냥 평범한 아이로 태어난 것처럼 그렇게 기회를 얻을 수 있었으면 좋겠다.

난 차가운 창에 이마를 대고 기도했다.

하느님, 우리 가여운 야쿠자를 보호해주세요.

야쿠자는 아무나 되는 것이 아니라는 것은 확실하다. 나는 단 한 번도 내가 의지박약이라고 생각해본 적이 없는데 야쿠자에 비하면 정말 아무것도 아니었다. 아니, 내가 누군가에게 애착을 가져본 적이 없어서 그럴까? 그래서 이렇게 온종일 야쿠자 생각이 머리에서 벙벙 뛰어다니고 있는 걸까? ……아니지, 야쿠자도 누구에게 애착 같은 거 가져봤을 성격이 아닌데? 꽃한테 애착을 가져서 상쇄되었나? 그 추운 날 놀이터에서 같이 떨어줬더니 집으로 돌아간 이후 전화 한 통을 안 하는구나.

나는 뒹굴뒹굴 침대에서 구르다가 다리를 벽에 걸치고 벽지 무늬를 세기 시작했다. 무늬 하나, 무늬 둘, 무늬 셋. 무늬를 열심히, 정열적으로 세던 나는 한숨을 쉬었다.

옛말 틀린 거 하나 없다더니, 시간이 가장 힘이 세다. 현실은 언제나 지루하리만큼 느리다.

야쿠자의 무기정학 공고가 나붙은 지 3주, 바뀐 것은 아무것도 없었다. 야쿠자 쪽도 지독하게 조용했고 학교도 그랬으며 다친 아이들이 입원한 병원도 그랬다. 어떻게 해야 할지 조바심치던 마음은 할 수 있는 것이 없다는 걸 알고 상황을 살피기 시작했다.

무력함. 자신의 무력함을 이렇게 실감해본 적도 별로 없다. 나는 어쨌든 열여덟 살이었고 할 수 있는 거라곤 기다리는 일뿐이었다.

야쿠자를 못 본 지 2주가 넘었다.

침대에 앉아서 손을 가만히 가슴 위에다 댔다. 텅 빈 것같이 허전하다. 마치 가슴속 어딘가에서 바람이 부는 것처럼. 그것이 내 무력함 때문인지 아니면……

"이 변태! 너 또 네 가슴 만지지?"

문을 닫는 걸 잊었다! 머리 빨간 황준서가 자기 트레이닝복 속에 손을 넣고 가슴을 득득 긁다가 나를 보고 타박하고 있었다. 네가 가슴 긁는 건 가려워서 긁는 거고 내가 가슴 위에 손 얹는 건 만지는 거냐!

눈을 하얗게 뜨고 노려보자 움찔한 황준서가 머리를 긁적이면서 뒤돌아섰다. 이기지도 못하면서 덤비는 심리는 뭘까?

언젠가 황준서가 화장실에서 혼자 중얼거리는 소리를 들은 적 있다. 꼭 누구랑 이야기하는 것 같아서 엄마라도 있나 했더니 거울 보고 자기한테 말하고 있는 거였다.

"왠지 황민서가 이상하지 않아? 이상하지. 왠지 밀리지 않아? 밀리지. 무섭지 않아? 무섭지."

미친놈. 네가 더 무섭다, 이놈아!

당연하다. 황준서가 내 오라비이기는 하나 그래 봤자 스물한 살이고 난 스물여덟 살, 하는 짓이 빤히 보여 좀 친절한 충고를 해줬더니 저러고 있다. 하여간 잘 되라고 말해줘도 소용이 없다. 제 복이니 그냥 내버려둬야지.

나는 침대에 벌렁 드러누웠다.

야쿠자.

야쿠자.

야쿠자.

윤동주 시인은 아무 걱정도 없이 가을 속의 별을 다 헬 듯하다고 했는데 걱정 많은 나는 누워 천장 벽지 무늬 개수를 다 셀 것 같았다.

아씨, 왜 이러지!

벌떡 일어난 나는 옷을 갈아입고 나섰다. 답답한데 집 안에서 끙끙대느니 뭔지 몰라도 그것에 직면하는 것이 더 체질에 맞는다.

주말이었지만 준현 선배에 따르면 야쿠자는 주중 주말을 가리지 않고 내내 도서관에 있다가 폐관 후에는 독서실로 이동해서 밤늦게야 들어온다고 했다. 결국 나는 독서실로 향했다.

그로부터 30분 후, 나는 환하게 불이 켜진 독서실의 현관을 바라보며 음침한 골목길에 몸을 숨기고 있었다. 벽돌담에 딱 붙자 코끝에 시멘트 냄새가 느껴져 상쾌하지 않았지만 적어도 은폐엄폐, 저쪽에서 날 볼 수 있을 것 같진 않다.

문제는 내가 왜 이러고 있는지 전혀 모르겠다는 거다.

심지어 나는 책도 안 들고 왔다. 공부를 하러 독서실에 온 게 아니니 당연하다. 그럼 들어가서 야쿠자를 불러내서 대화를 시작하면 될 텐데 엉뚱하게도 나는 벽돌담 뒤에 코를 박고 시멘트 향기를 맡고 있다.

어느새 밤 11시를 향하는 시각, 12시 전에 집에 들어가는 애들은 슬슬 독서실에서 나올 때였다.

아니나다를까, 그리운 산타모, 칼리스타에서부터 장수모델인 구형 아반떼, 코란도까지 차 몇 대가 아이들을 데리러 오고 몇몇 아이들은 씩씩하게 어둠을 가르고 걷기 시작한다.

그 안에 야쿠자는 없었다.

야쿠자놈, 준현 선배의 말에 따르면 11시쯤에는 나온다는데 왜 안 나오는 거지? 가는 날이 장날이라고 오늘따라 일찍 집에 간 걸까? 새삼 휴대전화도, 삐삐도 없는 시절이 불편하게 느껴졌다.

밤이 되어 떨어진 기온에 차갑게 식은 담으로부터 피어오르는 냉기까지 합쳐 으슬으슬 추워지기 시작하고 있었다. 나는 좀 더 두껍게 입고 올걸 그랬다고 후회했다.

10분 경과.
마이 춥다. 벽에서 조금 떨어져보았다.

20분 경과.
팔 힘이 있다면 팔굽혀펴기라도 했을 텐데……. TV에서 추위에 떠는 사람이 왜 손을 비비고 오도방정을 떨며 방방 뛰는지 알 것 같다.

30분 경과.
야쿠자는 살인머신인가 보다. 야쿠자가 지나간 길에 시체가 추풍낙엽처럼 깔리더니 이제는 나도 동사하는 건가.

서서 청승 떨고 있는 이유도 모르겠고 추위도 더 이상은 안 되겠다 싶어 뒤돌아섰을 때였다.
"으아아아아아악!"
난 정말이지 기함했다. 절대로 힘이 빠지는 일은 없을 것 같았던 다리에서 힘이 물처럼 새어나갔다. 주저앉지 않은 것은 순전히 튼튼한 하체에서 비롯되는 저중심설계 탓이었을 것이다.
그건 마치 무협의 한 장면 같은 것이었다. 배경이 삭막한 담벼락이라는 것과 대나무 대신 전신주의 전선들이 등 뒤에 있다는 걸 빼고는 완벽한. 어둠 속에서 그 어둠만큼 어둡게 살기를 뿜어내고 있는 형체, 그 주인공은 커다란데 조용해 위협적이기까지 한 그림자였다.

"뭐, 뭐야?"

"너야말로 뭐야?"

그림자가 조금 움직이자 음영이 졌던 얼굴의 이목구비가 드러나며 이제는 좀 익숙해진 얼굴이 나타났다.

"뭘 보고 있어?"

야쿠자는 내 어깨 너머를 궁금하다는 듯이 들여다봤다.

"너……, 너 언제부터 여기 있었어?"

"10분쯤 됐나? 그런데 너 뭐 보고 있었어?"

여전히 맑고 순수한 얼굴로 내가 뭘 보고 있었나만을 궁금해하는 야쿠자. 아무것도 모른다는 얼굴이다.

도저히 너 나오길 기다렸다는 말은 못 하겠다.

"어디 갔다 와? 공부 안 하고?"

야쿠자는 쓱 나를 보더니 다시 독서실 문 쪽을 바라본다.

"너 여자애가 겁도 없다. 이 시간에 돌아다니고. 네 얼굴을 너무 믿는 거 아냐?"

"뭐!"

내가 반항하려고 주먹을 불끈 쥐고 덤비자 야쿠자는 내 이마를 가볍게 밀어내고 대수롭지 않다는 듯 말했다.

"나 책만 두고 나오면 되니까 기다려. 데려다 줄게."

고개를 돌려 독서실 쪽을 바라보는 얼굴이 추워 보였다. 이 녀석은 도대체 어디 갔다 오는 걸까. 차분하게 말하는 목소리가 평소와 다른 것 같기도 하고, 어떻게 생각하면 늘 방방 날았던 건 나지 이 녀석은 늘 이랬던 것 같기도 하다. 2주 만이라 그런지 뭐든 새삼스럽다.

야쿠자는 내 어깨를 툭툭 두드리고는 성큼성큼 걷다가 물끄러미 자신을 바라보고 있는 내 시선을 느꼈는지 돌아보았다.

"같이 들어갈래? 혼자 있기 무서워?"

무섭긴, 여기에 너 오기 전 20분 가량을 혼자서 서 있었단다.

"무서워. 같이 가."

응?

스스로의 행동에 의아해하면서 나는 아까부터 가슴 부위에서 느껴지는 진동이 추위 때문인지, 아니면 정말 무서워서인지 고민하기 시작했다.

내가 둔탁하게 뛰어서 야쿠자 옆에 서자 야쿠자가 씩 웃어주고는 다시 걷기 시작했다. 보조 맞춰 걸으면서 마음속에 스며들기 시작한 불길하고도 어두운 예감을 몰아내기 위해 나는 애썼다.

"여기 있어."

입구에 날 세워놓고 야쿠자는 독서실로 들어갔다.

경비 아저씨가 나를 흘깃 보며 아는 척을 해주었다. 같이 아는 척을 해주면서도 내 정신은 온통 점점 선명해지는 말도 안 되는 불길한 현실을 논리적으로 고찰하기 위해 바빴다.

설마, 나는 야쿠자가 보고 싶었던 걸까.

설마, 나는 야쿠자한테 여자처럼 보이고 싶었던 걸까.

설마, 나는 이제 열아홉 살 된 폭력의 영혼에게 내 마음을 빼앗기고 만 걸까.

나는 야쿠자가 무슨 생각을 하는지 이제는 모르겠다. 그리고 그건 아주 나쁜 징조였다. 두 가지, 내가 야쿠자가 무슨 생각을 하는지 궁금해하기 시작했다는 측면에서……, 그리고 고작 열아홉 살의 마음을 들여다볼 수 없을 정도로 정신이 나간 상태라는 측면에서.

점점 헤어날 수 없다. 이건 아무리 생각해도 그냥 정의감이나 인간에 대한 이해는 아냐. 스물여덟 살이 열아홉 살에게 느낄 수 있는 감정도 아냐.

좋아하더라도 적어도 좀 여유롭게 좋아할 수도 있는 거잖아.

절망감에 빠진 내가 경비 아저씨가 앉아 있는 책상 위에 지그시 주먹을 누르자 놀란 아저씨의 시선이 이마에 느껴졌다. 그러나 내 얼굴 전반에 퍼져 있는 회복할 수 없는 지옥을 느꼈는지 아저씨는 아무 말 하지 않고 그냥 다시 고개를 숙였다.

"주먹 불끈 쥐고 뭐 해? 가자!"

쪽팔리다.

스물여덟 해를 살면서 '창피하다'라는 단어로 부족한 순간을 맞이한 적이 없는데 지금 그랬다. 쪽팔렸다. 몸이 어려지니 마음도 어려진 걸까? 내가 정작 열여덟 살 때는 미친 듯이 혐오했던 건들거리는 개날라리에게 마음이 가는 이유는……, 야쿠자가 개날라리는 맞지만 그래도 건들거리지는 않아서? 난 언제나 급박한 상황에 서로에 대한 사랑타령으로 시간을 보내는 영화의 주인공들을 한심하게 생각했는데 지금 이런 와중에 야쿠자를 신경 쓰고 있는 나는 진정 미친 걸까?

그런 걸까?

독일의 정신분석학자이자 사회철학자인 에리히 프롬은 성애는 폭발적인 경험, 그러니까 전혀 낯설었던 두 사람 사이에 있던 장벽이 무너졌을 때 느끼는 감정과 혼동되기 쉽다고 말했다.

나도 혼동하는 건가?

4차원 세계로 건너가 이상한 나라의 대마왕 같은 야쿠자를 만난 풍뚱한 폴이 대마왕을 니나로 착각해버린 걸까? 그런 걸까?

누가 나에게 말 좀 해줬으면 좋겠다. 정말 그런 걸까? 이제는 어떻게 해야 하는 걸까?

현실은 소설처럼 일차원적으로 진행되지 않았다. 동시 다발적으로 도저히 정신을 차릴 수 없게, 나 자신이 무얼 하고 있는지 모르게, 그렇게 지나간다.

그러니까 달라진 건 야쿠자뿐이 아니었던 것이다. 야쿠자를 갱생시키기 위해 이곳으로 왔다고 생각한 나도 달라졌다. 아마다시 돌아가더라도 나는 절대로 이전의 황민서일 수는 없을 것이다.

나비효과, 그 시작은 어쩌면 그 산에서 불가살이들을 만났을 때였을 수도 있고, 단정하지 못한 야쿠자를 참지 못하고 단추를 잠가줬을 때일 수도 있으며, 야쿠자와 함께 5층에서 뛰어내렸을 때였을 수도 있다.

나는 모른다. 과거도 현재도, 그리고 미래도.

아는 건 모든 것은 서로 연관되어 있고 모든 것은 의미가 있다는 것뿐.

30. 시간이 흐르는 방향

저녁, 요 며칠 그랬던 것처럼 집에서 저녁을 먹자 엄마는 신이 났다. 확실히 우리 엄마지만 스물여덟 살의 눈으로 보면 좀 그렇다. 고2짜리 딸내미가 야자를 안 하는데 신이 나나? 내가 다 나 잘난 덕에 이렇게 된 거지 치맛바람은커녕 치마에도 관심이 없는 우리 모친 덕은 아닌 게 분명하다.

"이거 마셔봐, 민서야. 동치미를 깍두기 무로 담갔더니 더 맛있어."

동치미와 깍두기 무와의 관계는?

나는 마음속에 떠오르는 의문을 우겨넣고 동치미 국물을 한 숟가락 떠먹었다. 맛, 있긴 한데 그 맛이라는 게 동치미 국물 맛이었다. 난 사실 미맹에 가깝다.

"오, 맛있네."

그래도 순응은 삶의 지혜.

나의 순응적인 태도에 "그렇지? 돌김도 먹고, 김치도 먹어봐." 하고 계속 이것저것 챙기는 모친을 보니 문득 마음이 짠해졌다. 이게 진정한 사랑이겠지.

"엄마, 엄마는 맛있는 게 있으면 엄마 혼자 먹고 싶지 않고 나 먹이고 싶어?"

"응? 많은데 뭐."

……그, 그렇군. 많으니 먹어보란 거였군.

좀 다르지 않나? 내 28년을 살면서 듣고 겪은 바로는 어머니들은 자식이 먹는 것만 봐도 배부르고 맛있는 게 하나 있으면 자식을 준다고 했는데……. 그런 대답을 기대했건만 과연 우리 모친이로세. 가열차게 정직하시다.

"가끔 하나만 남으면 내가 먹어."

확인 안 해줘도 되는데…….

"응. 잘했어. 앞으로도 좋은 건 꼭꼭 엄마가 먹어."

나는 가볍게 한숨을 내쉬었다. 야쿠자, 밥은 먹고 다닐까?

사실 야쿠자가 잘 살고 있다는 건 누구보다 잘 알고 있다. 야쿠자는 담담하게 상황이 흘러가길 기다리고 있었다. 그런 성격이었다. 시간이 흐르면 지금은 불투명하기만 한 모든 일들이 선명하게 드러난다는 걸 아는 성격, 다만 여기서 문제는 야쿠자는 모르겠지만 나는 시간이 흐르면 어떤 일이 일어나는지 알고 있다는 것이다. 때로는 시간이라는 것이, 인간의 삶이라는 것이 얼마나 어처구니없고 쉽게 망가지는지 나는 알고 있다.

미래를 모른다는 건 어떤 의미에서 굉장히 편한 일이다.

정작 불안에 떨었던 건 미래를 빤히 내다보고 있는 나와 준현 선배. 우리는 매일매일 대책도 없는 한숨을 교환해야만 했다.

쾅!

"사실 너 좋아하는 건 하나 남으면 안 먹고……, 에구머니나!"

모친은 뭔가 맘에 걸리는지 혼자서만 먹는 경우는 드물다는 둥 묻지도 않은 이야기를 하다가, 현관문이 부서지기 직전의 소리를 내며 열리는 바람에 삼일절도 아닌데 번쩍 두 손을 치켜들었다. 벽에 가 부딪혔던 현관문이 다시 닫히려다 구르다시피 들어오는 황준서의 머리에 맞고 다시 튕겨 나왔다.

쾅쾅쾅!

쓰리쿠션.

"뭐, 뭐, 뭐니?"

모친은 너무 놀란 나머지 말까지 더듬었다. 하지만 집에서 흔히 들리지 않는 쾅 소리에 좀 놀랐던 나는 굴러들어오는 놈이 황준서라는 것을 확인하고는 금세 시큰둥해졌다. 쟤는 매일 별것 아닌 일에 부산떨곤 하기 때문이다. 저것도 성격이다.

"아씨."

벌떡 일어난 황준서가 무릎을 툭툭 털며 짜증을 부렸다.

"왜?"

내가 예의상 묻자 부엌으로 들어온 황준서가 물을 따라 마시며 투덜거렸다.

"오는데 왜 민영 빌라 옆에 공터 있잖아. 거기서부터 열나 험악한 애새끼들이 웅성거리는 거야."

"그래서 쫄았냐? 왜 아씨야?"

솔직히 말해 네가 머슴이면 머슴이지 왜 아씨냐.

"그게 아냐! 아파트 단지 들어왔더니 또 비슷한 덩치에 인상 험한 놈들이 돌아다니잖아. 우리 아파트에 조폭이라도 이사 왔나? 아니지, 그 중 몇몇은 보니까 우리 학교 후배던데?"

지금 여러분은 자기 학교 후배에게 쫀 이십 대 남성을 보고 계십니다. 아, 쪽팔린다.

하기야 황준서는 검도학원에 보내놓으면 죽도로 얻어맞고, 주판학원에 보내놓으면 주판으로 얻어맞고, 수영학원에 보내놓으면 수경으로 얻어맞았다. 요즘 한다고 깝죽대는 록 그룹에서는 기타로 얻어맞는 게 아닌지 의심스러운 놈이다.

그런데 가만, 이놈이 현진고 출신이잖아?

"우리 학교 애들이야?"

"응. 그놈들은 학교 망신스럽게 교복을 입고 그러냐. 사복으로 갈아입기라도 하지."

불길한 예감이 하나로 묶어 올린 머리카락을 쥐어뜯었다.

"몇 명이나 되는데?"

"처음에 본 놈들이 일고여덟 명, 우리 아파트에서 돌아다니던 놈들이 열댓 명 되나? 그 상황에서 내가 걔들 숫자를 어떻게 세냐?"

지금 여러분은 자기 학교 후배에게 쫄아서 몇 명인지 셀 수도 없었다고 말하는 이십 대 남성을 보고 계십니다.

나는 입맛을 다셨다.

아무런 연관이 없는 문제일 수도 있다. 그러나 내 비록 현역 때는 이런 문제와 털끝만치도 연관이 없었던 사람이지만 지금은 그렇지 않다. 이 아파트, 이 동네에 뭔가 그 불량 학생들이 바람처럼 헤매고 다닐 이유가 있던가?

야쿠자?

나는 벌떡 일어섰다.

"엄마, 나 나갔다 올게요."

"어디 가? 너 설마 이제 주먹계에도 들어설 예정이냐?"

힘도 없고 철도 없는 황준서가 뒤에서 소리를 지르건 말건 나는 모친의 대답보다 더 빠르게 튀어나갔다.

내가 가봤자 아무 소용도 없다는 것이 생각난 건, 그러니까 오히려 더 나쁠 수도 있다는 것을 깨달은 건 한참 후였다.

미친 듯한 스피드로 달려 공터에 도착했을 때쯤에는 캄캄한 하늘 위에 별 몇 개가 떠 있었다. 민영 빌라 옆의 공터는 원래 놀이터가 있던 자리였는데 놀이시설들이 너무 노후해서 바꾸는 김에 그냥 모래바닥 대신 아이들이 놀기 좋고 위생적이도록 투수콘 재질로 바꾸겠다며 현재 공사가 진행 중인 곳이다.

도착해보니 아직 시설들을 설치하지는 않았지만 바닥은 이미 깔아놓은 상태라 먼지도 나지 않아 싸우기 참 좋은 상태였다. 그리고 좋은 것은 귀신처럼 아는 비행 청소년들이 그곳에서 비행을 실행하고 있었다.

참 폼 안 나게 쪼그리고 앉아서 담배를 피우던 아이들이 기웃거리는 나를 보고 뭐냐는 듯이 인상을 험하게 굳혔다. 그러거나 말거나 눈에 힘을 주고 야쿠자를 찾던 나는 저마다 특색 있게 불량해 보이는 그 아이들의 틈에는 야쿠자가 없다는 것을 알았다.

과민반응이다. 험상궂은 아이들이 있는 곳에 야쿠자가 있다는 건 완벽한 나의 과민반응일 수도 있다. 세상 모든 험한 일들이 야쿠자에게로 통해 있는 건 아니잖아.

나 스스로의 오버를 비웃으며 막 돌아서는데 갑자기 누군가가 나의 손을 확 잡아챘다.

"여기서 뭐 해?"

"으악!"

아, 심장아! 난 좀 얘가 남들처럼 인기척과 함께 나타나주길 바라는 소망이 있다.

"……으악?"

야쿠자가 의아하게 나를 내려다보았다. 하지만 나는 그 와중에 야쿠자의 시선이 공터에 모여앉은 불량 청소년들에게 잠깐 머물렀다가 다시 나에게로 돌아오는 것을 알아차렸다.

"뭐 하고 있어?"

"넌 여기서 뭐 하는데?"

내 물음에 야쿠자는 가볍게 한숨을 쉬고는 뒤돌아 걷기 시작했다. 한쪽 손에는 여전히 내 손이 잡혀 있었기 때문에 내 몸은 자연히 질질 끌려가기 시작했다. 날 끌고 가기 쉽지 않을 텐데 이놈 참 강한 남자다.

야쿠자의 걸음은 무척 빨랐다. 나는 그 걸음을 쫓아가기 위해 헐떡일 수밖에 없었는데 이건 스피드와는 좀 다른 문제로, 기장이 다른 야쿠자의 다리가 한 번 움직일 때 내 다리를 두 번 움직일 수 있는 게 아닌 이상 보조를 맞추기 쉽지 않았던 것이다.

"쟤, 쟤들 뭐야?"

나는 차오르는 숨을 억누르며 야쿠자에게 물었다.

"뭐가?"

야쿠자는 뒤돌아보지도 않고 대답했지만 아직 어려서 몰랐을 거다. 뒤통수에도 표정이 있고 목소리에도 파장이 있다. 정말 몰라서 '뭐가?'라고 물을 때와 알면서 모르는 척 '뭐가?'라고 묻는 것 차이에는 기차가 어둠을 헤치고 건넌 은하수만큼의 거리가 존재한다. 그리고 그것을 숨기기에 열아홉 살이란 나이는 스물여덟 살에게 조금 무리다.

"쟤네 왜 이 근처를 배회하냐고?"

나는 야쿠자의 손을 잡아당기며 물었다. 마지못해서 야쿠자가 걸음을 멈추고 뒤돌아섰다. 눈이 마주쳤는데 가슴에 묘한 파문이 번져서 나는 내가 야쿠자를 보고 싶어했다는 것을 다시 한 번 절실히 깨달았다.

이 와중에! 나 황준서 동생 맞다. 철없긴 매한가지.

"상문공고 운동부."

"운동부?"

"응. 체대 가려고 준비하는 애들."

그 대답은 저들이 '뭐냐'에 대한 대답일 뿐, '왜' 이 근처를 배회하냐는 질문에 대한 대답은 아닌데 말이다.

"그런데 왜 여기를 배회해?"

야쿠자는 나를 가만히 내려다보았다.

"음, 아까 쫓아오기에 따돌렸어."

"왜 너를 쫓아와?"

"싸우려고."

"왜 싸워?"

"원래 가끔 싸움 걸어."

참 정신 나간 녀석들이다. 한 인간을 의식불명 상태에 빠뜨린 인간과 싸우고 싶은 녀석들의 정신이 제자리에 있을 리가 없다. 인간의 도전정신은 정말 무한한 것일까?

내가 인간과 도전, 그리고 무모함에 대해 생각하는 동안 야쿠자는 인간과 학습, 그리고 발전에 관해 사색할 만한 일을 했다.

바로 셔츠 단추를 채우기 시작한 것이다. 습관적으로 풀어두었던 단추를 하나씩 단정히 채우고 나서야 야쿠자는 고개를 들었고 멍하게 자신을 바라보고 있는 나의 시선을 발견했다. 야쿠자는 씩 웃었다.

"왜?"

인간을 인간이라 규정할 수 있는 건 불도 아니었고 도구도 아니었다. 바로 학습, 배운 것을 행하는 그 모습에서 비로소 인간은 인간이 된다.

근데 나는 뭐지? 단추를 잠그는 열아홉 살을 보고 심장이 간질거리는 나는 뭐지? 이것도 인간의 증명일까?

"넌 왜 여기 있어?"

"나?"

"응."

야쿠자는 마치 착한 학생처럼 싱긋 웃고는 대답했다.

"어디 좀 가려고 나왔다가 지나가는 길."

"어디 가는데?"

"그냥…… 어디."

그냥…… 어디라는 곳은 대한민국의 주소지가 아닌데 말이다.

"오늘도 도서관에 있었어?"

"응. 달리 할 일도 없고……. 책도 보다 보니까 볼 게 더 많아진다."

참 이상하다. 이렇게 정상적이고 순딩한 놈이 어떻게 사람을 팼기에 한 명은 의식불명에 다수는 병원행일 수 있는 걸까? 정말로 이해할 수 없는 일이다.

사람은 이렇게나 제멋대로인 것이다. 나는 야쿠자가 싸우는 걸 이미 봤고, 이 다음에 무슨 짓을 하는지도 다 봤지만 지금 내 눈앞에 있는 야쿠자만이 진짜 야쿠자라고 믿고 있다. 결국 사람은 자기가 보고 싶은 것만 보는 것이다.

"잘했어."

"뭐가?"

뜬금없는 내 칭찬에 야쿠자가 물었다.

"안 싸우고 피한 것도 잘했고, 도서관에서 책 본 것도 잘했고."

내 말에 야쿠자는 웃었다. 명확하진 않아도 칭찬받아 좋아서 웃는 건 아닌 게 분명하다.

"떡볶이 먹을래? 나 운동했더니 배고파."

내 말에 야쿠자는 다시 한 번 웃었다. 이번에는 내가 웃겨서 웃는다는 것이 확실했다. 사실 그만큼 뛰고 운동했다고 주장하기는 좀 그렇지만 이 쌀쌀해진 날씨에 이대로 서로 얼굴 마주보고 있을 수는 없는 노릇이라 한 제안이었을 뿐이다. 이 어린 놈이 누나의 마음을 어떻게 이해하리.

야쿠자는 슬쩍 손목시계를 들여다보았다.

"왜? 약속 있어?"

"아니. ……그래, 먹자."

야쿠자는 잠깐 머뭇거리다가 손을 내밀었다. 하는 양이 내가 '뭐야?'라고 반응하면 아무 일도 없었다는 듯이 손을 내리려는 양 소심한 짓이라 나는 냉큼 그 손 위에 손을 올려놓았다.

야쿠자의 손은 따뜻했다. 그러나 내 손이 더 따뜻했는지 야쿠자는 자신의 손 위에 올라간 내 손을 가만히 내려다보았다. 커다랗고 선이 예쁜 야쿠자의 손에 비해 내 손은 몽톡하고 투실했다. 그래서 기묘하게 어울렸다.

야쿠자는 내 손을 잡지 않은 손으로 내 머리를 한 번 헝클고는 걷기 시작했다.

시간이 흐르는 만큼 사람들은 바뀐다. 야쿠자는 처음보다 많이 웃기 시작했고 웃는 방법도 달라졌다. 아이가 자라는 것을 보는 느낌이 이런 걸까? 아무 생각 없어 보였던 야쿠자는 부쩍 성숙한 표정을 짓고 있었다. 그게 나로 인한 것인지 아니면 때가 되어 그런 건지는 알 수 없었다.

다만 뭔가가 바뀌어간다는 느낌이 있었다. 뭔가가 물살을 타기라도 하듯 급하게 변하고 있다는 느낌……. 야쿠자 앞에 펼쳐진 미래가 내가 원하지 않는 것이라는 것과는 또 별개로 지금 눈앞에 있는 열아홉 살의 야쿠자가 사라진다는 느낌은, 마음아픈 것이었다.

"뭐 해?"

입 안으로 달콤한 떡볶이가 쏙 들어오고 나서야 나는 내가 넋을 놓고 야쿠자를 바라보고 있었다는 걸 알게 되었다.

"얼른 먹어."

얼떨결에 입에 들어온 떡볶이를 오물오물 씹는 내 모습을 야쿠자는 만족스러운 듯 바라보고 있었다. 아, 그것이 또 이상한 느낌이라 나는 떡볶이를 먹다 말고 얼굴이 붉어질 것 같았다. 왜 저렇게 뿌듯하게 쳐다보고 있는 것이냐. 모친도 내가 먹는 걸 그다지 뿌듯하게 여기지 않는 것 같은데 넌 왜 뿌듯하니?

"너도 먹어."

"응."

야쿠자는 내가 접시를 좀 밀어주고 나서야 떡볶이를 찍어 먹기 시작했다.

"왜 감자튀김은 안 먹어?"

빠르게 비어가는 접시에서 홀로 남겨진 감자튀김이 서러워 보여 나는 물었다.

"너 좋아하잖아."

"응?"

"너 감자튀김 좋아하잖아. 많이 먹어. 난 딴것도 좋아해."

야쿠자가 대수롭지 않다는 듯이 말하고 씩 웃었다.

뭐야, 이거…….

방금 천하의 황민서가 루이뷔통 백도 아니고 풍선 이벤트도 아니고 명품 시계도 아니고 감자튀김 하나에 감동한 건가?

설마.

난 조금 떨리는 손으로 감자튀김을 집어 야쿠자의 입 안에 넣어주었다. 야쿠자의 눈빛이 약간 당황한 듯 흔들렸다. 그리고 그 다음에는 수줍기라도 한 것처럼 시선이 움직였다. 수줍다니, 수줍다니, 이 표현이 어디 야쿠자와 어울리는 표현이더냔 말이다.

내 안의 무언가가 위험을 경고했다. 그 경고와 동시에 야쿠자가 조용히 입을 열었다.

"나 네 생각을 진짜 많이 해."

내 손이 공중에서 멈췄다.

별말은 아니었다. 야쿠자는 나에게 아마도 이보다 더한 이야기도 할 수 있었을 것이다. 야쿠자와 나는 이보다 더한 일도 할 수 있었을 것이다. 그러나 야쿠자의 이 말에서 나는 깨달았다.

"이상하게도 무슨 일이 있어도 네 생각이 나. 밥 먹을 때도, 옷을 입을 때도, 길거리를 걷거나, 책을 보거나, 그냥 돌아다닐 때도. 누가 내게 시비를 걸어도, 싸우는 동안에도 네 생각이 정말 많이 나. 그리고 다시 한 번 생각하게 되는 거야. 이번에 도…… 그때, 그 녀석을 때리는데 네 얼굴이 떠올랐어. 그래서 힘을 뺐는데도."

마음을 준다는 게 얼마나 무서운 것인지 나는 몰랐던 것이다. 마음과 마음이 통한다는 것이, 서로를 이해한다는 것이, 서로를 받아들인다는 것이 얼마나 무서운 것인지.

야쿠자가 나를 좋아하는 건 그럴 수도 있다. 타당성이라든지 개연성을 넘어, 그냥 그럴 수도 있다. 야쿠자는 미래를 모르니까, 그럴 수 있다. 그러나 미래를 아는 내가, 그럼에도 불구하고 어쩔 수 없이, 도저히 자제할 수 없을 정도로 야쿠자를 좋아하게 되어버린다면……. 그것이 어떻게 그냥 적당히 넘어갈 수 있는 그런 것이 아니라면 그때는 어떻게 되는 걸까?

미래로 돌아간다면, 나는 검사고 야쿠자는…… 야쿠자다. 그러면 그때의 나는 어떻게 해야 할까.

내가 정말로 미래로 돌아간다면 이 마음은 어떻게 되는 걸까.

내가 이대로 이 시간에 머문다면 미래의 시간들은 어떻게 되는 걸까.

나라를 구했다! 3

나는, 야쿠자는, 어떻게 되는 걸까.

누군가와 함께했던 기억, 누군가를 이해해버린 마음, 누군가를 안아버린 가슴은, 어떻게 되는 걸까.

미래의 나는 여전히 나이고, 미래의 야쿠자는 여전히 야쿠자인 걸까?

이미 지금의 내가 미래의 나와 다른데 그 시간에 우리는 여전할 수 있는 걸까?

31. 불안요인

"들어가."

아파트 정문에서 야쿠자는 내 손을 놓았다.

"추우니까 너도 얼른 들어가."

내 말에 야쿠자는 조금 웃었다. 들어가라는데 왜 잽싸게 뒤돌아서지 않고 서서 발치를 내려다보고 웃고 있는지는 모르겠지만 어쨌든 그랬다. 한참을 그렇게 서서 발로 땅을 툭툭 차고 있던 야쿠자는 내가 야쿠자 발 앞에 뭐가 있나 궁금해져서 그놈 발 쪽으로 고개를 숙이려 했을 때야 고개를 들었다.

"내가…… 너 언제부터 좋아했는지 알아?"

나이 차이란 이런 것이다. 나는 야쿠자가 하고 싶은 말이 무엇인지 알았다. 야쿠자는 아까 나에게 '고백'을 했고 나는 거기에 대답하지 않았다. 야쿠자는 아마 감으로 내가 자신을 어떻게 생각하는지 알고 있을 테지만 그걸론 불충분해서, 그러니까 확인하고 싶은 거겠지.

"언제부터인데?"

"그 산에서…… 오빠라고 불렀을 때."

그 산? 오빠?

불가살이들이 출몰했던 그 산에서 내가 목놓아 오빠 어디 가냐고 불렀던 그때 말이냐?

"그때? 네가 나는 죽든 말든 그냥 돌아서서 가려고 했을 때?"

비꼬는 거였는데 순진한 야쿠자는 말 그대로 받아들였는지 고개를 끄덕였다. 아, 상대가 적어도 내 수준으로는 비뚤어져야 어둠의 대화를 나눌 수 있는 것이다. 이렇게 뭐든 해맑게 받아들이니 무슨 이야기를 해도 이야기가 곧고 정직하다. 내 의도를 내가 모르게 되어버린다.

그나저나 대한민국 남자들의 80퍼센트가 오빠 소리에 약하다더니 무쇠팔 무쇠다리 로켓 주먹의 야쿠자도 오빠 소리에 약하단 말이냐. 안 어울리게스리.

"오빠란 소리가 그렇게 무섭게 들린 건 처음이었어. 뭔가 기묘하게 안 어울리는데 신경 쓰이더라. 그때부터였던 것 같아. 네가 신경 쓰인 게."

……댁도 취향 이상해서 삶이 평탄치 않겠수.

야쿠자는 자기가 할 말은 다 했다는 듯 해맑게 나를 바라보았다. 저놈의 단순한 머릿속에는 자기가 날 언제부터 좋아했는지 말했으니 이제 내가 말할 차례라는 공식이 탑재되어 있겠지.

하지만.

여자의 마음이란 본디 복잡한 것, 내가 나를 모르는데 넌들 나를 알겠느냐.

"그렇구나. 이제 들어가."

야쿠자의 얼굴에 심통이 떠올랐다. 하지만 언제나 그렇듯 야쿠자는 이상한 데서 우기진 않는다.

"그래. 너도 들어가."

내 말에 티끌 한 점의 오류도 없었으므로 야쿠자는 불만 가득한 얼굴이었을망정 손을 흔들어 보이고는 뒤돌아섰다. 따질 것 없으면 따지지 않는, 비밀리에 논리적인 야쿠자.

야쿠자의 널찍하고 보기 좋은 어깨를 보면서, 성큼성큼 걷는 다리 기장만큼 흐뭇한 보폭을 보면서 나는 가볍게 한숨을 내쉬었다. 아슬아슬, 마치 용암이 흐르는 강 위를 외줄을 타고 건너는 것처럼 위태롭다. 웃고 있지만, 그냥 떠들고 있지만 한 걸음 더 걸으면 어떻게 될지 알 수가 없어서……, 그러나 이대로 멈출 수도 없어서.

나는 야쿠자의 뒷모습이 조그마해질 때까지 그대로 서서 야쿠자를 바라보았다. 어둠이 야쿠자를 삼킬 때까지. 그리고 나서 조금 빠르게 야쿠자가 향한 방향으로 움직이기 시작했다.

야쿠자는 잊었을지 몰라도 나는 잊지 않았다.

어디 좀 가려고 나왔다가 들렀다고? 그걸로 넘어갈 줄 알았다면 그러니까 야쿠자를 열아홉 살이라고 하는 거다. 어디를 가는지 말하고 싶지 않다는데 굳이 추궁할 이유가 없다. 미행이라는 좋은 기술이 있지 않은가.

재걸음으로 야쿠자가 눈치 채지 못할 만큼 다가가는 건 어마어마한 기술이 필요한 일이었다. 아시다시피 야쿠자가 거의 야생의 감을 가진 데다가 내 몸은 지나치게 잘 보인다는 특징을 가지고 있었기 때문이다. 사실 나는 가능할 것이라고 생각하지도 않았다. 하지만 결론적으로 말하자면 기우였다. 오늘따라 야쿠자는 유난히도 둔한 것 같았다. 추워지기 시작한 날씨가 야쿠자의 야생성마저 얼려버린 걸까?

야쿠자는 서두르지 않고 그렇다고 느리지도 않게 가볍게 걷고 있었다. 그러나 예민한 나의 감각은 점점 야쿠자의 걸음이 무거워지고 있다는 것을 알 수 있었다. 아니, 마음이 무거워지고 있다는 것을 알 수 있었다.

야쿠자의 얼굴에 드리운 기묘한 그림자, 웃고 있어도 장난을 쳐도 나에게 고백을 할 때도 계속해서 무언가가 야쿠자를 놓아주지 않는다는 걸 알고 있었다. 그리고 어쩌면 나는 그것이 무언지도 알고 있었는지도 모른다.

그러고 나자 나는 굳이 미행하지 않아도 야쿠자가 가는 곳을 알 수 있을 것 같았다. 나는 걸음을 늦췄다. 그러자 마치 알기라도 하는 것처럼 야쿠자의 걸음이 느려졌다.

쌀쌀해진 날씨, 까만 하늘은 먹빛이어서 그 끝을 따라가면 농담이 흐려질 것만 같은 기분이었다. 그 끝이 어딘지 몰라도 만약 그 끝에 닿을 수 있다면. 비록 지금은 까맣기만 하더라도.

그 하늘을 이고 선 야쿠자의 발걸음이 마침내 멈췄다. 그리고 그곳은 내가 생각했던 그대로, 병원 앞이었다.

한숨이 나왔다.

가로등 불빛에 비친 회색의 병원 담벼락은 차가워만 보였다. 그 아래 드문드문 길을 따라 나 있는 덤불들은 검은빛, 분주히 오가는 사람들은 어깨를 웅크리고 있었다.

야쿠자는 가만히 서서 병동 어딘가를 올려다보고 있었다. 그 표정에서 나는 야쿠자가 이곳에 온 게 처음이 아니란 걸 알 수 있었다.

마음이 저려왔다. 흐린 불빛 아래 움직이는 사람들 틈에서 혼자 정지된 듯 선 모호한 시선에 어딘가에서 시작된 파문이 심장께에 닿아 마음을 적셨다.

바람이 불어 야쿠자의 검은 머리카락을 날리고 병원 건물 사이 어디론가 사라졌다. 머리카락이 부드럽게 일어났다 다시 가라앉는 동안 야쿠자는 여전히 미동도 않은 채 우뚝 서 있었다.

하느님, 제발.

나를 위해서가 아닌 누군가 다른 사람을 위해 처음으로 간절히 나는 신을 찾았다. 때론 신을 찾는 것 외에는 할 수 있는 게 없는 일이 있다는 것……. 아무도 나쁘지 않아도 일은 나쁘게 될 수도 있다는 것……. 모두 다 인정하고, 나의 교만을 반성할 테니 신이시여, 제발.

"아직……."

준현 선배는 창틀에 기댄 채 어딘지 무기력한 표정이었다. 창 밖으로 보이는 운동장에서는 아이들이 소리를 지르며 농구에 몰두하고 있었다.

세상이라는 게 그렇다. 한쪽에서는 죽을지 살지 모르는 아이가 병원에 있고, 다른 한쪽에서는 그 결과로 인생이 달라질 아이가 있으며, 또다른 한쪽에서는 만사 걱정 없다는 듯 뛰는 아이가 있다.

나로 말하자면 야쿠자와 준현 선배, 양쪽을 달래느라 정신이 다 없을 지경이었다.

"선배까지 표정이 왜 그래요? 이럴수록 선배가 기운을 내야지."

"옛날에…… 아니, 그러니까 진짜로 이 일이 일어났을 때보다 지금이 훨씬 무기력해."

"왜요?"

왜인지는 알 것 같지만 때론 아는 일도 말로 해야 하는 때가 있다. 지금처럼 눈앞에 닥친 버거운 일에 부대껴 어쩔 줄 모를 때는 말하는 것만으로도 그것이 덜어진다는 착각을 하기 마련이니까.

"그때는 아무것도 몰랐으니까 그렇다 쳐도, 지금은 아는데도 내가 할 수 있는 일이 없잖아. 난 열아홉 살이 아닌데 열아홉 살일 때랑 별로 다를 것도 없어."

그리고 그럴 때 할 수 있는 일은…….

"기도합시다."

내 말에 선배가 응? 하고 내 쪽을 돌아보았다. 나는 선배의 두 손을 덥석 잡고 얼굴을 바짝 들이댔다. 방어본능인지 저도 모르게 선배는 목을 뒤로 뺐다.

"함께 기도합시다! 예수천국! 불신지옥! 믿쑵미까?"

멍하게 멈췄던 선배의 얼굴이 마침내 천천히 무너졌다.

"파하하하하하!"

선배는 눈물까지 닦아내며 한참을 웃었다. 하는 나도 부끄럽지 않았던 건 아니지만 생각했던 것처럼 웃어서 다행이다. 이런 삽질까지 했는데 안 웃으면 많이 많이 부끄러웠을 테니까.

"그래, 웃어요."

눈물을 닦던 선배의 손이 멈칫하고 공중에서 멈췄다.

"할 수 있는 게 없으면 웃기라도 해야지. 자꾸 침체되면 야쿠자한테도 좋을 거 하나 없어요."

"그럴까?"

"그럼, 내가 틀린 말 하는 거 봤어요?"

선배의 얼굴이 고요해졌다. 하지만 신나게 웃고 난 이후에는 적어도 아까처럼 기운 빠지게 맥을 놓은 얼굴은 아니었다. 선배는 다시 창틀에 팔을 기댔다. 나도 나란히 서서 팔을 기대고 창밖을 바라보았다.

하늘은 높았다.

"그때보다 더 길어지는 것 같아요?"

"……응. 하지만 정확히는 기억이 안 나. 내 기억엔 일주일 정도였던 거 같은데 그건 넘었지만, 지금은 알고 기다리는 거니까 더 길게 느껴질 수도 있겠지. 만약, 내 기억이 맞고 지금까지 버티고 있다는 건…… 좋은 신호겠지? 정신 차릴 확률이 높다는 거겠지?"

"그럼요."

알게 뭐냐만. 좋은 신호라고 믿으면 좋은 신호가 될 확률이 높아진다는 시크릿이라는 책이 10년 후쯤에는 대박을 친다. 책에서, 그것도 전 세계적으로 대박을 친 책에서 긍정적인 마인드를 그렇게 강조했는데 거짓말일 리가 없지.

"죽지 않았으면 좋겠어."

"그래요. 그 아이를 위해서, 그리고……."

이럴 때 사람은 얼마나 이기적이 되는 걸까. 나는 사회화된 학습으로 그 아이를 위해서라고 말했지만 마음속은 온통 차가운 바람을 다 맞으며 병원 건물을 올려다보고 서 있던 야쿠자로 가득 차 있었다.

"상우를 위해서."

내 말을 이은 준현 선배의 목소리의 끝은 잠기듯 무거웠다. 그리고는 아무도 입을 열지 않았다. 멀리서 들리는 함성 때문에 우리 사이의 침묵은 더 선명해졌다.

선배가 내 어깨를 한 번 두드리고 돌아간 후 멍하니 아무 일도 없었다는 듯 한가롭기만 한 운동장을 구경하면서 나는 생각했다.

분명히 뭔가 있을 텐데, 내가 할 수 있는 뭔가가 있을 텐데, 그것이 무엇인지 모르겠다.

나는 정말로 이름도 모르는 그 아이가, 병원에서 의식을 잃고 있는 그 아이가 정신을 차릴 수만 있다면 내 수명의 10년쯤은 떼어줄 수 있을 것 같은 기분이었다. 그것이 아무리 방만한 생각이라고 해도, 정말로 그랬다. 심청이가 공양미 삼백 석에 몸을 판 것은 그렇게 대단한 결심이 아니었을지도 모른다. 그냥 뭔가 해야 했으니까, 그뿐이었을지도 모른다. 나도 야쿠자를 위해서 기꺼이 그러고 싶었다. 아니, 야쿠자를 위해서가 아니라 내 마음이 그러니까 그러지 않고는 견딜 수 없을 것 같았다. 하지만 그렇게 일이 돌아가지 않는다는 건 알고 있다. 어떻게 해야 좋을지는 몰라도 그렇게 간단하지는 않다는 건 알 수 있다.

나는 가볍게 한숨을 내쉬고 돌아섰다. 문제는 하나 더 있다. 사실 그걸 선배와 이야기하고 싶었는데 선배의 표정이 너무 어두워 보여 이야기할 수가 없었다. 하지만 아무 말도 하지 않는 걸로 보아 선배는 느끼지 못하는 거다.

본능적으로 나는 이 시간대에서 내게 남겨진 시간이 그렇게 많지 않다는 걸 느끼고 있었다. 왜, 어떻게 아는지는 몰라도 처음 이 시간대로 왔을 때 막연했던 느낌이 점점 선명해지고 있었다. 시간이 째깍째깍 조급증을 불러일으키는 소리를 내며 사라지고 있다.

나는 돌아가는 걸까? 그럼 야쿠자는 어떻게 되는 걸까?

머릿속에 떠오른 생각에 나는 우뚝 걸음을 멈췄다.

설마…… 지금 나 돌아가기 싫다고 생각했나? 야쿠자와의 시간이 아쉽다고, 열아홉 살의 야쿠자와 좀 더 있고 싶다고 생각했나?

"비켜! 뚱……."

내가 복도를 다 가로막고 서 있자 지나가던 커다란 남학생 하나가 인상을 찌푸렸다가 내 얼굴을 보고 흠칫 놀라 어깨를 움츠렸다. 그래그래, 내 뒤에 야쿠자 있다. 너 조심하렴.

나는 다시 걷기 시작했다.

"비켜!"

"꺄아아아아!"

그때 뒤가 소란스러워 나는 고개를 돌렸다. 저 멀리 복도 끝에서 우당탕 소란이 일어나고 있었다. 나는 눈에 힘을 줬다. 삼삼오오 모여 있던 학생들 사이로 나는 듯이 나를 향해 뛰어오고 있는 건 야쿠자…… 는 당연히 아니고 준현 선배였다. 뭐지? 방금 올라간 사람이?

"선배?"

들리지 않을 걸 알면서도 중얼거린 내 목소리가 끝나기도 전에 숨을 헐떡인 선배는 내 앞에 서 있었다.

"뭐예요? 방금 올라갔……."

"꺄아아아아악!"

소리지른 건 내가 아니라 내 근처에서 멍하게 준현 선배를 바라보던 여자아이들이었다. 귀청이, 내 귀청이……. 아니, 그게 문제가 아니고……. 뭐가 문제냐 하면 선배가 나를 번쩍 안아 돌린 게 문제잖아!

오오, 힘도 센 강준…… 아니, 이것도 문제가 아니고…… 아이고! 어지러워라!

"깼어! 눈을 떴대! 눈을 떴다고!"

응? 내가 지금 들은 게 눈을 떴다는 말 맞아?

"눈을 떴다고?"

내가 선배의 어깨를 짚자 그제야 선배는 나를 뱅글뱅글 돌리던 걸 멈추고 상기된 표정으로 나를 보았다. 그리고 나를 내려놓고 끌어안았다.

"방금 병원에서 연락 왔다고 형이⋯⋯."

가슴 한구석에서 무언가 뜨거운 것이 툭 터졌다. 그리고 마치 화선지가 물들어가는 것처럼 퍼지기 시작했다.

"이번에도⋯⋯ 그때, 그 녀석을 때리는데 네 얼굴이 떠올랐어. 그래서 힘을 뺐는데도."

목덜미 위로 무엇이 닿았다. 그것이 뜨거워서 나는 선배가 울고 있다는 걸, 내가 무서웠던 것 이상으로 선배가 무서워하고 있었다는 걸 알았다. 나는 나를 꽉 안은 선배의 등 뒤로 팔을 올리며 그를 다독거렸다.

"잘 됐어요."

"젠장. 그래, ⋯⋯정말로."

욕이 안도를 표현한다는 걸 처음 알았다. 심 봉사가 눈을 떴을 때 심청이가 이렇게 기뻤을까? 공양미도 바치지 않았는데 심 봉사가 눈을 뜬 나는 뭐라고 말할 수조차 없었다. 손에 힘을 주어 선배를 안는 것 외에는 아무 생각도 나지 않았다. 아니, 야쿠자 생각이 났다.

"야쿠자에게는 알렸어요?"

"아니, 그 녀석 도서관에 있을 거야. 너 가고 있어. 형……, 아니 강주원 선생님하고 마저 말하고 나도 곧 따라갈게."

"무, 뭘 말……"

내 말이 끝나기도 전에, 정확히 말하자면 시작하기도 전에 완벽 매너, 사려 깊음을 언제 어디서도 잃지 않는다는 강준현답지 않게도 준현 선배는 자신의 말이 끝나자마자 다시 뒤돌아 뛰기 시작했다. 저렇게 허둥대는 건 처음 본다. 어지간히도 좋은가 보다. 하기야 강준현이 우는 걸 본 것도 처음이긴 하다. 열아홉 살의 몸에 들어가 있어서 열아홉 살의 감수성이 된 건지 몰라도 어쨌든 지금 완전히 정신을 놓았다는 것은 확실하다.

순식간에 멀어지는 준현 선배의 뒷모습을 보던 나는 주변의 아이들이 경악의 눈으로 나를 바라보는 걸 깨달았다. 뭘 그리 놀란 표정으로? 물론 나는 뚱돼, ……아니 이제 좀 **빠졌으니까** 그냥 돼지고 준현 선배는 킹카이며 우리는 고등학생이지만 복도에서 좀 끌어안고 서로 다독거린 게 뭐 어때서? 힘들면 다 서로 기대게 되어 있는 거다. 좀 더 크면 알게 된단다, 애들아. 얼른 어른이 되고 싶지?

나는 나를 향한 시선들을 향해 씩 웃어주었다. 아이들이 토할 것 같다는 표정을 지었다. 늬들은 모르겠지만 이게 썩소라고, 한 7, 8년 후에 세상을 강타하는 웃음이라고.

흥분한 준현 선배가 강주원에게 무얼 이야기하러 간 건지, 왜 안 오는지 몰라도 나는 일단 혼자 도서관으로 향하기 시작했다. 이럴 때는 휴대전화라든지 하는 문명의 이기가 필요하다는 생각이 들었다. 디지털적으로 간단하게 불러낼 수 있는 것을 이렇게 아날로그적으로 몸을 움직여야 하다니. 게다가 야쿠자가 서식하고 있는 도서관은 학교에서 빠른 걸음으로도 15분은 걸어야 하는 곳에 있지 않던가.

잰걸음으로 움직이던 내 시야에 문득 경기가 좋지 않아 공사가 중단된 공터가 들어왔다. 이쪽이 지름길인 건 알고 있지만 어두워지면 온갖 불량 학생들의 회식장소로 이용되어 본드 냄새와 술 냄새가 진동하는 공간인지라 이용하지 않는 길이었다. 하지만 대낮인데 뭐? 나는 비딱한 철조망 사이를 통과해 공터를 가로지르기 시작했다. 그리고 목재가 쌓여 외부의 시선으로부터 차단된 곳에 진입하자마자 내가 불량 학생들의 습성을 충분히 숙지하지 못했다는 것을 바로 깨달았다. 불량 학생들이 시와 때를 가릴 리가 있나.

어디선가 본드 냄새가 났다. 본드는 물건과 물건을 접착하는 데 사용하라고 만들어진 것인데 불량 학생들은 불고 있으니 참 창조적인 쓰임새이긴 하다.

난 잠깐 망설였다. 이대로 뒤돌아 나가 길을 둘러가면 좀 더 걸리긴 하겠지만 그게 더 나을지도 모른다.

그때였다. 익숙한 목소리이긴 하지만 아는 목소리는 아니고 그러니까 주로 '우욱'이라든지 '어흑' 같은 소리를 내는 걸 들어봤던 것 같은 이 목소리는……, 은혜 갚은 까치다!

"씨팔! 싫어!"

뭐가 또 그리 싫어서 숫자를 부르짖고 있는 걸까?

"내가 왜 그 새끼 편을 들어야 해?"

"편이 아니고, 자식아! 그래도 사람이 의리가 있지!"

"씨팔! 내가 그 자식과 챙겨야 할 의리가 어딨다고? 난 못해!"

"그럼 상문공고 새끼들하고 챙겨야 할 의리가 있냐! 이 븅신 같은 새꺄!"

아, 저 비루한 언어습관. 그나저나 상문공고? 어디서 많이 들어본 공고인데? 그 한 사람을 패서 의식불명으로 만든 야쿠자에게 싸우자고 덤벼든다던 그 운동부 애들?

하여튼 노는 애들은 다 통한다. 아니면 이이제이(以夷制夷)인가? 야쿠자에게 얻어맞던 은혜 갚은 까치와 상문공고 운동부가 크로스해서…… 뭘 한다고?

"그놈들이 상우 새끼를 노리는 거랑 나랑 무슨 상관이야!"

헉!

"그래도 상우 자식은 우리 학교잖아!"

이해했다. 그러니까 야쿠자놈 대강 생략하고 말했었구나. 그럼 그렇지, 아무리 겁대가리가 없어도 그렇지 인간인데 덤빌 데 안 덤빌 데 가려 덤비기 마련이다. 하지만 복수라면 말이 다르지. 아마 의식불명이었던 애가 걔들 친구였나 보군.

아, 정말 한 고비 넘으면 다른 한 고비라고……. 이 사고뭉치 야쿠자놈.

"누구야!"

어마나!

자기들끼리 싸우느라 내 기척을 느끼지 못했던 까치 일파 중에도 예민한 놈은 있었던 거다. 담배 냄새가 코끝으로 확 밀려오더니 몸이 앞으로 휙 당겨졌다.

짜증이 머리끝까지 치솟은 표정의 은혜 갚은 까치가 오만상을 찌푸리고 있다가 나를 보고 멍청한 표정으로 입을 벌렸다. 입에 물고 있던 담배가 은혜 갚은 까치의 앞섶에 떨어졌다.

"헉!"

은혜 갚은 까치가 세상의 온갖 오도방정을 다 떨며 재를 털어냈다.

"아 씨팔, 이거 사서 처음 개시한 건데……. 너…….."

아니, 제가 뭘 어쩐 건 아니지 말입니다.

"근데……너…….."

은혜 갚은 까치가 뭔가 기억해내려는 것처럼 고개를 한쪽으로 기울였다. 나를 아나 싶었는데 당구장 난동사건의 날, 야쿠자의 발차기에 격하게 허리를 굽히며 나동그라지던 은혜 갚은 까치의 모습이 떠올랐다. 그리고 그때 야쿠자의 등에 붙어 있던 내 모습도.

"아, 안녕."

나는 문명인답게 인사했다.

"……하세요."

은혜 갚은 까치가 3학년 맞지? 아닌가?

"안녕하긴 뭘 안녕……!"

은혜 갚은 까치가 애꿎은 나에게 성질을 폭발하며 성큼성큼 다가왔다.

"으아아아아아아아!"

나는 뒤도 안 돌아보고 뛰기 시작했다.

"야이, 씨팔! 거기 안 서?"

"야야! 내버려둬!"

"이거 안 놔?"

뒤에서 저들끼리 투덕거리는 소리가 들리든 말든 나는 미친 듯이 뛰었다. 은혜 갚은 까치! 내가 지금은 도망가지만 나중에 두고 보자!

나는 있는 힘을 다해 마구 달렸다. 공터를 가로질러 철조망을 넘어 도서관 쪽으로.

그때였다. 멀리서 북소리 비슷한, 무언가 깨지는 것 같은 기묘한 소리가 다시 들린 건. 이건 내가 타임리프를 하기 전에 들었던……, 안 돼!

"아윽!"

나는 주저앉으며 머리를 감쌌다. 안 돼, 안 돼, 안 돼! 지금은 안 돼!

"괜찮아?"

놀란 목소리, 야쿠자의 목소리다. 야쿠자의 목소리가 멀리, 마치 물 속에서 들리는 것처럼 둔탁하게 들렸다.

"야? 황민서?"

아, 귀가 먹먹하다.

고개를 저어보려고 노력하는데 갑자기 고개가 앞으로 확 들렸다. 동시에 정신도 확 돌아왔다. 야쿠자가 내 머리통을 붙잡고 짤짤 흔들고 있었다. 차가운 공기가 뺨을 스쳤다. 무식한 놈!

"야? 괜찮아? 왜 그래?"

무식한 게 힘만 세서는 어찌나 세게 내 뺨을 쥐고 있던지 시야가 다 일그러져 있었다.

"이, 이거 놔봐."

"아."

툭.

그렇다고 이렇게 툭 하고 내팽개치면…….

"괜찮아?"

그리고 괜찮냐고 물어보면…….

"얼굴색이……."

야쿠자가 뭔가 하고 싶은 말이 있는 것처럼 자신의 얼굴 부위를 손으로 가리키다가 적당한 단어를 찾는 데 실패하고 입을 다물었다. 그래그래, 정규교육을 받았다고 해서 표현력이 자라는 건 아니라더라.

"뭐야? 왜 갑자기 뛰……, 어? 민서야."

준현 선배였다. 그렇군. 둘이 같이 오다가 야쿠자는 야생의 시력으로 여기서 자빠진 나를 발견한 거구나. 과연 야쿠자.

눈앞에서 날 바라보고 있는 야생 야쿠자와 도시 남자 강준현을 나란히 보는 건 약간 어질한 일이었다. 나는 야쿠자가 내팽개친 자세 그대로 멍하게 두 사람을 올려다보았다. 손을 내밀어준 건 준현 선배였다.

"넌 나보다 일찍 출발해서 왜 이제 와?"

내 손이 막 준현 선배의 손 위에 겹쳐지려 할 때 야쿠자가 준현 선배의 손을 확 밀어내고 내 손을 잡아끌었다. 아이고야, 우악스럽기도 하지. 몸이 휙 하고 당겨져 발딱 일어섰다. 애도 아니고 정말…… 나는 무릎을 툭툭 치며 대답했다.

"빨리 오려고 공터 가로지르다가 길을 헤맸어요."

야쿠자가 인상을 잔뜩 찡그렸다. 저놈의 인상!

"그쪽으로 다니지 마."

"왜?"

"위험해. 거기 이상한 새끼들 많아."

"내 얼굴이 무기인데 괜찮아."

"안 괜찮아."

내 얼굴이 무기라는 건 부정해주지 않는구나.

"어쨌든 잘 됐어, 그치?"

내 말에 야쿠자는 인상을 조금 폈다. 아니, 그 정도가 아니라 희미하게나마 웃음이 돌았다.

"응. 잘 됐어."

이 기묘한 여운은 뭐냐.

생각해보면 이 기쁜 소식에 날뛰며 오 필승 코리아를 불러도 부족한 이 상황에 준현 선배의 표정도 야쿠자의 표정도 애매하기만 했다. 나는 눈치를 보기 위해 준현 선배 쪽을 봤는데 준현 선배도 아까와는 달리 표정이 영 애매해져 있었다.

아아, 답답해.

"그런데 분위기가 왜 이래요? 축하 떡볶이라도 먹으러 가야 하는 거 아냐?"

그 다음에 상문공고와 관련해서 야쿠자를 조져야지.

"민서야."

야쿠자가 목소리를 깔고 내 이름을 불렀다. 그러나 시선은 준현 선배를 본 채, 야쿠자가 슬쩍 턱짓을 하자 준현 선배는 가볍게 한숨을 내쉬고 자리를 피했다.

"응? 왜?"

이 어울리지 않는 진지한 분위기는? 이런다고 해서 내가 네가 상문공고 이야기를 대강 얼버무린 걸 그냥 넘어갈 것 같아?

"나 일본에 가야 할 것 같아."

단 한 문장으로도 나는 깨달았다. 야쿠자는 그렇다 치더라도 준현 선배까지 침울했던 이유를.

"무슨 소리야?"

"상황이…… 그럴 수밖에 없는 것 같아."

상황이라니. 마피아 할복하는 상황도 아니고 무슨 상황이 있단 말인가? 일본이라니!

간신히 뭔가 좀 바뀌었다고, 최악은 피했다고 생각했는데 아무것도 달라진 건 없고 일본에 가야 한다고?

32. Time is ticking away

"나랑 지금 장난해요?"

내 말에 준현 선배는 짜증 가득한 표정으로 머리를 헝클었다.

"나도 안 된다고 말해봤어. 하지만 내가 지금 무슨 근거를 댈수 있어?"

맞는 말이다.

"사실 그냥 생각하면 지금 일본으로 가는 게 나아. 우리나라에서 상우가 할 수 있는 게 뭐 있냐고."

맞는 말이다.

"게다가 지금은 어떻게 넘어갔지만 관성이라는 게 있지. 어차피 여기에 있으면 상우는 계속 싸우게 되어 있어. 환경을 바꿔주는 게 옳다고."

맞는 말이다. 그러니까, 내가 미래를 모른다면 그냥 무조건 맞는 말이라고 했을 것이다.

"하지만 의식도 돌아왔고…… 뭔가 좀 바뀐 것 같더니 그대로란 말예요? 뭐 이래."

정말 울고 싶은 기분이었다.

"내가 그랬잖아. 바뀌는 것 같은데 바뀌지 않아. 큰 줄기는 그대로야."

그러니까 여름방학 때 퇴학당했어야 할 야쿠자가 퇴학은 아니고 자퇴하게 되었다는 경미한 사실 하나만이 달라진 채 이야기는 그냥 직진한다는 건가.

운명은 남자인가 보다. 직진을 좋아하는 것을 보면…….

미치겠다.

"어떡해요."

야쿠자가 일본에 가서 무슨 일이 있었는지 나는 모른다. 내가 아는 건 10년 후 야쿠자는 돌이킬 수 없는 상태에 빠진다는 것뿐, 나라면…… 내가 담당 검사라면 구형은 사형이다.

"안 돼요."

후, 하고 준현 선배는 가볍게 숨을 내뱉었다. 그러고 나서 허리를 펴고 약간 거리를 둔 채로 나를 바라보았다.

"막을 방법이……."

"없어. 이모랑 이모부도 완강하고, 상우는…… 뭐라고 해도 열아홉 살이야. 게다가 이번에 쇼크를 받아서 이전처럼 반항할 상황도 아니고."

"야쿠자가 수긍했다고요?"

준현 선배가 고개를 끄덕였다.

정말 맘에 들지 않는다. 어쩌면 이렇게 마음대로 되지 않을 수 있는 걸까. 어쩌면 이렇게, 바라는 것에서 엇나가기만 할 수 있는 걸까.

"나, 일본에 가야 할 것 같아."

가슴이 쩡, 하고 얼어붙은 유리창 같은 소리를 냈다.

선배가 자기 반으로 돌아간 이후에도 나는 오래오래 옥상에서 운동장을 바라보며 서 있었다. 요즘 내가 학교 와서 하는 거라고는 야쿠자 생각밖에 없는 것 같았다. 깊게 쉰 한숨이 하얗게 오래 머물러 나는 기온이 정말 많이 떨어졌다는 걸 깨달았다. 봄, 여름, 가을…… 그리고 겨울까지. 나는 이 시간대에서 사계절을 보내고 있다.

차가운 공기를 실감하면서 처음으로 내가 원하는 것이 뭔지 모르겠다는 생각이 들었다. 처음으로 내가 야쿠자가 일본으로 가지 않기를 원하는 것이 야쿠자를 위해서도 나라를 위해서도 아닌 나를 위해서라는 생각이 들었다.

나는 정말로, 야쿠자가 야쿠자가 아니길 바란다. 다른 건 아무 생각도 안 나지만, 아무것도 모르겠지만 나는 나를 위해서 야쿠자가 야쿠자가 아니길, 행복하길 바란다.

이제 야자를 째는 것은 습관이다. 터덜터덜 학교를 나서는데 정문에 기대 있던 야쿠자가 나를 발견하고는 얼른 몸을 일으켰다. 나는 내가 지을 수 있는 가장 뚱한 얼굴로 야쿠자를 올려다

보다 그냥 지나쳐버렸다. 야쿠자는 나를 잡을 생각도 없고 강아지처럼 쫄랑쫄랑 내 뒤를 따르기 시작했다. 그렇게 얼마나 걸었을까. 나는 야쿠자가 여전히 내 뒤에서 일정한 거리를 두고 쫓아오고 있다는 걸 알고 있었고 그래서 물었다.

"왜 일본으로 가고 싶어?"

야쿠자는 대답했다.

"여기서는 어떻게 해도 널 실망시키지 않을 방법이 생각이 안 나서."

나는 걸음을 멈췄다. 아마도 야쿠자도 걸음을 멈췄을 것이다. 나는 그걸 알 수 있었다. 야쿠자는 누구보다 직선적이고 순수하다. 숨기는 것 없이 계산하는 것 없이 이것저것 따지지 않고 융통성 없고 단순하게.

열아홉 살다운 순수함과 고집, 그제야 깨닫는다. 나를 사로잡은 것은 바로 그러한 순수함, 그리고 나를 떠나려고 하는 것도 바로 그러한 순수함…….

나는 뒤돌아보았다. 내가 생각한 딱 그 자리에 야쿠자가 서 있었다. 지기 시작한 태양의 붉은빛이 야쿠자의 머리카락을 비추고 있었다.

"내 말 잘 들어."

"응."

나는 야쿠자에게 다가갔다. 거리가 가까워지자 야쿠자는 저도 모르게 한 걸음 물러서려 했지만 나는 야쿠자가 그러도록 내버려두지 않았다. 내 손이 야쿠자의 두 뺨 위에 올라갔다. 몰랐는데 내 손은 차가웠고 야쿠자의 **뺨**은 몹시도 따뜻했다.

"정말로 잘 들어."

"응."

거리가 몹시도 가까웠기 때문에 야쿠자의 귀끝이 빨갛게 달아오르는 것이 다 보였다.

"잘 듣는 정도가 아니라 무조건 따라야 해."

"안 그래도 그래."

말은 청산유수다.

"그 정도가 아니라니까. 죽어도, 죽어도 말야."

"……뭔데 그래?"

"일본에 가서 싸우지 마."

"그럴 거야."

이 사람아! 그렇게 단순한 문제가 아니래도!

"아니, 아예 네가 싸울 줄 안다는 걸 숨겨. 운동 잘한다는 것도 숨기고, 뭔지 몰라도 다 숨겨. 일본은 위험해, 일본이 제일 위험하다고."

"뭐가?"

정말 이해 못 하겠다는 표정이 야쿠자의 얼굴에 떠올랐다. 이해한다. 내가 생각해도 이해가 가지 않는 말이니까. 아이고 답답해라.

"내가 다 아는데…… 위험해. 그러니까 일본에는 야쿠자가 있잖아!"

야쿠자의 갈색 눈동자가 생각하려는 듯 오른쪽으로 기울었

212

다가 다시 내 쪽으로 향했다. 이해 못 한 눈빛이지만 이해하려는 의지도 없는 눈빛이었다. 언젠가부터 야쿠자는 내가 헛소리하는 데 완전히 익숙해졌다. 하지만 다른 거야 그렇다 치고 이건 굉장히 중요한 문제다.

"야, 그러지 말고 잘 들어보란……"

야쿠자가 허리를 굽히는가 싶더니 입술이 내 입술에 잠깐 닿았다가 떨어졌다.

"뭐, 뭐, 뭐, 뭐, 뭐 하는 짓이야!"

아, 친구를 잘 사귀어야 한다더니 말더듬이 야쿠자에게서 옮았다. 나는 깜짝 놀라 야쿠자와 거리를 두며 입술을 닦아냈다. 야쿠자가 싱글싱글 웃으며 내 손을 잡았다.

"그러게 누가 그렇게 가까이 오래?"

좋냐?

정말 모르니 속 편하겠다고 생각하며 나는 눈을 흘겼다. 야쿠자가 맑게 웃었다. 정말이지 영원히 그렇게 웃었으면 좋겠다는 생각이 들 정도로 편안한 웃음이었다.

"아우, 모르겠다."

"그래, 모르겠어."

그래, 어쩌면 어떻게 될지 모르니까 아름다운 건지도 모르겠다.

나는 야쿠자와 나란히 걷기 시작했다. 내가 몇 번이고 싸우지 말라고 강조하는 것을 야쿠자는 대강 넘겨듣는 것 같았지만, 어떻게 할 방법이 없었다. 시간이 흐르고 있다. 그리고 다시 한 번 나는 내가 할 수 있는 걸 하는 수밖에 없다.

설혹 미래는 정해진 것이라 10년 후 다시 만난 야쿠자와 내가 여전히 피의자와 검사의 관계더라도 지금이 아름답다는 것은 부정할 수 없을 테니까.

오후의 햇빛이 산등성이를 타고 반짝반짝 빛나고 있었다.

그래, 시간이 흐르고 있다.

나는 알 수 있었다. 주어진 시간은 많지 않다. 그러니 정말로, 할 수 있는 일을 하자.

자고로 고등학교 때 받는 쪽지란 둘 중 하나인 법이다.

하나는 러브레터, 또 하나는 결투장, 이 경우는 취향 이상한 야쿠자를 빼고 내게 러브레터 보낼 사람이 흔하지 않은 것 같으므로 결투장…… 인 건가.

난 조금 떨떠름한 기분으로 소각장 근처에서 서성였다.

'방과 후 소각장 근처에서 보자.'라는 한 문장만 적혀 있는 쪽지라 나는 이것이 과연 정말 나를 향한 쪽지인 걸까 의심했다. 거울을 보고 판단하면 결투장인 게 맞을 텐데, 왜? 야쿠자의 마누라라 해서 야쿠자인 건 아닌데. 나에게 결투장을 던져봤자 내가 야쿠자처럼 휙휙 날아다니면서 그들을 처단해줄 리도 없고, 반대로 상대편이 날 처단해봤자 자랑스럽지도 않을 것이란 뜻이다.

"저……."

주뼛주뼛이라는 의태어가 잘 어울리는 목소리, 내 뛰어난 머리는 단숨에 쪽지의 정체를 결투장에서 러브레터로 전환했다.
나는 몸을 돌려 목소리의 주인공을 확인했다.

"응?"

의외였다.

멸치, 체육대회에서 징 치던 멸치 아닌가? 설마 저런 몸매로
당랑권이라도 쓰는 건 아니겠지.

"응? 너야? 날 부른 게?"

"응."

징 치던 멸치는 여전히 참 힘들어 보였다. 난 그때 징 치던 모
습이 힘들어 보였던 게 체육대회 때문이 아니라는 것을 깨달았
다. 그냥 원래도 힘들어 보이는 사람이 있는 것이다. 가만히 있
어도 힘들어 보이기란 쉬운 일이 아닌데…….

우물쭈물 고개를 숙이고 있는 멸치에게서 기분 좋은, 그러나
동시에 불안한 느낌이 들었다. 이 멸치가 해서는 안 될 짓을 할
것 같은 느낌, 하지만 그건 내가 겪어보지 못한 긍정적인 사건
중 하나일 것이라는 확신.

"무슨 일이야?"

나는 천천히 물었다.

"응. 저…… 저기, 네가 3학년 유상우 선배랑 사귄다는 게 진
짜야?"

음, 이런 순박한 질문이라니.

"응."

……이라고 대답할 수밖에 없잖아? 지금 이 상황에 야쿠자와

나와의 복잡한 관계나 내가 야쿠자에게 느끼는 감정을 제대로 설명하는 건 불가능하다. 뭐 나와 야쿠자가 그렇고 그런 관계라는 소문이 퍼지긴 했지만 확인하러 오는 사람이 많진 않다. 대부분 확인할 필요도 없이 헛소문이라 믿고 있었던 것이다. 소문이란 진위여부와 상관없이 그럴싸해 보이는 것이 중요한 법이다. 어떤 의미로든 우리는 안 어울렸다. 학업적인 측면이든…… 외모적인 측면이든.

"아, 역시 그렇구나."

저 노골적으로 실망한 표정, 죄 많은 여자란 이런 거구나. 넌 내 어디가 좋니? 비리비리한 네 몸을 생각하면 나의 힘에 반한 걸 수도 있겠구나!

뭐라 말할 수 없는 감정, 그러니까 자랑스러운 것 같기도 하고 뿌듯한 것 같기도 한데 기분 좋은 것 같기도 한 감정을 느끼며 나는 반성했다. 대개 이런 상황에는 좀 미안해하고 그러지 않나? 난 왜 신나기만 하지?

그리고 그때였다. 어깨에 무게감이 느껴지더니 팔 하나가 목에 감긴 것은.

그것은 익숙한 경험, 곰이 야생의 세렝게티에서 영역표시라도 하는 것처럼 야쿠자가 다른 사람에게 으르렁거리는 방식이다.

내가 뒤돌아보기도 전에 낮은 목소리가 귓가에 들렸다. 조용한 목소리인데 마치 캬오캬오, 발톱 세운 표범과의 짐승이 으르는 것 같은 느낌이 드는 건 굉장한 일이었다.

"너, 줄 달고 살고 싶어?"

잠깐이지만 나도 못 알아들었다. 폭력과 관련해서는 은유와 비약적인 사고에 익숙하지 않은 탓이다. 그러나 멸치도 남자라 제대로 알아들은 듯 얼굴이 파래진다.

"아, 아니오."

목소리가 정말 떨린다. 진짜 무섭나 보다. 불쌍하다.

정말 무서우면 사람이 꼼짝도 못 한다더니 정말인가 보다. 내 뒤에 있는 야쿠자가 어떤 표정을 짓고 있는지는 모르겠지만 적어도 상상은 할 수 있을 것 같다. 아마도 시선으로 누군가의 목을 뎅강 베어버릴 수 있었다면 멸치는 이미 멱딴 멸치가 되어 있으리.

"언제 갈 거냐?"

"지금이요!"

대답 한번 기가 막히다. 멸치는 아마 졸업할 때까지 소각장에 다시는 오지 않을 것 같다. 에이리언이 쫓아오더라도 저 스피드로 도망가는 건 쉽지 않을 것이다.

멸치가 말 그대로 터보엔진 스피드로 저만치 사라진 후 나는 야쿠자에게 물었다.

"줄 달고 사는 게 뭐야?"

"코마상태."

코마. 즉, 혼수상태.

야쿠자놈, 협박을 한마디 해도 참 간결하고 삭막하게 하는구나.

"너 그렇게 걱정되면서 어떻게 일본 갈래?"

"그러게. 정말 걱정이야."

뭐가 걱정이라는 거냐. 설마 여기 남겨둔 내가 다른 사람을 만날까 봐 걱정되는 건 아니겠지? 아무리 눈이 삐었어도 그 정도는 아니겠지? 상식이란 건 있는 거겠지?

"난 네가 걱정이다, 이놈아."

중의법인데 못 알아들었음에 틀림없는 야쿠자는 얼굴 가득 웃었다. 처음 봤을 때 같은 무표정도 아니고 가끔 보여주는 차갑고 어두운 표정도 아닌 한없이 따뜻한 표정으로.

"난 걱정 안 해도 돼."

웃는 표정에, 따뜻한 마음에 마음이 저릿해졌다. 어떻게 되는 걸까. 이렇게 간절히 미래를 걱정한 적이 있던가. 가슴부터 시작되었던 뜨거운 무언가가 목을 타고 올라와 눈 근처의 온도를 높였다.

마음속의 무언가가 형상화되지 않는 순간이 있다는 걸 배운다.

눈이 아닌 마음으로 울 수 있다는 걸 배운다.

어쩌면 내가 시간을 거슬러온 건 다른 그 무엇 때문도 아닌 이걸 배우기 위해서였을까.

"절대로, 절대로, 약속해."

나는 야쿠자의 멱살을 쥐다시피 들러붙었다.

"뭘?"

야쿠자가 내 양팔을 잡고 물었다.

"절대로 안 싸우겠다고."

하루에도 30번쯤 반복되는 약속. 야쿠자는 피식 웃었다.

"안 싸워."

"절대, 절대, 절대야. 그게 아무리 정당한 상황이라도 절대로 싸우지 않는 거야. 내가 맞아도, 내가 죽어도."

야쿠자가 인상을 찌푸렸다.

"왜 그……"

"날 잊어도, 나 말고 다른 사람을 좋아하게 돼도 절대로 절대로 싸우면 안 돼."

"황민서?"

야쿠자가 이해할 수 없다는 표정으로 나를 내려다보았다.

야쿠자는 모른다. 시간이 흘러가고 있다. 나는 그 시간 안에서 어쩔 줄 모르고 있다. 내가 생각한 것보다 더 빨리 눈물이 나왔다.

시간을 거슬러 올라온 자리에서 스물여덟 살의 철없던 나는 내 안의 다른 빛을 찾는다. 나와는 무관한, 그저 온전히 너를 위한 기도가 가능하다는 것을 배운다.

무사하길, 날 잊어도 너는 무사하길. 스물여덟 살의 내가 기억하는 그런 삭막한 표정이 아닌 열여덟 살의 내가 기억하는 순수로 남길.

내가 없는 너도, 무사하길.

앞에 펼쳐진 미래가 산등성이에 반짝반짝 빛나는 햇빛만큼 찬란하지 않아도, 가끔은 옳지 않은 길에 부딪히고 가끔은 실패하고 또 가끔은 정의에서 비켜가더라도 무사하길. 모든 정의와 진실과 당위를 넘어서 그저 너는, 무사하길.

내 기도가 부당하더라도.

내가 울음을 터트리며 야쿠자의 가슴에 얼굴을 묻자 놀란 표정으로 보던 야쿠자가 내 머리를 가만히 쓰다듬어주었다. 손은 크고 따뜻했다.

나는 알고 있었다. 시간이 흘러가고 있다. 남은 시간이 많지 않다.

시간이 이렇게 슬픈 것이라는 것을 처음 알았다.

하루 종일 입을 내밀고 앉아 있는 나를 아무도 건드리지 않았다. 송이는 세간에 돌고 있는 야쿠자와 나의 썸씽의 진위여부를 확인하고 싶어 미치고 팔짝 뛰겠다는 표정을 짓고 있었지만 퉁퉁 부은 나의 눈을 보고는 감히 말을 걸 생각도 하지 못했다. 하긴, 내가 봐도 좀 무섭긴 하더라. 어떻게 하면 입이 눈에 붙어 있을 수 있는 걸까?

그나마 사정을 알고 있는 강주원은 내 얼굴을 보더니 종례가 끝난 후 나를 불렀다. 하지만 먼저 말을 꺼낸 건 나였다.

"선생님, 저 오늘도 자율학습 안 하고 그냥 갈게요."

"음, 그래."

잠깐 말을 끊었던 강주원은 나를 가만히 바라보다가 가볍게 한숨을 쉬었다.

"민서야, 마음은 아는데, 고마운데……. 기말고사도 얼마 남지 않았고 너 이제 고3이잖아."

그게 중요한 게 아니라우.

"네."

"상우 일은…… 고마워."

고맙긴, 아무것도 변한 게 없는데 고맙긴. 아니면 변하려나? 그럴 수 있을까?

모친에게 나도 일본으로 유학 가고 싶다고 했다가 황준서와 싸웠다. 철없는 소리 하지 말라고 하는데 하고 싶으면 하는 거지 지가 뭔데 하라 마라야! 자기는 부친에게 2백만 원짜리 기타 사달라고 했다가 농약 뿌리개로 얻어맞은 주제에! 물론 결국엔 내가 이겼다. 황준서는 강단도 없고 논리적이지도 못하며 심지어는 힘도 약하니까.

하지만 일본으로 가겠다는 게 말도 안 되는 일은 맞지.

"상우 오늘까지 학교 나오는 거 알지?"

"이번 주까지 아니고요?"

야쿠자의 무기정학이 풀린 건—사실 풀렸다기보다 자퇴로 처리하기 전에 정리할 시간을 준 거라는 쪽이 맞겠지만—이틀 전이었다.

"응. 그 녀석은 그러고 싶어하는 것 같은데, 준비할 것도 많고. 대강 집안에서 다 준비는 되어 있는 거긴 하지만……."

"네……."

미치겠다.

청소하는 애들 사이로 지나가 가방을 들고 나오는데 정말이지 가슴이 터질 것 같았다. 정문에서 나를 기다리는 야쿠자의 모습을 봤을 때는 정말 머리카락을 다 쥐어 뽑고 싶은 기분이라는 게 뭔지 알 것 같았다.

시간이, 시간이…… 시간이 흘러가고 있다.

33. One for the road

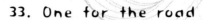

우리는 밤늦게까지 쏘다녔다. 영화관, 패스트푸드, 공원, 오락실……. 그리고 마침내 더 갈 곳이 없다고 생각했을 때.

"학교 좀 들렀다 가자."

"학교?"

내 말에 야쿠자가 자신의 귀를 의심하는 표정으로 나를 내려다보더니 손목시계를 흘깃 쳐다보았다. 시간은 밤 11시 반, 지금쯤이면 야자도 끝나고 학교에는 사람 하나 없을 것이다.

"왜?"

"가야 되는 이유가 있어."

내 말에 야쿠자는 도대체 이 야밤에 학교에 가야 하는 이유가 뭔지 너무나 궁금한 표정을 지었지만 나는 그 표정을 무시했다.

"넌 이제 학교 나올 일이 없는데 아쉽지도 않냐?"

"뭐가 아쉬워?"

단순해서 속 편하겠다, 이놈아.

"이렇게 예쁜 나를 두고 가야 하잖아."

야쿠자의 얼굴에 학교 나올 일이 없는 것과 지금 이 시간에 학교를 가야 하는 것, 또 저렇게 예쁜 황민서를 두고 가야 하는 것이 무슨 상관인지 도저히 모르겠다는 표정이 떠올랐다. 나는 또 그 표정을 무시했다.

"그래서 안 가?"

안 갈 리가.

"그래, 학교 가보자."

그럼 그렇지.

"너 그런데 일본어는 할 줄 아냐?"

학교로 향하는 길, 야쿠자의 손을 잡은 채 나는 문득 생각난 것처럼 물었다. 내 물음에 잠깐 생각하던 야쿠자는 간단하고 단순하게 대답했다.

"음, 야동은 알아듣기 쉽던데 말야."

준현 선배 말이 맞다. 이놈이 한국에서 뭘 하겠어.

적당히 알고 있었다.

한밤의 교사(校舍)란 상당히 무섭다. 사람이 많았던 공간에 그 사람이 사라지면 이상할 정도의 적막이 남는다.

하지만 이건 몰랐다.

"야, 이거 무서운데?"

야쿠자도 무서워하는 게 있었다.

물론 나는 스물여덟 살, 게다가 귀신도 때려잡는다는 대한민국 검사다.

뭐 검사라고 해서 다 그런 건 아니지만 난 겁이 없다. 귀신을 믿기에는 지나치게 이성적이니까.

"뭐가 무서워?"

"아무것도 안 보이잖아."

게다가 야맹증까지. 전에 사람 팰 때 보니 밤에도 정확하게 패더니 학교에만 오면 눈이 머는 야쿠자구나.

정문은 당연히 잠겨 있었다.

"못 들어가나?"

"이리 와봐."

야쿠자가 나를 데려간 곳은 교사를 반 바퀴 뱅 돈 위치에 있는 빗물통 근처였다.

"여기에 이렇게 발을 대고 올라가면……."

말을 마친 야쿠자가 세렝게티의 표범이 생각나는 날렵한 동작으로 빗물통을 타고 올라갔다.

"……쉽게 이쪽으로 올라올 수 있어."

그건 너나 가능한 거지, 이 중생아.

"손 줘."

한 손으로 2층의 시멘트 지지대를 단단히 잡고 야쿠자가 내게 손을 뻗었다. 이 무거운 몸이 공중 부양하는 건 그렇다 치더라도 빗물통이 내 몸무게를 감당해줄지 걱정이 된다.

"나 무거운데……."

"그래 봤자 네가 나보다 더 나가겠어?"

그건 알 수 없는 것이라네, 친구.

내가 망설이자 야쿠자는 허리를 쭉 뻗어 내 손을 잡아끌었다.

사람이란 이상하다. 순간 기도한 것이 야쿠자가 일본에 가버려도 좋으니 이 순간 빗물통이 부서져서 가기 전 마지막 추억으로 빗물통 부순 저팔계로 그의 기억에 남지 않게 해달라는 것이었으니.

지금도 모르겠다고 생각한다. 다시 그 순간으로 돌아가면 빗물통이 부서지고 야쿠자가 일본에 가지 않는 것과 빗물통이 부서지지 않고 야쿠자가 일본으로 가버리는 것 중 무얼 선택할지. 인생이란 복잡한 거니까.

어쨌든 어떻게 휙휙 날다 보니 2층 창 앞의 시멘트 지지대에 앉아 있었다. 옆에서는 야쿠자가 숨을 몰아쉬고 있다.

"너 생각보다 무겁다."

나는 말없이 야쿠자를 한 대 쥐어박았다. 그런 생각은 마음 속으로만 말하는 게 낫다는 인간 세상의 예의도 모르는 천둥벌거숭이를 외국으로 보내야 한다니, 마음이 아프다.

우리는 그대로 가만히 까만 운동장을 바라보았다.

운동장도, 담장 너머의 길도 까맣게 그림자에 잠겨 있으니 몹시도 넓어 보였다. 그렇게 가만히 앉아 있으니 등 뒤의 벽이 차가운 만큼 오른 어깨에 느껴지는 야쿠자의 체온이 따뜻했다.

"들어가자."

내가 막 그 어깨에 기대려고 했을 때 야쿠자가 몸을 일으켰다. 이놈은 도대체 내가 분위기를 잡을 시간을 주지 않는구나.

창에 손을 대고 눈을 바짝 붙인 야쿠자는 어두워 아무것도 보이지 않는 캄캄한 교실 안을 들여다보았다.

"뭘 봐?"

"혹시라도 귀신이 있나 싶어서."

이놈이 무서워하는 게 아니라 사실은 즐기고 있는 것 같다는 의심이 들었다. 귀신 때려잡는 야쿠자.

야쿠자는 낮게 몇 번 키득거리고는 창문을 열었다. 그리고 가볍게 몸을 놀려 훌쩍 창틀을 뛰어넘더니 성큼성큼 어둠 속으로 사라졌다.

"야?"

어둠이 마치 야쿠자를 삼켜버리기라도 한 것처럼 잠잠해졌다. 내가 야아? 하고 부른 목소리조차 어둠이 삼켜버린 것 같았다. 이상한 이야기지만 학교 안의 어둠은 다른 데보다 더 깊은 것 같다. 역시 수험생들의 한이 저주로 고여 있는 걸까.

약간 불안해지려는데 형광등이 깜빡깜빡 울더니 불이 켜졌다.

"어?"

"들어와."

야쿠자가 내게 손을 뻗는다.

"수위 아저씨 계실 텐데……."

"주무실걸. 난 항상 궁금했어. 수위 아저씨들은 왜 항상 주무시고 있는 걸까?"

그걸 알 수 있는 건 이 시간에 학교에 드나드는 너뿐이란다.

"너 들어오면 불 끌게. 무섭지?"

무섭긴. 나의 이성과 논리로는 귀신이라든지 저주라든지 하는 불확실하고 모호한 개념은 단호히 물리칠 수 있……

"손이 축축하잖아."

야쿠자가 내 손을 꼭 잡아주었다. 의외의 부분에서 예리한 녀석.

창틀을 넘어가면서 이 녀석이 약을 먹은 건지 내가 약을 먹은 건지 고민했다. 자꾸 가슴이 뭉클거리는 내가 이상한 걸까, 아니면 이 녀석이 이상하게 굴고 있는 걸까?

내가 교실로 들어오자마자 야쿠자는 등 뒤로 커튼을 쳤지만 그래도 불빛이 새어나갈 것 같았다.

"불 끄는 게 낫겠어."

"어머, 너 야하다."

이놈이 뭐라고 하는 거야?

야쿠자는 내 손을 꼭 잡고 스위치 쪽으로 가서 불을 껐다. 갑자기 불이 사라지자 암적응을 하지 못한 눈이 마치 뭔가에 가려진 듯 캄캄해졌다.

오직 야쿠자가 꼭 쥐고 있는 내 손의 감각만이 선명했다.

"뭐 보여?"

"응. 책상이랑 걸상이랑…… 있을 게 뻔하지."

"안 보인다며?"

"언제?"

"아까."

"너 무서우라고 한 말이지. 난 잘 보여."

역시 야생의 시력. 근데 나 무서우라고 한 말이라고?

"내가 무서워서 네가 좋을 게 뭔데?"

"무서워?"

"아니."

세상에서 제일 무서운 네가 내 옆에 있는데 내가 뭐가 무섭겠니?

"무서우면 말해줄게."

"뭘?"

"무섭기 시작하면 말하라고. 그럼 내가 왜 널 무섭게 하려고 했는지 말해준다고."

뭐? 알아듣게 좀 말해라, 이놈아! 이놈의 어휘력은 왜 이렇게 딸리는 거야? 이렇게 한국말도 못하는 놈이 일본어를 하겠다고?

"무서우니까 말해봐."

"무서워?"

게다가 사람 말 곧이곧대로 믿는 건 정말 믿을 수 없을 정도다. 유치원생도 너 같진 않겠다. 정말 이 불신의 사회에 마지막 남은 레어 아이템 같은 놈.

"정말?"

다시 한 번 묻는 야쿠자의 목소리에 어떤 뉘앙스가 묻어났다. 나는 그 뉘앙스의 색을 순식간에 이해했다. 그 이해와 동시에 커다란 팔이 덥석 나를 끌어안았다.

"뭐야? 너?"

몸을 비틀려고 했는데 목소리와는 달리 품이 너무 따뜻하고 조용해서 나는 멈칫했다. 나를 안은 팔이 조용하다. 순간 열아홉 살의 마음이 보였다.

"무서우면 안아주려고 했지."

아, 이런 세상 최고로 단순하고 단순하고 또 단순한, 너무나 좋은 녀석 같으니라고.

"반항 안 해?"

한참 동안 그렇게 나를 안고 있다가 여전히 꼼짝도 하지 않은 채 야쿠자가 물었다.

"안 해."

나는 손을 뻗어 야쿠자의 얼굴을 더듬었다.

내 건강한 눈은 빠른 속도로 어둠에 적응해 주위가 어슴푸레하게 보이기 시작했다. 소년다운 데가 전혀 남아 있지 않은 턱과 아직은 소년다운 입술, 남자다운 코와 나를 가만히 바라보고 있는 검은 눈동자도.

나는 가만히 발뒤꿈치를 들어 야쿠자의 입에 입을 맞췄다.

놀란 표정의 야쿠자는 어두운 데서도 티가 확 나게 빨개졌다.

"뭐야, 너?"

"너 방금 이러길 바라는 표정이었어."

내 말에 야쿠자가 멍하게 나를 바라보았다. 잠깐 동안의 침묵, 그리고 야쿠자가 조용히 말을 이었다.

"위험하게."

"뭐가?"

"이렇게 어두운데 네가 먼저 그러면…… 내가 정말, 그러면 어쩌려고 그래?"

뭐가 걱정이겠니. 나는 네가 걱정이지 내가 걱정이 아니란다. 넌 열아홉 살이잖니.

"뭘 그럴 건데?"

야쿠자가 됐다는 듯 내 머리를 슬쩍 민다. 자식, 좋으면서.

그리고 보니 걱정되기도 한다. 이렇게 되면 난 미성년자학대죄를 저지른 건가, 아니면 풍기문란죄를 저지른 건가?

"여기 우리 교실이다. 맞지?"

"응. 네가 1반이니까."

우리는 문을 열고 나섰다. 복도 쪽은 조금 더 환했다. 달빛이 창틀의 모양을 그대로 바닥에 새기고 있었다.

아무도 없는 복도를 걸어가는 것은 무서울 법도 했건만 야쿠자와 손을 잡고 있어서인지 어딘지 로맨틱했다.

"너 근데 이렇게 늦게까지 집에 안 들어가도 돼?"

"넌?"

"나야, 뭐."

하긴 야쿠자 부모님은 걱정 안 할 것 같다. 재수 없이 야밤에 쏘다니는 야쿠자에게 덤비다가 얻어터질 애들 부모님이 걱정하

나리를 구했다! 3   231

겠지.

"괜찮아. 학교에서 늦게까지 있을 거라고 했거든."

그것이 내가 학교에 온 다른 이유이다. 말했다시피 난 거짓말
은 안 한다. 내 말을 듣고 부모님이 무슨 생각을 했는지는 난
모르는 일이다.

"어쨌든 너한테는 학교가 마지막이잖아."

내가 말하고 야쿠자의 얼굴을 보면서 웃자 야쿠자가 모르겠
다는 표정을 지었다.

"왜 마지막이야? 한국 들어왔을 때 오면 되지."

감상적인 데라고는 콩알의 배아만큼도 없는 놈.

"우리 교실 가볼래?"

"응."

사실 학교에 일단 들어왔으니 내 목적은 달성했지만 우리 교
실 가봤으니 너네 교실도 가봐야겠지. 아닌 척하더라도 의외로,
비밀리에 야쿠자도 심란해하고 있을 수도 있지 않은가?

원래 뭐든 남겨지는 사람만큼 두고 떠나는 사람도 괴로운 법
이다.

우리는 3층 계단을 올라 야쿠자네 반으로 갔다. 처음에는 목
소리를 낮춰 조곤조곤 속삭이다가 생각하니 이 야밤에 학교에
있을 사람도 없다 싶어 당당히 큰 소리로 얘기했다. 발걸음 소
리도 크게 괜히 문을 툭 발로 차기도 했다.

달이 생각보다 밝았다.

"어, 여기가 내 자리."

"어디?"

야쿠자가 자리 하나를 손으로 가리켰다. 나는 자리에 앉아 책상을 한 번 쓸어보았다. 여기가 야쿠자 자리고……, 응?

"여기에 있는 교과서에 왜 이승하라고 적혀 있어?"

"그 옆."

기분이 싸해졌다. 나는 손만 뻗어 옆자리에서 교과서 하나를 꺼냈다.

"정유현."

야쿠자가 음, 하고 시선을 딴 데로 돌렸다. 어이가 없다. 이놈 지금 자기 자리를 모르는 건가?

"너 네 자리를 모르냐?"

그래그래, 다시 한 번 준현 선배의 말이 맞다. 이놈이 한국에서 뭘 할 수 있겠는가. 가는 게 잘하는 거다. 그래그래, 가는 게 잘하는 거야.

하지만.

난 되는 대로 의자에 주저앉아 야쿠자를 물끄러미 바라보았다.

하지만, 안 갔으면 좋겠다.

"왜 그렇게 봐?"

"뽀뽀할까?"

"야! 넌 무슨 여자애가!"

그야 내가 여자애가 아니고 스물여덟 살이니까 그렇지. 좋아하는데 왜 뽀뽀하면 안 되니? 난 더한 것도 하고 싶은데…….

솔직히 내 손해라고. 이런 영계도 아닌 날달걀, 아니 수정란을……

"싫어?"

야쿠자는 맘에 안 드는 듯 투덜투덜 입 안으로 불평을 씹고 있었다. 난 그런 야쿠자를 멀뚱히 바라보았다. 싫으면 할 수 없고, 지 손해지 내 손……

야쿠자의 손이 내 손목에 감겼다. 그리고 입술이 닿았다.

덜컹, 하고 철제 다리의 책상이 흔들렸다.

키스에서는 아직 아기 맛이 났지만 내 등 뒤로 감긴 야쿠자의 팔은 단단했다.

야쿠자는 입술도 부드러웠다. 그래서 가슴이 두근거렸다.

입술이 떨어지자 난 가만히 야쿠자의 가슴에 뺨을 댔다. 야쿠자의 심장이 어찌나 뛰던지 거의 뺨을 맞는 것 같은 기분이 들 정도였다.

우리가 조용하자 학교 전체가 조용해졌고, 야쿠자의 심장 소리만이 유일하게 세상에 존재하는 소리 같았다.

"너 심장이 미친 듯이 뛴다."

"알아."

야쿠자가 약간 퉁명스럽게 대답하고 날 안은 손에 힘을 바짝 주었다. 안다. 내가 얼마나 예쁘겠는가? ……아님 말고.

"우리……."

내가 조용히 입을 열자 야쿠자가 긴장한 기색이 느껴진다.

"우리, 이 다음 거 할까?"

"이, 이, 이, 이 다음 거 뭐?"

말더듬이 야쿠자, 얘가 이상한 데서 순진하다. 아니 순진한 척한다.

가만, 생각해보면…….

난 야쿠자의 가슴에서 뺨을 떼고 얼굴을 똑바로 쳐다보았다.

"너 아직 여자랑 해본 적 없어?"

"야!"

"없어?"

"어, 어, 어, 어, 없어."

"거짓말."

"진짜야."

"요즘 애들은 다 해봤다는데?"

"어, 어, 어, 어, 어디 애들이?"

요즘 애들이 아니고 내가 스물여덟 살 때 애들인가? 이 부분은 잘 모르겠다.

어두워서 그렇지 밝았으면 버라이어티한 야쿠자의 얼굴색을 구경할 수 있었을 텐데, 조금 아쉽기도 하다.

"아님 말고."

뭐 아님 말고. 나도 첫날밤은 결혼하고 나서, 라고 생각하는 쪽이긴 하다. 하지만 이런 느낌은 뭘까, 이대로 야쿠자를 보내면 이제 이걸로 끝이라는 이 이상한 느낌은.

나는 아마 지금의 야쿠자를 다시는 못 보겠지. 지금 이 순간은 그냥 이렇게 지나가버리는 거겠지. 다시 야쿠자를 만난다고 해도 지금의 야쿠자는 아니겠지.

마음에서 바람이 분다.

내가 됐다 싶어 가볍게 한숨을 내쉬고 의자에서 일어서려는데 야쿠자가 내 팔을 꽉 잡았다.

시선이 캄캄한 허공에서 엉겼다.

입술을 깨물고 있는 야쿠자는 혼란스러워 보였지만 적어도 겁을 내는 것 같진 않았다. 열아홉 살다운 느낌이 그대로 드러나 있어 나는 조금 미안해졌다. 그리고 약간은 부끄러워졌다. 이 아이는 아직 순수하고 나는 그렇지 못하다. 놀랍다. 시간이란 이런 거였나.

용감하게도 야쿠자는 내 뺨을 감싸고 다시 키스했다. 입술이 조금 떨리는 것이 느껴졌다. 그리고 믿어지지 않지만, 그 결심을 안 나도 조금 떨고 있었다.

호흡의 템포를 놓쳐버려 숨이 안으로 안으로 쌓이기만 하는 느낌, 커다란 손이 내 목을 쓸고 내려가 어깨를 가볍게 어루만진 후 마치 세게 쥐면 사라져버릴 보물이라도 만지듯 내 가슴을 쥐었다.

야쿠자가 낮게 신음했다.

난 아직 덜 자란 거라고, 실망하지 말라고, 조금 있으면 더 자란다고 말해주고 싶었는데 야쿠자에게 중요한 건 그게 아닌 것 같기도 했다. 내 가슴 사이즈가 어떻든, 내 배의 위치가 어떻든 야쿠자는 내가 지금 너무나 좋은 것 같았다.

왜인지 새삼 의심스러울 정도로.

왜 나 같은 걸 이렇게까지 소중히 여겨주나 의아할 정도로.

꿀꺽, 하고 야쿠자는 들릴 정도로 커다랗게 침을 삼켰다.

"먹을 거냐? 침 삼키게?"

"먹을래."

아니, 이런 야한 놈.

야쿠자는 날 달랑 들더니 책상 위에 앉혔다. 집중하니까 힘이 강해진다. 좀 빠지긴 했어도 나를 이렇게 가볍게 달랑 들 줄은 생각도 못 했다.

야쿠자가 내 티셔츠 아래로 손을 넣으려다가 우물쭈물 물어본다.

"소, 손 넣어도 돼?"

그런 건 묻지 말란 말야. 그냥 얼른 넣어!

"응."

난 용기라도 북돋워주듯 야쿠자의 어깨를 다독여주었다. 그러자 힘을 얻었는지 셔츠 아래로 손을 넣었는데 제길, 배에 손이 걸린다.

"좀 있다가 빠질 거야."

"괜찮아. 귀여워. 예뻐. 폭신폭신해."

정말 예쁘다고 말하고 싶은지 배를 만지작만지작하는데 그건 옳지 않다고 펄쩍 뛸 뻔했다. 진짜 어땠는지 몰라도 없는 게 나은 부위는 봐도 못 본 척하는 게 옳지 않겠는가.

내 허리를 더듬던 야쿠자가 풋 웃었다. 귀여워서 웃은 거라 주장했지만 난 분노했고 당장 야쿠자의 손을 붙잡아 내팽개쳤다. 꼭 빨던 사탕 빼앗긴 아이처럼 야쿠자는 퉁퉁 부었다.

"정말 귀여워서 그런 거란 말야."

"됐어. 살 빼고 만지게 할 거야."

"나 내일 일본 가는데?"

"올 거라며?"

"그래도 한참 걸리는데?"

그게 문제다. 한참. 돌아오긴 돌아오는 걸까? 아니, 돌아올 때는 정말 지금의 야쿠자로 돌아오는 걸까? 바로 지금, 내 앞에 있는 나의 야쿠자로. 그리고 그때 나는 그대로일까?

"알았어. 그 대신 웃지 마."

"응!"

대답 하나는 정말 잘하는 우리 야쿠자.

다시 셔츠 안으로 손을 넣은 야쿠자는 절대 웃지 않으려는 듯 비장한 표정을 지었지만 사람이라는 것이 웃지 않겠다고 마음을 먹으면 더더욱 웃긴 법이다. 표정이 묘하게 일그러지더니 아예 내 어깨에 얼굴을 묻어버리는데 쿡쿡거리는 소리가 들렸다.

"너 웃어?"

"아니."

웃는구만!

난 웃는 걸 용서할 수 없었고, 그래서 머뭇머뭇 삼겹살 존(zone)에서 맴도는 야쿠자의 손을 잡아 그 위의 지대로 이동시켰다.

야쿠자의 웃음이 딱 멈췄다. 스물여덟 살과 열아홉 살이기에 가능한 스킬이었다.

"야."

"왜?"

"너 진짜 이상해."

야쿠자는 죽으려는 것 같은 표정으로 신음했다. 그러면서도 손을 떼려고는 하지 않는다. 싫으면 손 떼면 되는데……, 자식. 후후후후.

"뭐가?"

나는 모르는 척 물었다. 하지만 야쿠자는 내가 안다는 걸 죽어도 모를 것이다.

"왜 이렇게 대담해?"

내가 스물여덟 살에 스물아홉 살짜리 남자를 만나도 이랬겠니.

나는 그냥 웃었다. 가끔은 네, 아니오로 대답할 필요가 없는 질문도 있는 법이다.

야쿠자는 미칠 것 같은 표정이었지만 나라고 가슴 뛰지 않을 리가 없다. 난 도저히 얼굴을 마주 볼 수 없어 손을 뻗어 야쿠자의 목에 둘렀다. 내 행동에 야쿠자는 용기를 얻었는지 브래지어를 밀어내고 맨손으로 가슴을 잡았다.

가르쳐주지 않아도 잘하는 야쿠자.

하지만 잘해놓고 야쿠자는 거의 심장마비를 일으킬 것 같은 소리를 냈다.

"왜? 왜?"

"아니, 너무 좋아."

좋긴, 제대로 쥐지도 못하면서.

지금 잘 꼬시면 일본 안 가겠다는 대답도 얻어내겠다 싶었다.
아, 진짜 그렇다. 매일매일 가슴 만지게 해줄 테니 일본 가지 말
라고 하면 안 가지 않을까?

"이봐, 이봐."

"잠깐만, 집중해봐."

뭘?

"야아."

"기다려봐."

뭘 기다려?

의아해서 인상을 찌푸리는데 어느새 내 셔츠가 위로 올라가
더니 야쿠자가 고개를 숙인다. 왜, 왜 이 대목에서 고개를 숙이
는 건데?

"자, 자, 자, 잠깐!"

제길, 이놈의 전염성 말더듬이증!

내가 팔로 야쿠자의 머리를 밀어내자 야쿠자가 방해받았다
는 듯 세상에서 제일 아쉬운 표정을 지으며 나를 쳐다보았다.

"왜?"

"뭐, 뭐, 뭐, 뭐 하려는 거야?"

"말했잖아. 먹는다고."

아아, 이 야한 놈. 순진하다고 한 거 다 취소.

"그, 그건 좀……."

"왜?"

"기분도 이상하고."

"좋은 게 아니고?"

물론 좋은 거지만, 좋은 거지만, 좋은 거지만, 그게 손과 입은 좀 다르다는 느낌이 드는데 안 그런가?

나의 수구이론(手口異論)을 설명해보았지만 야쿠자는 들은 척도 하지 않았다.

"손이나 입이나 다 난데?"

그, 그건 그렇지. 하지만…… 가만, 얘가 언제부터 이렇게 똑똑했지?

"자, 자, 가만 있어봐."

뭔가 달래는 듯한 저 태도, 기분이 묘하다. 안 좋은 것 같기도 하고 좋은 것 같기도 하고 헷갈린다.

내가 고개를 갸우뚱갸우뚱 하는 동안 야쿠자는 아예 날 책상에 눕히고 살짝 입을 맞춘 다음 결국 가슴에 살짝 입술을 댔다.

맙소사!

"스, 스, 스, 스, 스톱!"

"왜 또!"

이 자식 성질낸다.

"안 할래."

"왜?"

"간지러워."

"집중해봐. 집중하면 괜찮아."

"집중 안 돼."

내가 몸을 일으키자 급해진 야쿠자가 내 어깨 위에 손을 얹고 진지하고 진지한 표정으로 말한다.

"집중할 수 있어. 황민서는 집중력 좋잖아, 그치? 집중한다, 집중한다, 집중한다."

어찌나 심각해 보이는지 어이가 없어서 웃음이 터져 나왔다. 저도 모르게 최면을 시도한 야쿠자 역시 하다 보니 웃긴지 웃기 시작했다.

야쿠자가 팔을 뻗어 나를 끌어안았다. 나도 야쿠자의 등 뒤로 팔을 둘렀다.

캄캄한 밤, 교실에서 우리는 둘이 마주 안고 웃었다.

'One for the road'라는 관용어가 있다. 관용적으로는 '헤어지기 전에 마시는 마지막 한 잔의 술'이라는 뜻이지만, 난 언제나 이 말이 이제는 떠나보내야 하는 사람을 위한 마지막 의식이라고 생각했다.

보내더라도 괜찮다. 오늘 웃었으니 내일은 보낼 수 있다. 웃고선 보낼 수 있어서 다행이다.

나는 눈을 감은 채 야쿠자를 안은 팔에 힘을 주었다.

분명히 나를 만나지 않고 일본으로 떠났을 야쿠자와는 다를 것이다. 아마, 아니 분명히 그렇다. 그러니까 나는 후회하지 않는다.

무얼 해도, 무얼 하지 못했어도 괜찮다. 그건 그것대로 남을 테니까.

여기까지, 여기까지라고 생각했다. 그리고 혹시나 만약에라도 '지금은'이라는 단서를 붙일 수 있다면 그것 또한 행복일 거라고 생각했다.

지금은 여기까지, 라고.

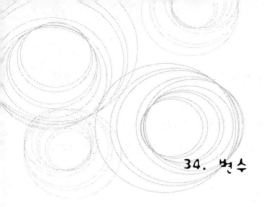

34. 변수

과거의, 아니 미래의 내가 몹시도 바보 같다고 생각하는 일이 있다. 바로 서로 데려다 주기. 남자가 집 앞까지 데려다 주면 여자가 다시 그 남자를 버스 정류장까지 데려다 주고 다시 남자가 여자를 집 앞까지……. 이런 식으로 반복되는 일련의 과정들이 나는 몹시도 바보 같다고 생각했다.

"들어가."

하지만 세상 모든 일은 직접 겪어보지 않으면 안 되는 법.

"데려다 줄게!"

내가 이런 이야기를 할 줄 누가 알았겠는가.

내 손을 꼭 잡고 서 있던 야쿠자가 의아한 표정으로 고개를 들었다.

"너 버스 타는 데까지, 요 앞까지만 데려다 줄게."

야쿠자는 피식 웃었다.

"너네 집이 여기인데 어딜 가?"

"괜찮아, 갔다가 와도 돼. 나 얼굴이 무기라서 아무도 안 건드려."

아, 이렇게까지 해야 하나?

"안 괜찮아."

"그럼 아파트 정문까지만……, 응? 저기까지면 얼마 되지도 않잖아. 응?"

이 정도면 거의 비굴하기까지 하다. 이렇게까지 해야 하나? ……해야지. 아쉬운 사람이 난데 해야지. 좀 더 같이 있고 싶으니까 해야지.

이런 내 마음을 아는 것처럼 야쿠자는 내 머리를 헝클었다.

아파트 정문까지는 길어야 백 미터도 되지 않는다. 그 거리를 우리는 정말이지 도신이 최종 한 판을 위해 카지노로 들어갈 때의 속도로 걸었다. 다리가 올라가고 다시 내려오는 그 모든 과정을 초 단위로 끊어 느낄 수 있도록, 근육의 움직임 하나하나가 선명하고 구체적으로 느껴지는 그런 속도로 우린 걸었다.

"너 왜 이리 웃겨!"

아파트 정문 앞, 큭큭거리며 참는 듯했던 야쿠자의 웃음이 터졌다.

"너, 보고 싶어서 어쩌지?"

나를 보는 야쿠자의 눈은 하도 웃어서 그런지 물기에 반짝였다.

"안 가면 되지."

야쿠자는 말없이 나를 내려다보았다. 그 눈빛, 그 고요에서 내가 눈을 감고 싶어졌다면, 그러니까 뭔가를 기대했다면 나를 변태라고 할 텐가? 다시 말하지만 내 비록 열여덟 살의 거죽을 뒤집어쓰고 있지만 스물여덟 살이다. 내 잘못이 아니다.

"들어가."

"네가 먼저 가."

"다시 같이 올라가?"

뭐 그렇게까지. 아무리 나라도 혐오하던 행동을 당당하고 자신 있게 반복하지는 못한다.

"너 가는 거 볼래. 이런 날도 있어야지."

"……그래, 그럼."

야쿠자의 입가에는 웃음이 남아 있었다. 내게 닿은 눈빛은 따뜻했다.

이런 기분은 처음이었다. 어딘지 조금은 조급한 것 같은, 뭔가가 남아 있는 것 같은 안타까움.

돌아선 야쿠자는 몇 번이고 돌아보았다. 그리고 그대로 서 있는 나를 발견하고는 몇 번이고 손을 흔들었다. 나도 몇 번이고 손을 흔들었다. 몇 번이고 야쿠자가 돌아볼 때마다 내렸던 손을 다시 올리는 내가 어색했지만 나는 야쿠자에게서 눈을 떼지 못했다. 모퉁이를 돌아 야쿠자가 완전히 사라질 때까지. 아니, 야쿠자가 사라지고도 한참을.

나는 가볍게 한숨을 쉬었다.

저런 천둥벌거숭이를 일본에 보내야 한다니……. 아니, 정확히 말한다면 저런 천둥벌거숭이 주제에 날 두고 일본에 가겠다고 하다니…….

웃긴다. 이 천하의 황민서가, 별것도 아닌 야쿠자의 일본행 따위를 막지 못해 눈뜨고 봐야만 한다니. 아닌 걸 알면서, 야쿠자가 일본에 가지 못하도록 막으면 된다는 걸 알면서 이렇게 한숨만 쉬고 있다니.

하지만 어쩔 것인가. 야쿠자네 집에 쳐들어가서 무릎을 꿇고 이 남자를 제게 주십……, 응? 이러면 되나? 안 될 것도 없나? 하지만 내가 사시에라도 패스했으면 모를까 고등학생에게 아들을 줄까? ……잠깐, 이런 건 남자가 하는 고민 아닌가?

그때였다. 가로등 불빛이 닿지 않는 나무그늘 속에서 뭔가가 툭 튀어나온 것은.

"아이고, 어머니!"

약한 척하는 건 정말 내 체질이 아니었지만 나도 모르게 화들짝 놀라 소리를 지르고 말았다. 그 소리가 어찌나 우렁찼던지 어둠 속에서 튀어나온 놈들이 더 놀란 것 같았다.

"아이, 씨팔! 왜 소리지르고 지랄이야!"

아, 이 불량의 향기. 빠지지 않는 숫자 사랑.

한 놈도 아니었다. 자고로 비겁한 나쁜 놈들은 절대로 혼자 움직이지 않는다. 이 경우에는 애들이라서 그런 거겠지만 혼자서는 아무것도 못 해도 모두가 함께라면 무섭지 않은 건 사실은 약한 애들의 특징이다.

"누구세요?"

알면서도 해야 하는 질문.

"너 유상우 깔이지?"

이건 또 웬 없어 보이는 언사냔 말이다. 뭐 공부를 안 했으니 책을 읽었을 리 만무하고 어휘력이 성장하지 못했으니 아는 하나를 반복해 사용한다는 건 알겠는데, 어쩜 이렇게 질문도 단조롭고 쓰는 단어도 단조롭단 말이냐, 응?

난 고민했다.

얼굴은 기억나지 않지만 이 녀석들은 은혜 갚은 까치가 말했던 야쿠자를 때려주고 싶어하는 상문공고 운동부임에 틀림없었다. 흉흉한 기색도 그랬지만 무엇보다 지금 야쿠자를 추적할 만한 간 큰 인간들이 애들 외에 또 있으리라는 생각이 들지 않았다.

"친구 분 의식 돌아오신 거 축하드려요."

"엉, 고맙……, 이건 또 무슨 소리야!"

단순한 것들.

소리를 버럭 지른 대장으로 보이는 녀석은 어두운 와중에도 눈에 띌 정도로 빨개졌다. 열 받은 건지 스스로가 부끄러운 건지는 알 수 없었지만 내가 저 녀석이라면 꽤 부끄러울 것 같았다.

"너 우리랑 좀 가자."

흠, 이게 바로 만화책에서나 봤던 타깃을 잡기 위해 미모의 애인을 납치한다는 그 설정인가? 만화책에서만 봤지만 그 설정이 성공한 적은 한 번도 없다. 주인공들은 언제나 악의 무리를 무찌르고 미모의 애인을 구출한다. 그리고 우리 야쿠자의 전투력으로 생각하면 여기 모인 하나, 둘, 셋, 넷…… 뭐 이리 많아? 상문공고 운동부가 다 온 거야?

불량 운동부의 숫자를 헤아려본 내가 인상을 찡그리고 있는데 단순한 데다 참을성도 없는 대장 녀석이 손을 뻗어 내 팔을 움켜쥐었다. 아마도 질질 끌고 갈 예정이었나 보다만 내가 아무리 느려도 그냥 순순히 잡혀갈 수는 없었다.

그리고 솔직히 말하자면 좀 무서워졌다.

어리다. 단순하다. 게다가 머릿수가 많다. 이 세 가지가 합쳐지면 정말 무섭다는 걸 나는 알고 있었다. 대부분의 소년 범죄는 악의에서 비롯된 것이 아니다. 단순함과 실수, 판단 미숙……. 무서운 것이 무언지 모르기 때문에 사태가 커진다.

"저기, 어딘지 몰라도 나중에 함께 가면 안 될까요?"

내가 슬슬 뒷걸음질치자 팔을 움켜잡은 손의 힘이 억세졌다.

"좋은 말 할 때 가지?"

난 몸무게로 버텼다.

절체절명이란 이런 걸까? 미모의 애인도 아닌데 이런 일을 겪어야 하나? 아, 이 어린 것들에게 나는 정말 겁먹어야 하는 걸까?

"손 치워."

지난 봄이었다면 이런 순간 들려오는 야쿠자의 목소리가 미친 듯이 반가웠을 것이다. 실제로 그때 불가살이의 습격 당시 야쿠자가 간섭해주길 나는 미친 듯이 원했다. 하지만 지금 들린 야쿠자의 목소리는 내가 세상에서 가장 듣고 싶지 않은 것이었다. 나는 지금 내가 무슨 일을 당하더라도, 그러니까 심지어 어리고 단순한 이들의 치기에 의해 내가 좀 다치더라도 야쿠자는 이곳에 나타나지 않길 바라고 있었다.

백 미터쯤 떨어진 곳에 서 있는 야쿠자는 멀리서부터 뛰어왔는지 약간 숨을 몰아쉬며 인상을 찡그리고 있었다.

"오오, 씨팔놈아! 어디서 폼 잡고 지랄이야?"

아, 이 험난한 언어구사.

"손 치우랬어."

그에 비해 간결하고 있어 보이는, 힘있는 야쿠자의 언어구사. 벌써 액면에서 호감도가 다르다는 걸 이 불량 운동부 애들은 느끼지 못하는 걸까?

이 대목에서 야쿠자에게 넌 가라든지, 싸우지 말라고 우는 건 만화나 드라마의 청순가련 여주인공들이나 하는 짓이다. 나는 이 사태를 어떻게 수습해야 할지 미친 듯이 머리를 굴리기 시작했다.

준현 선배는 말했다.

"큰 틀은 절대 바뀌지 않아."

그렇다. 야쿠자는 일본으로 간다. 의식불명이었던 아이는 의식을 찾았지만 그러니까 다시 싸울 거리가 생겼다. 그래, 쉽게 바뀐다면 운명이 아니다. 하지만 뭘 어떻게 해야 할까? 뭘 어떻게 해야 이 모든 걸 바꿀 수 있을까?

전에도 한 번 말했지만 야쿠자는 한 이야기를 또 하는 성격이 아니다. 그리고 오래 말하는 성격도 아니다. 불량 운동부 학생들이 아무 말 없이 나를 달랑 들고 가는 대신 오래오래 열여덟거렸다면, 야쿠자는 확실히 행동파였다.

내가 머리를 굴리는 동안, 야쿠자는 백 미터의 거리를 순식간에 좁혔다. 운동부 애들이 단체로 어어? 했을 때는 이미 내 팔목을 붙잡고 있던 녀석의 얼굴이 호빵 찌그러지듯 찌그러진 후였다.

마음속으로 '안 돼!'라고 생각했다. 얼굴은 머리라는 뜻이고 머리는 위험 부위다.

찌그러진 호빵은 말 그대로, 그러니까 오버 액션이 아니라 어쩔 수 없는 물리력의 작용으로 두 바퀴 반을 구른 후 뒤에 서 있던 동료들의 품으로 나가떨어졌다.

그리고 야쿠자는 조금도 망설이지 않고 그 사이로 뛰어들었다.

한발 늦게, 그러니까 호빵이 좀 더 호빵화되고 나서야 정신을 차린 다른 운동부 애들도 싸움에 가담했다. 1 대 다(一對多), 이렇게 되면 의식불명이었던 아이와 싸웠을 때와 별로 다른 상황이 아니다.

"머리는 안 돼!"

내 목소리가 들렸는지 모르겠다. 야쿠자가 멈칫했는지 모르겠다. 확실한 건 그 순간 야쿠자가 호되게 얻어맞았다는 것이다. 야쿠자의 눈에서 불이 번쩍 뛰었는지는 잘 모르겠지만 내 눈에서도 불이 번쩍 뛰었다.

"분지르는 건 돼!"

순간 인파에 밀려 야쿠자 근처에도 다가가지 못하던 몇몇 운동부 애들이 어이없다는 표정으로 나를 바라보았다. 나 스스로도 어이가 없었다. 지금 내가 어디 하나 분지르라고 말했던가? 아니, 그보다…….

역사는 반복된다.

언젠가 당구장에서 차력사의 친구가 도저히 상대가 안 될 것 같은 야쿠자를 공략하는 대신 슬금슬금 나에게 기어오다 호되게 얻어맞았듯, 할 일 없어 멀뚱히 야쿠자와 집단 난투 현장을 관람하던 녀석들도 '노느니 저 뚱땡이라도…….'라는 듯이 내게로 스멀스멀 기어오기 시작했다.

판단은 된다. 나는 이 시점에 도망가야 한다. 내가 아무리 무겁더라도, 힘이 세더라도, 검사라도, 법 지식으로 무장했더라도 십 대 남자애들을 이 순간 이길 방법은 없다. 야쿠자를 도울 방법은 없다. 내가 있는 건 야쿠자에게 전혀 도움이 안 된다.

하지만 내가 가버리면 상황이 어떻게 될지 알 수가 없었다. 아니, 심지어 내가 이 자리에서 눈 시퍼렇게 뜨고 보고 있어도 상황이 어떻게 될지 알 수 없다. 아니아니, 몰라몰라, 어쨌든 여기를 뜰 수는 없다. 야쿠자를 두고 갈 수는 없다.

"야……, 유상우!"

나는 뒷걸음질치며 야쿠자의 이름을 불렀다. 내게 다가오던 녀석들이 흠칫 놀라 야쿠자 쪽을 돌아보았다. 내게 등을 돌린 채 애들을 패고 있던 야쿠자의 시선이 내 쪽으로 움직였다. 그리고 그 순간 누군가의 발이 야쿠자의 배를 호되게 찼다. 야쿠자의 몸이 강한 충격에 밀려 쓰러졌다.

"안 돼!"

나는 소리를 질렀다. 아무리 한밤이지만 사람들이 지나갈 법도 한데, 내 목소리를 들을 법도 한데 왜 아무도 오지 않는 걸까.

야쿠자는 쓰러졌다 일어나며 그 반동을 이용하여 자신을 향해 날아오는 다른 주먹들을 발로 차 걷어냈다. 그리고 몸을 빼내 내 쪽으로 다가왔다. 내게 다가오던 녀석들이 깜짝 놀라 뒤로 물러선 사이, 팔에 손이 감겼다. 우린 언젠가처럼 다시 뛰기 시작했다.

다른 건 야쿠자가 피를 흘리고 있다는 것, 그리고 내 느낌이 아주아주, 너무나 불길하다는 것.

사람들이 많은 길로 가면 될 거라는 내 생각은 한없이 순진했다. 심지어 경비실 앞을 지날 때도 경비 아저씨는 놀란 표정이긴 했지만 우리에게 간섭하지 않았다. 큰길로 나간 내가 멈칫거리자 야쿠자는 내 손을 끌어당겼다.

"아무도 상관 안 해."

그 말로 끝이었다. 그렇다. 누군가의 싸움에 끼어들어 훈계하다가 죽은 사람의 이야기란 신문에 나올 정도로 흔하지 않은 이야기였다. 한밤, 골목길에서 치한을 만나도 사람 살려달라는 외침 대신 불이 났다고 외쳐야 문이 열린다는 말이 그냥 있는 게 아니었다. 사람들의 시선은 우리에게 모였다가 흩어졌다.

산이 아니었기에 산에서처럼 숨을 데도 없었다. 우린 계속 달렸다. 나를 끌고 달리느라 야쿠자의 발걸음은 느리기만 했다.

"씨팔! 거기 안 서?"

골목길로 접어들어 어디가 어딘지 알 수 없을 정도로 뱅글뱅글 돌았다. 야쿠자는 길을 아는 건지 무턱대고 뛰는 건지 묻고 싶었지만 입도 떼지 못할 정도로 나는 숨이 찼다. 목이 뻐근하게 아파왔다.

"자, 잠깐……."

결국 나는 숨을 헐떡이며 야쿠자의 팔을 잡아끌었고 우린 뛰는 것을 멈췄다. 지척에서 달려오던 운동부 녀석들도 뛰기를 멈췄다. 뛰느라 더 흥분하기만 한 녀석들이 침을 퉤 하고 뱉었다. 그 중 몇몇은 언제 집어들었는지 각목에 쇠파이프까지 들고 있었다.

정말 불길하다.

"너네 그런 걸 함부로……."

"가만 있어."

내가 뭔가 말해보려고 했는데 야쿠자가 막았다. 그래, 이번엔 네가 맞는 것 같다. 어떻게 말로 뭉갤 수 있는 상황이 아니다.

"도망, 갈 만큼 가신 거세요?"

정말 딱 얄밉게도 이죽거리는 녀석의 한쪽 눈은 이미 푸르뎅뎅하게 멍이 들어 있었고 입가에는 터진 피가 말라붙은 자국이 남아 있었다. 그 뒤의 몇몇 녀석들 역시 정도의 차이만 있을 뿐 그렇게 좋아 보이진 않았다. 야쿠자도 주먹에 찢어진 데가 있고 눈가에 작은 상처가 나긴 했지만, 저쪽의 상황을 보면 도저히 1 대 다로 싸웠다는 걸 믿을 수 없는 상태였다. 싸우긴 정말 잘 싸우는구나.

"그만 하자."

한참을 씨근덕거리며 노려보던 와중, 야쿠자가 정말 믿을 수 없을 만큼 완화된 목소리로 입을 열었다. 바로 옆에서 나는 야쿠자의 온몸에 흐르는 호전적인 기를 읽을 수 있었다. 이 나이대의 남자아이들이 피가 끓는 것을 자제하기가 얼마나 어려운지 나는 알고 있다. 특히 야쿠자처럼 잘 싸우고, 싸우는 것이 어렵지 않은 애들에겐 이런 순간 싸우지 않는 쪽이 훨씬 낯설다는 것도. 그런 만큼 지금 야쿠자가 얼마나 필사적으로 자제하고 있는 건지 적어도 나는 알 수 있었다.

"뭘 그만 해? 이 씨팔놈이!"

"제발……."

야쿠자의 목소리 끝이 조금 떨렸다. 그것이 치솟는 호전성을 억누르기 위한 것이든 아니면 정말 간절하게 이 상황을 끝내고 싶은 것이든 야쿠자의 목소리는 약하게 떨리고 있었다.

"뭐라는 거야? 이 미친 새끼가!"

내 손을 꽉 잡은 야쿠자의 손에 조금 더 힘이 들어갔다. 그리고 그 마음이 그대로 내게 스며들어 가슴이 저릿해졌다.

제발 그만.

각목을 든, 비교적 멀쩡해 보이는 운동부 애 하나가 침을 퉤

하고 뱉으며 앞으로 나왔다.

"그럼 이렇게 해."

십 대의 남자아이다운 잔인함으로 비열하게 웃음을 흘리며 녀석이 말했다.

"네가 맞아. 그럼 저 계집애는 그냥 보내줄게."

내 쪽으로 시선이 움직일 법도 한데 야쿠자의 시선은 그 녀석에게 꽂힌 채 꿈쩍도 하지 않았다. 표정이 싹 지워져 있었다. 그런 야쿠자는 누군가를 때릴 때나 화를 낼 때보다 더 무섭다. 나는 나도 모르게 침을 삼키며 야쿠자의 팔에 매달렸다. 그런데도 야쿠자는 내 쪽을 돌아보지 않았다.

지독하게도 조용했다. 보이지 않는 긴장감이 마치 누가 줄을 당기기라도 한 것처럼 팽팽하게 차올랐다.

얼마나 지났을까? 아무도 입을 열지 않고 시선도 움직이지 않은 시간은 실제로 얼마만큼이었을까?

야쿠자가 마침내 입을 열었다.

"얘는 먼저 보내고."

웅성웅성, 야쿠자의 말이 끝나자마자 저쪽의 내부에서는 얕은 소요가 일었다.

"우리를 병신으로 보냐? 걔를 보내면 네가 무슨 짓을 할 줄 알고."

바보인건지 아니면 순진한 건지……. 저런 부끄러운 말을 서슴지 않고 할 수 있는 것도 쉬운 일은 아니다.

"그럼 안 돼."

냉정하게 이야기를 끊은 야쿠자의 목소리, 긴장감도 툭 하고 끊어졌다.

"이 새끼가!"

앞에 나섰던 녀석이 욕설을 내뱉으며 달려들었다. 야쿠자가 나를 자신의 등 뒤로 밀어 넣으며 덤벼드는 녀석의 배를 발로 찼다. 그놈은 달려오던 탄력 그대로 나뒹굴었지만 들고 있던 각목은 야쿠자의 다리 위에서 부러져 나갔다. 낮게 신음을 흘리며 야쿠자가 허리를 약간 굽혔다가 바로 몸을 일으켜 다음으로 덤벼드는 녀석을 밀어냈다. 그리고 다시 신음을 뱉었다.

그러나 멈추지 않고 다시 쇠파이프가 날아들었다.

"어차피 큰 골격은 변하지 않아."

준현 선배는 말했다.

하지만 변하지 않는 거라면, 변하지 않을 거라면 내가 여기 있을 이유도 없다. 변할 수 있는 건데 아마도 쉽지 않은 것뿐이다. 분명히 그렇다. 그래야만 한다.

모든 건 연결되어 있다.

내가 여기에 온 것에는 이유가 있다. 그건 야쿠자만을 위한 것은 아니다. 아마도 나 자신도 뭔가를 배우고 달라지고 그래서…….

그래서…….

그건 아무런 계산도 들어 있지 않은 행동이었다.

나는 내가 달라지고 있다는 걸 알고 있었다. 거기에 희미한 불안감이 깃들긴 했지만 내가, 이 황민서가, 못되고 나만 알고 언제나 잘난 척만 하며 사람들과 거리를 두던 내가 야쿠자와의 거리를 좁히고 야쿠자를 인정하고 받아들이고 이해하고…….나는 내가 달라지고 있다는 걸 알고 있었다.

하지만 이렇게까지 할 줄은 몰랐다. 이렇게까지 할 수 있을 줄은 몰랐다.

절체절명의 순간에 모든 것이 슬로비디오처럼 돌아간다는 말은 거짓말이다. 그 정도로 생각을 할 수 있는 시간 같은 건 없다.

날아오는 쇠파이프를 보는 순간, 야쿠자가 그것을 막을 수 없을 거라고 판단하는 순간 나는 야쿠자를 끌어안고 몸을 돌렸다. 머리에 강한 충격을 느낀 건 그와 거의 동시였다. 쇠파이프로 머리를 얻어맞았다기보다 차에 치인 것처럼 온몸에 충격이 왔다. 눈앞이 검게 물들었다.

"황민서!"

비명 같은 소리가 귓가에 울렸다. 머리가 흔들릴 만큼 큰 소리였는데 그것을 느끼지도 못할 정도였다. 앞, 뒤, 위, 아래…….모든 방향감각이 상실되었다. 나는 내가 제대로 서 있기나 한 건지 의심스러웠다.

아, 내 뇌는 국보급인데.

아무것도 보이지 않는데 청각만이 날카롭게 살아났다. 멀리서 들리는 심장 소리 같은 북소리, 아니, 북소리 같은 심장 소리…….익숙한 감각…….안 돼, 안 돼, 지금은 안 돼!

브레이크 소리 같은 강한 파열음, 머리를 가르고 지나가는 것 같은 강렬한 소리와 함께 시야가 트였다. 붉게 그어진 선이 보이고, 그리고…… 야쿠자?

"황민서 괜찮아?"

놀란, 아니 겁먹은 것에 가까운 야쿠자의 얼굴. 아, 너도 이런 표정을 지을 줄 아는구나. 인간 맞구나.

나는 내가 피를 흘리고 있다는 걸 알았다. 그리고 제대로 서지도 못하고 있다는 것도……. 야쿠자가 내 팔 아래에 손을 넣어 내 몸을 지탱하고 있었다.

"이……."

내가 눈을 뜨는 걸 보자마자 야쿠자는 입술을 깨물며 사납게 내 등 뒤를 바라보았다. 뒤를 볼 힘은 없었지만 나는 뒤에 있는 불량 운동부 녀석들이 겁 좀 먹었을 거라고 생각했다. 그 살기가 보통 살기여야 말이지.

그러나.

"내 말 들어."

그러나 지금은 그게 문제가 아니다.

마음 같아서는 두 손으로 야쿠자의 뺨을 잡고 날 똑바로 보게 하고 싶었지만 정말 정신이 없었다. 믿어지지 않게도 내 목소리에는 힘이 없었다.

"일단 병원에 가자."

야쿠자가 숨을 몰아쉬며 나를 추슬러 안았다.

"들어봐, 내 말 좀 들어봐."

시간이 없단 말이다.

"시끄러. 일단 병원에 가고……"

"절대로 싸우지 마. 내 복수하니 뭐니 하지 마."

잠깐, 나 죽나?

"황민……"

"전에 한 말 기억해? 절대 싸우지 말라는 말, 차라리 맞으라는 말……. 취소야. 맞지는 말고 그냥 싸우지 마. 모르는 척해."

죽든 말든. 몰라몰라.

"전에 내가 한 말 기억해? 우리 영화 본 거 기억해? 남우조연상……, 기억해?"

다시 가물가물 의식이 끊기려고 해 나는 잠깐 말을 멈췄다. 자꾸 목이 힘없이 뒤로 젖혀졌다. 나 정말 죽나? 안 되는데…….

"황…….."

덜컥 겁이 났다. 하지만 겁이 난 건 나 자신의 상태 때문은 아니었다.

무서웠다. 이렇게 무서운 건지 몰랐다.

내 세계는 완벽했고, 도전과 성과라는 아주 간단한 공식만이 존재했다.

그러나 이 말도 안 되는 타임리프로 나는 야쿠자를 만났다. 내 기준에서는 절대로 용납할 수 없었던 야쿠자를 만났고 내 마음에 넣어버렸다. 그리고 야쿠자에게 마음을 주자 다른 모든 것들도 갑자기 존재를 주장하기 시작했다. 마치 점 하나 찍은 붉은 물감이 화선지의 결을 따라 퍼져 나가듯, 마음이 물들기 시작했다.

나는 28년 동안 단 한 번도 어른인 적이 없었다. 시간대를 넘어 이제 와서 비로소 어른이 되었다.

그리고 약해졌다.

처음으로, 이 시간대에 떨어졌을 때도 두렵지 않았는데 처음으로 두렵다. 내 눈앞에서 사라지는 야쿠자가, 내가 두고 가야만 하는 야쿠자가, 어떻게 될지 모르는 야쿠자가, 내가 지켜줄 수 없는 야쿠자가 두렵다.

"잘 들어. 우리 2002년…… 월드컵…… 4강."

내가 뭐라고 말하고 있는 거지?

"그러니까 내 말 들어. ……우리 또 만날 수 있으니까."

아마.

"걱정하지 말고."

아마.

내 목소리가 끊겼다. 내 생각에 나는 계속 말하는 것 같은데 입술만 달싹일 뿐, 빈 쇠파이프에서 들리는 것 같은 바람 소리만 났다. 야쿠자는 더 이상 기다려주지 않았다. 야쿠자를 말릴 힘도 없었다.

야쿠자가 나를 들고 뛰기 시작하는 게 느껴졌다.

어떻게 되는 거지? 난 하고 싶은 말을 다 하지 못했는데……. 하고 싶은 말은 단 한마디도 하지 못했는데…….

좋아한다고 말할걸 그랬다. 나도 네 생각을 많이 한다고 말할걸 그랬다. 난 널 이해할 수 있다고, 넌 좋은 아이라고, 다른 사람에게 어떻든 나에게는 그렇다고 말할걸 그랬다.

뭐라도 다 할걸 그랬다.

남겨두지 말걸 그랬다.

망설이지 말걸 그랬다.

같이 있고 싶다고, 네 생각을 정말 많이 한다고, 내가 너를 너무나 좋아한다고 말할걸 그랬다.

아니더라도, 거짓말이더라도 다시 볼 수 있다고 말할걸 그랬다.

내가 잘 몰라도 그렇게 말할걸 그랬다.

이렇게 후회가 남을 줄 알았다면 잘난 척하지 말고, 아닌 척하지 말고, 어른인 척하지 말고, 이것저것 생각하지 말고 그냥…….

다시 한 번 기회가 있다면.

35. Turn back time

나는 세련되고 멋진 스물여덟 살의 황민서. 똑똑한 열혈 검사, 빠지는 데라고는 몸매뿐이랄까.

"저, 차 한잔 할 수 있을까요?"

나는 부드럽게 웃으며 왼손을 가볍게 들어 보였다. 길고 가는, 하얀 내 손가락 위에 빛나는 은색 링, 아아, 찬란하다. 눈물이 날 것 같다. 그나저나 내 손은 왜 이렇게 예쁜 거야. 티파니에서 손 모델 하라고 전화 오겠네.

잠깐, 근데 나 반지를 꼈으면 결혼한 건가?

응?

잠깐, 나 왜 이런 생각을 하고 있지?

나 스물여덟 살 맞아? 열여덟 살이었잖아.

가만…… 나 머리 부딪혔지. 그럼…… 어머, 여기 천국이야? 나 죽었어?

안 돼애애애애애! 이런 게 어딨어어어엉! 물러줘어어어어어!

소리를 막 지르려고 했는데, 아니 질렀는데 목소리가 나오지 않았다. 어쩌면 소리는 나왔는데 내 귀에 그 소리가 닿지 않은 건지도 모른다. 더 시끄럽고 큰 소리가 계속해서 들리고 있었기 때문이다.

도대체 누구야? 이렇게 떠드는 게…….

시끄러!

"놔요! 이거!"

시끄러!

"잡아!"

시끄러!

"학생, 여기서 이러면 안 된다니까."

콰당탕탕탕!

맙소사! 3차 대전이라도 일어난 거야? 여기가 어디기에 이런 대포 소리가 나는 거야?

"학생!"

"상우야! 제발!"

응? 상우? ……야쿠자?

나는 눈을 뜨려고 했다. 그런데 눈을 뭔가로 붙여놓기라도 한 듯 도저히 눈이 떠지지 않았다. 익! 익! 내 눈! 내 눈!

콰당탕탕!

아이고, 야쿠자라면 저 소리가 뭔지 알 만하다. 파괴의 신, 야쿠자. 야쿠자가 지나간 자리에는 모든 것이 추풍낙엽처럼 부서져 흩날린다.

"잡아! 거기 잡아!"

"학생, 여기서는 진짜 이러면 안 된다니까!"

"일단 놓으라니까!"

익! 익! 눈 뜨자! 저 천둥벌거숭이를 말릴 수 있는 건 나밖에 없다. 눈 뜨자, 눈 떠!

"어머! 선생님!"

허여멀겋게 뭔가가 눈앞에서 왔다갔다했다. 밝아진 걸로 봐서 눈은 뜬 것 같은데 어째서 이렇게 가물가물, 꼭 시력에 맞지 않는 안경을 쓴 것처럼 어지러운 걸까?

"선생님! 선생님! 환자가 눈을 떴어요!"

흰 빛, 노란 빛, 빛들이 정신없이 소용돌이쳤다가 연기처럼 흔들렸다가 천천히 자리를 잡는다. 눈을 비비고 싶었는데 손이 있을 거라고 짐작되는 부분부터 어깨까지가 한없이 무겁다.

"자자, 민서 학생 움직이지 말고……, 괜찮으니까."

몹시도 밝은 불빛이 내 눈을 바로 비췄다. 아이고, 머리야. 난 간신히 떴던 눈을 다시 질끈 감았다. 아이고 머리야, 저렇게 밝은 불을 비추면 죽었던 사람도 눈부시겠구만! 머리는 왜 이렇게 아픈 걸까? 황민서 살려!

그때 커다랗고 뜨거운 손이 내 손 위에 겹쳐졌다. 나는 그제야 모호한 감각이 방향을 찾는 느낌이 들었다. 나는 그 체온을 알고 있다. 보통 사람의 체온보다 조금 더 뜨거운 듯한 야쿠자의 체온.

"민서야."

야쿠자의 목소리.

눈을 깜빡이는 속도에 맞춰 눈앞이 어두워졌다 밝아졌다를 반복했다.

"학생, 잠깐만."

아마도 의사 선생님의 목소리인 듯했지만 야쿠자가 또 남의 말 안 듣는 걸로는 어디 가서 빠지지 않는다. 내 말 말고는 그 누구의 말도 듣지 않는 야쿠자.

"민서야, 내 목소리 들려?"

"……응."

내 목에서 새어나온 소리가 어쩐지 야쿠자의 목소리보다 더 낯설었다.

"그래, 이제 괜찮아. 그래, 이제 됐어. ……."

이마 위로 커다란 손이 덮였다. 몇 번이고 반복되는 '그래', 그리고 '괜찮아'. 이마에 와 닿는 따뜻한 입김, 몸 위로 야쿠자의 체온이 느껴졌다.

그래, 이제 괜찮아. ……그런데 뭐가?

"야쿠자, 사형."

오잉? 이게 뭔 소리야?

내가 벌떡 일어나려고 했는데 뭔가가 내 허리를 강하게 잡고 끌어당겼다. 뒤를 돌아보니 준현 선배가 내 허리를 잡고 있었다. 나와 눈이 마주치자 선배는 나를 끌어당겨 자신의 옆에 앉혔다.

"그냥 봐."

"뭘 봐요? 지금……."

"거기! 정숙!"

야쿠자가 입술을 깨문 채 고개를 숙이고 있다가 내 목소리에 뒤를 돌아보았다. 스물아홉 살의 야쿠자는 내가 기억하는 야쿠자보다 키가 좀 더 컸고 얼굴 선이 좀 더 날카로워져 있었다. 하얀 피부, 깊은 눈, 그리고 눈빛은…….

가슴이 덜컥 내려앉았다.

"선배."

"어쩔 수 없어. 이미 늦었어."

"선배!"

나는 어떻게든 몸부림을 쳐보려고 했는데 허리에 감긴 선배의 팔이 어찌나 힘이 세던지 도무지 꼼짝도 할 수 없었다.

"이거 놔요! 선배! 선배가 이럴 순 없어!"

"쉿! 민서야, 쉿!"

나는 몸부림을 쳤다. 그러나 선배는 곧 내 손마저 꼭꼭 눌러 나를 제압했다.

"안 돼! 야쿠자! 안 돼! 네 잘못이 아니라고 말해! 얼른! 얼른 말해! 야쿠자!"

내 목소리에 야쿠자 특유의 그 무표정한 얼굴에 안타까운 표정이 떠올랐다. 그러나 찰나일 뿐 야쿠자는 다시 고개를 돌려버렸다.

"안 돼! 안 돼! 안 돼!"

젠장, 뭐가 어떻게 돌아가는 거야! 안 된다고 오 오 오 오 오 오 오 오 오!

"헉!"

배가 무겁다 했더니 내 배 위에 엄마가 머리를 얹고 자고 있었다.

"으음."

남자 목소리, 고개를 돌려보니 황준서놈이 초췌한 몰골로 소파에서 꾸벅꾸벅 인사하듯 고개를 끄덕이는 중이었다.

가만히 모친의 머리를 밀어내고 보니 환자복이다. 나는 가볍게 한숨을 내쉬었다. 나 안 죽었구나. 안 죽었을 뿐더러 배를 보니 아직도 열여덟 살이구나. 그러니까 방금 그게 꿈인 거지?

나는 창 밖을 내다보았다. 잠깐, 그럼 어떻게 된 거지? 내가 야쿠자의 목소리를 들은 것 같았던 건…… 꿈이었나? 그러니까 어디서부터 어떻게 꿈이지?

"아욱."

몸을 일으키려다 나도 모르게 앓는 소리를 내고 말았다. 왜 이렇게 온몸이 삐거덕거리는 걸까. 다른 건 몰라도 내 몸 하나만은 열여덟 살로 파릇파릇해야 하는 게 아니었나?

"어머, 얘!"

모친이 놀라서 부스스 고개를 들었다.

"엄마."

나는 멀뚱멀뚱 엄마의 얼굴을 봤다.

"황민서! 깼구나! 어헝헝!"

자다 깬 건 자기면서 황준서가 두 팔을 벌리고 달려들어 나는 가볍게 몸을…… 빼려고 하다가 또다시 신음을 뱉고 말았다. 어이구, 삭신이야! 내 몸이 몸이 아니네!

"뭐예요?"

"너 머리 다쳐가지고 며칠간 혼수상태였다가……, 아니지, 이럴 때가 아니야. 준서야, 얘! 가서 의사 선생님 좀 불러와라. 아니지, 아니야! 이게 호출 벨이던가? 아니, 이건 산소 줄인가? 어머어머! 너 링거 줄 밟았잖아! 황준서! 얘!"

아이고, 정신 산만해라.

내가 혼수상태였다고? 나는 모친의 부산스러운 목소리에 머리가 울려 손으로 머리를 짚었다가 문득 떠오르는 생각에 퍼뜩 고개를 들었다.

"야쿠……, 유상우는?"

"상우? 상우가 왜?"

모친, 이 와중에 상우 얘기를 하면서 그렇게 목소리가 은근해지는 이유는 뭐유?

"상우 여기 없어요?"

"상우가 왜 여기 있어? 너 꿈꿨니?"

꿈을 꾸긴 했는데…… 어디서부터 어디까지가 꿈이지? 아, 헷갈려.

내가 혼란스러워하는데 황준서가 모친의 어깨를 톡톡 두드리더니 조용히 고개를 젓고 관자놀이 부근에서 손가락을 돌려 보였다. 저런, 툭하면 동생을 보내고 싶어하는 놈 같으니라고!

나 대신 모친이 호되게 황준서를 쥐어박았다.

"아 왜! 애가 좀 이상한 건 맞잖아!"

"그래, 너 오늘 좀 맞아보자! 이리 와!"

"으아아악!"

모친에게 황준서의 귀를 확 잡아끌자 황준서가 비명을 질렀다. 모친, 물론 그놈은 좀 맞아야 합니다만 병원에선 절대 정숙일 텐데요?

"민서야, 엄마가 선생님 모셔올게, 잠깐만 있어. 있을 수 있지?"

그리고 대개 상식적으로는 환자를 혼자 두지 않는답니다. 하지만, 그러니까 우리 모친이기도 하지만요.

나는 됐다는 듯 손을 흔들어 보였다. 안심한 모친이 황준서의 귀때기를 잡아서는 질질 끌고 밖으로 나갔다. 아, 부끄러운 우리 가족.

병실이 조용해지자 비로소 마음도 조금 가라앉았다. 시간이 지난 거다. 야쿠자는 가버린 걸까?

그렇다면 그건 꿈이었을까? 야쿠자의 목소리……. '그래, 이제 괜찮아.'

아니면 야쿠자는 그렇게 말하고 가버린 걸까? 시간이 얼마나 지난 걸까?

문득 앞을 보니 TV가 있어 손을 뻗어 리모컨을 눌렀다. 한 점에서 시작된 TV 화면 위에 날짜와 시간이 찍혔다. 벌써 사흘이 지난 건가. 그러니까, 야쿠자는 가버렸겠구나.

"후우."

나는 한숨을 내쉬었다.

이 일의 긍정적인 측면이라고 한다면 어쨌든 마음아픈 순간은 자면서 보냈다는 것, 그리고 나도 기절이라는 걸 해봤다는 것, 그리고, 또 그리고……. 에이 씨, 긍정적은 개뿔 긍정! 이 자식은 내가 자기 때문에 다쳤는데 그냥 일본을 갔단 말야?

"아이 씨!"

나는 리모컨을 던져버리고 신경질적으로 무릎에 얼굴을 묻었다.

혼란스러웠다.

내가 열여덟 살이라는 것이 그 어느 때보다도 가장 혼란스러웠다. 타임리프를 처음 했을 때보다 야쿠자가 사라진 지금 이 순간, 더욱 혼란스럽다. 이젠 어떻게 해야 하지?

야쿠자 때문에 시작된 모든 것은 야쿠자가 사라지는 순간 무의미해졌다. 나는 여기서 무얼 하는 거지?

톡톡.

입술을 깨물고 있는데 들린 유리창을 두드리는 소리, 심장이 멎었다. 분명히 그랬다. 심장이, 멎었다.

그러니까 고개가 돌아가기 전에 심장이 먼저 알아보았다. 머리는 그럴 리가 없다고 생각했는데 심장은 여과 없이 일어나는 일을 받아들인다.

"야아."

내가 돌아보는 것과 거의 동시에 성격 급한 야쿠자가 밖에서 창문을 열었다.

"꺄악!"

거의 동시에 문을 열고 들어왔던 간호사가 들고 있던 트레이를 떨어뜨렸다. 쨍그랑, 하는 시끄러운 소리에도 야쿠자는 돌아보지 않았다. 웃는 표정으로 야쿠자가 보고 있는 것은 나였다.

"너!"

"왜 그렇게 넋 놓고 있어?"

야쿠자가 싱글벙글 웃고 있었다.

"이게 무슨 짓이야? 안 갔어?"

"지금 가. 내가 그동안 도망 다니느라고 얼마나 고생했는지 알아? 너 눈 뜰 때까지 못 간다고 열나 도망 다녔어. 비행기 수속만 세 번째야. 잘했지?"

잘하긴 뭘 잘하냐. 도대체 이게 무슨…….

"이제 괜찮지?"

나는 대답하지 못했다. 뭐가 괜찮은지 알 수 없었기 때문이다. 뭐가 괜찮아야 하는지 몰랐기 때문이다.

"얼굴 봤으니 이제 됐어."

야쿠자가 손을 뻗었다. 바보 같지만 눈물이 나올 것 같았다. 나는 손으로 입을 가렸다.

"보러왔는데 왜 얼굴을 가려?"

야쿠자는 내 입에서 손을 떼어내더니 안 되겠는지 창틀을 훌쩍 넘었다. 창 밖에서 나타난 방문객에 당황해서 멍하게 서 있던 간호사가 뒷걸음질치더니 방을 나섰다. 밖에서 웅성웅성 소란이 일어나는 소리가 들렸다.

"곧 사람 오겠다."

야쿠자가 닫힌 문 쪽을 바라보며 말하고 다시 싱긋 웃더니 나를 응시했다.

"잘 있어. 꼭 훌륭한 사람이 돼서 올게."

이 바보 같은 다짐은 뭐냔 말이다. 아니, 이런 바보 같은 다짐에 울고 있는 나는 뭐냔 말이냐.

야쿠자는 눈물이 흘러내린 내 뺨을 쓸어주고 내 눈동자를 들여다보았다. 창 밖에서 빵빵, 재촉하는 듯한 경적 소리가 울렸다. 야쿠자의 눈이 급하게 창 밖을 향했다가 돌아왔다.

"알았지, 민서야? 걱정하지 말고 기다려. 아무것도 걱정할 필요 없어. 내가 다 알아서 할 테니까, 응?"

야쿠자는 멍하게 앉아 있는 나를 보며 무릎을 꿇었다. 그리고 빠르게, 마치 다짐하듯 말했다.

"응? 그럴 거지?"

나는 간신히 고개를 끄덕였다.

"안 아프지?"

아프다고 하면 안 가나?

"이제 괜찮은 거지?"

젠장, 괜찮다고 말해야 하는 내가 너무 싫다.

"괜찮아."

"그래, 괜찮아."

야쿠자가 웃었다.

좋아해, 좋아해. 너무 좋아해. 이렇게 좋아할 줄 몰랐다고, 그 렇게 말하고 싶었는데 나는 바보처럼 고개만 끄덕였다.

야쿠자는 환하게 웃고는 왔던 길로 다시 빠져나갔다. 바람이 획 들어오며 소독약 냄새가 나는 커튼이 휘날렸다. 나는 번개 같이 몸을 일으켜 창틀을 붙잡았다. 머리가 아찔했지만 그것쯤 은 문제가 아니었다.

"위험해, 문으로 나가!"

내가 소리치자 싱긋 웃고 내 머리를 슬쩍 어루만졌다.

콰당!

병실 문이 과격하게 열리는 소리와 함께 의사 몇몇과 간호사 가 놀란 표정으로 뛰어들었다.

"이게 더 빨라."

야쿠자의 시선이 잠깐 그들을 향했다가 나를 바라보고는 허 리를 굽혀 내 귓가에 속삭였다.

"뽀뽀하고 싶은데 사람들이 왔다. 그치?"

야쿠자는 다시 한 번 웃고, 창틀을 손에 쥐고 가볍게 몸을 흔 들더니 아래로 뛰어내렸다. 맙소사! 3층인데?

근처에서 멍하게 야쿠자의 곡예를 보던 사람들이 와아, 하고 감탄사를 내질렀다.

야쿠자는 내가 보는 앞에서 안전하게 회색의 무미건조한 보 도블록에 착지, 나를 올려다보고는 손을 흔들었다. 얼떨결에 내 가 손을 들자 야쿠자는 다시 한 번 웃어 보이고는 뒤돌아 뛰기 시작했다. 그리고 아까부터 기다리고 있는 차 안으로 사라졌다.

"뭐? 무슨 일이야?"

얼빵하게 뛰어들어온 황준서가 내 어깨 너머로 내다보며 얼빵하게 물었다.

그러거나 말거나 내 심장은, 그것이 열여덟 살의 심장이었든 스물여덟 살의 심장이었든 미친 듯이 뛰고 있었다. 열린 창으로 불어오는 바람에 머리카락이 마구 날리는 것도 모르고 나는 몸을 기대어 아래를 내려다보았다.

나는 10년 전의 검은 차가 천천히 움직이는 것을 본다. 차창이 내려가고 몸을 내민 야쿠자가 다시 손을 흔드는 걸, 그리고 그런 그의 눈에 띄는 행동이 다른 병실의 주의를 끌어 사람들이 웅성거리는 걸 본다.

시간이 처음으로 객관적이지 않은 순간을 맞이한다. 길게 늘어지는 것 같은 시간, 어떤 현재보다 더 아름다운 과거, 어떤 미래보다 더 강하게 남을 현재.

과거와 현재가 부딪친다.

세상의 모든 상투적인 언어들이 생생한 현실감을 가지고 나를 덮쳤다.

나는 야쿠자를 너무너무 사랑한다. 야쿠자가 누구든, 그 미래가 어떻든 '지금'의 내가 '지금'의 야쿠자를……

"무슨 일이냐고? 누가 왔어? 왜 창 밖을 보고 있어?"

보채던 황준서가 내 표정을 보고 입을 다물었다.

"오빠."

"으응?"

내가 황준서를 불렀을 때, 황준서는 나에게로 와서 오빠가 되었다. 나는 비장하게 몸을 돌려 황준서를 똑바로 쳐다보았다.

"나 좀 도와줘."

"으응?"

나는 고개를 돌려 놀란 표정을 짓고 있는 의사와 간호사들을 바라보았다.

"아저씨 인천 공항이요!"

"어? 저 사람이 부르는데?"

내가 오빠라고 불렀다는 이유만으로, 그리고 굵고 짧은 나의 설득에 넘어가 내가 의사와 간호사들의 만류를 젖히고 뛰쳐나오도록 도와준, 그리고 심지어 나와 옷을 갈아입어 현재는 환자복차림인 황준서가 길길이 뛰고 있었다.

그래그래, 넌 내가 널 데리고 공항에 갈 줄 알았니? 환자복을 입혀서?

우리 오빠지만 참, 저걸 낳고도 미역국을 먹었다니 우리 모친이 불쌍하기도 하다.

"저 부르는 거 아니에요. 아까부터 저러고 뛰고 있더라고요."

아저씨가 석연치 않은 눈이 룸미러를 통해 나를 흘깃 바라보았다.

나는 안타깝다는 듯 고개를 저으며 황준서가 잘하는, 그러니까 관자놀이 근처에서 손가락을 뱅글뱅글 돌리는 행동을 해 보였다. 병원이었던 탓에 그 행동은 더 설득력이 있었나 보다. 나는 아무 죄책감 없이 오라비를 미친 사람으로 만들고 별로 크지 않은 오라비의 무스탕 단추를 잠그며 창 밖으로 고개를 돌렸다.

"근데 어디라고?"

액셀러레이터를 밟으며 아저씨가 다시 물으셨다.

"인천 공항이요."

"인천…… 공항?"

아뿔사, 지금이 몇 년이지? 인천 공항이 언제 오픈했지?

"아저씨, 일본 가는 비행기 김포에서 떠요?"

"그럼 김포에서 뜨지."

더 잘 됐다. 하늘이 나를 돕는구나. 역시 생각만 하면 다 돼!

"그럼 거기요!"

"오케바뤼!"

나의 급한 마음이 전해졌는지 아저씨가 쾌활하게 대답하고 차의 속도를 올렸다.

차창 밖의 풍경이 빠르게 뒤로 달리기 시작했다. 가벼운 두통에 관자놀이를 손으로 문지르며 나는 야쿠자를 만나면 무슨 이야기를 해야 하나 생각했다. 내가 그때 후회했던 것, 하지 못한 말, 그리고…….

"야!"

사람들 머리 사이로 불쑥 튀어나온 야쿠자의 머리를 발견하는 순간 나는 28년간 내 머리에서 떠나지 않았던 상식과 예의를 잊고 공항 청사가 쩌렁쩌렁 울리도록 소리를 질렀다. 풍부한 울림통에서 터져 나온 사자후 같은 목소리에 공항 모든 사람이 나를 바라보았지만 상관없었다. 30분도 안 되어 내 얼굴을 잊을 사람들인데, 뭐.

막 출국 게이트로 들어서려던 야쿠자는 놀란 표정으로 몸을 쭉 빼 내 쪽을 바라보았다. 그리고 내가 달에 있던 계수나무를 뽑기라도 한 것 같은 표정을 지었다.

"너, 너, 어떻게 여길……."

"택시 타고."

가슴이 터져나가려고 하고 있었다. 이래 봬도 조금 전까지는 혼수상태였던 여자라 급한 마음에 좀 뛰었더니 숨이 금방이라도 넘어갈 것 같았다. 목에서 쇄액, 하고 찬바람이 쇠파이프 통과하는 소리가 새어나오는 걸 막을 수 없었다. 놀란 야쿠자가 손으로 내 등을 두드려준다.

"느, 늦었어."

뒤에서 강주원이 계수나무로 후려맞은 토끼 같은 표정으로 날 보고 있었다.

"게다가 넌 환잔데……. 너 혼자 온 거야?"

강주원이 미심쩍은 표정으로 내 뒤를 살폈다. 그래 봤자 혼자 왔다. 그것도 황준서 지갑엔 돈도 없어서 오는 차비 냈더니 지금은 돈도 없는 상태다. 아니, 그게 문제가 아니지.

"선생님, 잠깐만요. 잠깐이면 돼요."

난 야쿠자의 셔츠 깃을 붙잡았다.

"잠깐만 둘이······."

숨도 제대로 못 쉬면서 어떻게든 이야기하려는 내가 불쌍해 보였는지 강주원은 어깨를 으쓱하더니 먼저 들어가겠다며 얼른 오라는 말을 남기고 게이트로 들어갔다. 한 걸음 뒤에서 지키고 서 있는 짓을 안 한다는 게 강주원의 매력.

"나 비행기 처음 타보는 거라서 혼자 가기 무서운데······."

은근히 눈치 없는 게 야쿠자놈의 매력.

"그게 문제가 아냐. 비행기는 그냥 들어가서 사람들 줄 서는 대로 따라서 서면 탈 수 있게 되어 있어."

"타봤어?"

"물론 타봤······, 그게 문제가 아니고!"

"응?"

야쿠자가 아무것도 모르는 순진무구한 표정으로 나를 내려다보았다. 넌 지금 내가 여기까지 왔는데 비행기를 타봤는지가 문제냐?

눈이 마주치고 나서야 깨달았다. 내가 불안해하고 떨었던 건 그만큼 내가 더럽혀져 있기 때문이었다는 것을······.

떠나도 마음이 변하지 않을 거라 믿는 사람은 조금 더 편하다. 그저 담담하게 보고 싶으니까 보러오고 가야 하니까 간다. 그러나 10년만큼의 때가 묻은 나는 미래를 약속할 수 없다는 걸 알고 지금이 흘러가버리면 그뿐이라고 생각한다. 그래서 그렇게 후회하지 않는다고 노래를 불렀던 거다. 아무것도 결정된 것은 없는데 마치 모든 게 끝난 것처럼.

"잘 들어."

"응."

"나 스물여덟 살이야."

야쿠자의 얼굴에 이게 충격으로 미쳤나, 하는 듯한 공포가 떠올랐다. 그러다가 조심스럽게 반문한다.

"뭐라고?"

"나 스물여덟 살이라고."

나는 진지하고 또 진지하게 말했는데 야쿠자는 이 이야기를 머릿속에서 받아들일 수 없는지 픽 웃고는 대답했다.

"많이 어려 보인다."

이 자식이!

"농담이 아니고!"

"농담이 아니면?"

대수롭지 않게 받아쳤던 야쿠자가 뭔가 생각난 것처럼 물었다.

"너, 머리 괜찮아?"

겁에 질린 표정이었다. 제길, 이걸 어떻게 설명하지?

"잘 들어. 기억나? 나랑 영화 본 거?"

"으응."

야쿠자가 불안하게 뒤를 돌아보았다. 이 자식 벌써 마음은 비행기에 가 있는 거냐? 내가 좋아, 비행기가 좋아?

나는 유치하게 굴고 싶은 마음을 억눌렀다.

"내년에 골든글러브 시상식을 하면 그걸 봐. 거기에서 우리

본 영화에 나온 그 불쌍하게 생긴 남자애 있지?"

"이중인격자?"

"응. 걔가 남우조연상을 타."

"응?"

"신인인데 남우조연상을 탄다고 멍청아!"

제길, 또 뭐가 있을까? 무슨 이야기를 해야 할까?

"난 다 알고 있어."

이건 또 뭔 소리냐.

"어떻게?"

"너 내가 틀린 말 하는 거 봤어? 너 여태까지 내 말 들어서 손해본 거 있어?"

있을지도 모르지만 우기자.

"잘 들어. 그리고 2002년에 우리나라가 월드컵을 개최하거든?"

"뭔 소리야? 너 쓰러질 때도 그 소릴……"

"잘 들어! 우리가 4강까지 가. 내 말 믿어. 내가 다 알고 있어."

"황민서! 도대체!"

야쿠자가 결국 인상을 찌푸리며 성질을 부리려는데 내가 덥석 야쿠자의 양 뺨을 잡았다. 뜨거워진 나의 손에 야쿠자의 뺨은 너무나 차갑게 느껴졌다. 야쿠자가 혼란스러운 눈으로 나를 내려다보았다. 그 시선과 마주치자 갑자기 머리가 깨질 듯이 아파왔다.

"절대로 싸우지 마."

나라를 구했다! ②

"야, 약속했잖아."

고통이 너무 심해 이를 악물고 말했더니 좀 겁먹은 표정으로 야쿠자가 대답했다. 하기야 내 몰골이 어떤지 몰라도 사흘간 씻지도 않았을 테니 좀…….

"그 정도가 아냐!"

그러거나 말거나 지금 중요한 건 그게 아니기에 버럭 소리를 지르자 야쿠자가 놀란 표정을 지으며 내 손에서 빠져나가려는 듯 몸을 비틀었다. 물론 나는 놔줄 생각이 전혀 없었다. 난 두 손에 온 무게를 실어 야쿠자가 꼼짝도 못 하게 뺨을 눌렀다.

"무슨 일이 있어도 절대로 안 돼. 알겠어?"

야쿠자가 고개를 끄덕였다. 알긴 뭘 알아? 모르는 게 분명하다. 제기랄, 사람들이란 결국 더럽게도 말을 안 듣는 존재들인 거다. 안다고 하고 제멋대로 굴 거다.

"잘 들어. 넌 잘 싸워. 그리고 넌 자기는 잘 모르는 모양이지만 다른 사람을 엄청나게 호전적으로 만드는 타입이야. 그러니까 일본에 가서도 분명히 문제가 생길 거야. 거긴 일본이야. 한국보다 더 나빴으면 나빴지 좋아지진 않는다고."

눈을 동그랗게 뜬 야쿠자가 고개를 끄덕끄덕한다.

"잘 들어, 내년에 이중인격자는 골든글러브 남우조연상을 타. 그리고 2002년에 우리나라는 월드컵을 개최하는데 거기서 우리가 4강에 올라."

"그건 좀 말이 안 되는 거 같은데? 16강도 아니……"

"그러니까 절대 싸우지 마. 그냥 맞아."

"그냥 맞아?"

"응. 가능하면 도망가고 정 안 되면 죽지 않을 것 같으면 맞아."

"도망가는 건 비겁한 거잖아. 이길 수 있는데 왜?"

"내 말 들어. 도망가. 안 비겁해. 나 다시 못 보는 게 좋아?"

"아니."

"그럼 내 말 들어. 도망가."

"너 나랑 전화 안 할 거야? 난 가면 너한테 전화……"

아, 정말 이 영혼은 순진한 거냐 멍청한 거냐. 왜 자꾸 했던 말을 또 시키는 거야?

"나 스물여덟 살이랬지? 네가 일본으로 가면 나도 어떻게 될지 모르겠어. 황당할 수도 있어. 하지만 정말이야. 지금은 어떻게 될지 모르겠어. 그런데, 그런데……"

머릿속에서 기묘하게 소리가 나지 않는 듯한, 하지만 확실히 진동이 느껴지는 듯한 북소리가 들려온다. 눈앞의 화면이 휘청거리기 시작했다. 어떻게 되는 걸까? 만약 돌아가면, 어떻게 되는 걸까?

"네가 좋아."

모든 불안과 모든 무모함, 모든 불확실성을 나는 네 글자에 담았다.

야쿠자가 빙그레 웃었다. 그리고 자기 뺨을 잡고 있던 나의 손 위를 자신의 손으로 덮더니 고개를 돌려 내 손바닥에 입을 맞췄다.

"나도 너 좋아. 와줘서 고마워."

"너 내가 한 말 믿어?"

야쿠자는 대답하지 않았다. 잠깐 그대로 나를 가만히 내려다보던 야쿠자가 물었다.

"그러면 우리 다시 볼 수 있어?"

"모르겠어."

"그럼 안 믿어."

야쿠자가 씩 웃는다.

"다시 못 보는 거면 안 믿어. 우린 꼭 다시 볼 테니까. 다시 만날 수 있을 테니까."

"야, 그게……."

도대체 쟤는 뭘 믿고 저렇게 단순한 걸까? 어떻게 하면 저렇게 용감할 수 있는 걸까? 어떻게 하면 저렇게 순수하고 직선적으로 아무것도 생각하지 않고 달릴 수 있는 걸까.

나를 향해, 곧바로…….

"나 들어가야겠다. 들어가서도 뭐 막 검사하지 않아? 벌써 이륙 30분 전이야."

"응."

"전화할게."

"내 말 꼭 기억해."

"응."

야쿠자의 손가락이 내 뺨을 톡 건드렸다. 웃어 보인 야쿠자는 청사의 직원에게 고개를 꾸벅 숙여 보이고 게이트 쪽으로 다가갔다.

야쿠자는 딱 한 번 돌아봤다. 게이트 문이 닫히기 직전.

아무렇지도 않은 것처럼 웃고 있었다. 그러다가 나와 눈이 마주치자 손을 흔들었다.

그래서 나는 알 수 없었다. 정신없이 내가 뱉어낸 말이 옳았던 걸까, 틀렸던 걸까. 야쿠자는 나를 믿은 걸까, 믿지 않을 걸까. 이제 어떻게 되는 걸까.

하지만 하나는 확실했다.

말하길 잘했다.

믿었든 믿지 않았든 상관없다. 날 미쳤다고 생각해도 좋다. 그렇게 생각해도 웃어줬으니까. 내가 뭐든 야쿠자에게는 상관없었던 거다.

닫힌 게이트를 멍하게 바라보던 나는 울음을 터트렸다. 어허허허허엉 하고 입을 크게 벌린 채 주변의 눈을 전혀 의식하지 않고 큰 소리로 울었다.

알게 뭐람, 누가 보든 말든.

내가 왜 우는지 알게 뭐람. 그냥 이렇게 슬프기만 한데…….

10년 전으로 돌아왔는데도 미래는 여전히 불투명했다. 그리고 모든 걸 알고 있는 나는 여전히 그 불투명한 미래 속에서 희망을 찾는다.

나는 알 수 없다. 돌아간 미래가 어떤 미래일지. 나는 알 수 없다. 시간이 사람들을 어떻게 변화시키는지.

그러나.

알 수 있다. 이제 할 수 있었던 일은 다 했다. 후회도 모자람도 이제는 무의미하고 나는 이제 앞으로 가야 한다.

아무리 아쉬워도 주어진 시간은 이제 끝났다.

고막을 둥둥 울리는 듯한 북소리, 나는 두 손으로 머리를 짚었다. 날카로운 느낌이 차갑게 온몸을 관통했다.

마지막으로 나는 생각했다.

내 손을 잡았던, 나와 함께 웃었던, 나와 같은 시간을 보냈던 야쿠자를 시간은 어떻게 변화시킬까? 내가 가는 그 시간에도 그가 있을까? 내가 사랑했던 그 모습 그대로, 남아 있을까?

다시 볼 수 있을까? 시간을 건너 건너 내가 어디로 가든 60억의 인구 중 하나인 내가 60억의 인구 중 하나인 너를 다시 찾을 수 있을까? 그때의 너는 여전히 내가 좋아했던 너인 걸까?

불확실한 미래.

주변이 하얗게 표백되는 것처럼 밝아지더니 모든 시각이 차단되고 청각만이 날카롭게 나의 머릿속을 꿰뚫었다. 그리고 곧 캄캄한 어둠이 찾아왔다.

36. 타임리프

"황민서?"

준현 선배의 목소리, 머릿속에서 뭔가가 길게 울었다.

"야쿠자!"

응? 내 목소리가 멀쩡히 난다? 시야가 가물가물, 수증기가 어른거리는 것처럼 흔들렸다가 점점 제자리를 찾았다. 시야 가득 준현 선배의 얼굴이 보였다. 잘생기고 남자답고 깔끔하고 담백한…….

"선배?"

"괜찮아? 왜 그래?"

"선배! 야쿠자는! ……아이구, 머리야!"

나는 펄쩍 뛰어오르며 선배의 팔을 잡았다. 아니, 펄쩍 뛰어오르려고 했는데 머리가 아파 실패했다. 머리에 대고 징을 쳐도 이렇지는 않겠다. 머릿속에서 에밀레종이 엄마를 찾고 있었다.

"황민서, 너 괜찮냐?"

걱정스러운 목소리로 준현 선배가 몸을 수그리고 있는 내 등을 쓸었다.

"흠흠, 황 검사님 몸이 안 좋으시면 좀 쉬셔야 할까요?"

잉? 이 목소리는…….

"계장님?"

울리는 머리를 한 손으로 짚은 채 나는 상황을 파악했다. 간 시간 그대로 나는 돌아왔다. 그리고 그 깨달음은 심장을 크게 울렸다.

그렇다면…….

그렇다면 지금 몸을 돌리면…….

"진행해도 되겠어요?"

걱정스러운 김 계장님의 목소리를 흘려들으며 나는 숨을 골랐다.

지금 고개를 돌리면 야쿠자가 있는 걸까. 열아홉 살의 야쿠자가 아닌 스물아홉 살의 야쿠자. 1년 전, 아니면 방금 전 마지막으로 내가 보았던 그 차가운 얼굴을 한 야쿠자가 있는 걸까?

그렇다면 나는 야쿠자를 어떻게 대해야 하는 걸까. 야쿠자는 여전히 나의 야쿠자일까. 야쿠자의 기억에 내가 없어도.

코끝이 찡하게 울렸다.

난 감상적인 건 정말 싫은데.

"황 검사님?"

김 계장님이 내 안색을 살폈다.

"괜찮아요."

나는 코를 훌쩍이고는 고개를 끄덕여 보였다. 몸을 일으켜 준현 선배를 봤는데 준현 선배의 표정은 아무렇지도 않았다. 어떻게 된 걸까. 아직 돌아오지 않은 걸까. 그때도 시간차가 있었으니까. 그렇다면……, 아아, 하나도 모르겠다.

"황 검사님?"

멍하니 서 있는 나를 김 계장님이 다시 한 번 재촉했다.

돌아봐야 하는데 나답지 않게 돌아보는 걸 계속 미루고 있었다. 솔직히 말하자면 난 이대로 야쿠자의 얼굴을 보지 않고 나가고 싶었다. 허락된다면. 아니, 허락된다고 해도 그러지 못하겠지.

보고 싶으니까.

나는 천천히 고개를 돌렸다. 매초 매초, 작은 움직임 하나하나를 따라 심장 소리가 볼륨을 올리는 라디오처럼 커졌다. 손에 힘이 잔뜩 들어가 있었다. 이러다가 심장 파열로 죽을지도 모른다. 마지막 순간, 나는 입술을 깨물었다.

헉!

으, 은혜 갚은 까치?

너무 놀라면 다리가 꺾인다는 걸 처음으로 경험했다.

"황 검사님!"

내 이름을 부른 건 김 계장님이었지만 잽싸게 다가와 나를 부축한 건 준현 선배였다. 그러거나 말거나 내 시선은 심문실 의자에 비딱하게 앉아 뚱한 표정으로 나를 보고 있는 은혜 갚은 까치의 얼굴에서 떨어질 줄을 몰랐다.

"으, 은혜……."

나는 나도 모르게 은혜 같은 까치를 부르려다가 입을 딱 다물었다. 잠깐 이 상황이 어떻게 된 거지?

상황 파악을 위해 준현 선배 쪽으로 고개를 돌렸는데 나를 한 팔에 안은 선배의 표정에 떠올라 있는 거라고는 오직 나에 대한 걱정뿐이었다. 하지만 워낙에 읽을 수 없는 사람이다. 뭐라고 판단할 수 없다.

"좀 쉴래?"

"아니, 아니에요. 죄송해요."

난 준현 선배의 팔을 밀어내고 옷매무새를 가다듬었다. 정신 차려야지. 이게 뭐 하는 짓이야.

"괜찮으면 이야기 시작할까요?"

김 계장님이 걱정스러운 표정으로 나를 보았다. 나는 괜찮다는 의미로 고개를 끄덕이고 가서 자리에 앉았다. 그리고 잽싸게 파일을 훑어보았다.

불법 조직 구성, 공갈 협박과 갈취……. 이건 야쿠자와는 비슷하지도 않은 죄명인데?

그럼, 야쿠자는…….

나는 준현 선배 쪽을 흘끔 훑었다. 자료를 뒤적이던 선배가 나의 시선을 느끼고 눈동자만 움직여 나와 눈을 맞췄다.

저 눈빛이 타임리프를 했다가 돌아온 남자의 눈빛이냐, 아니냐. 아니면 내가 그냥 꿈을 꾼 거냐, 아니냐.

내가 선배를 읽으려고 골똘히 관찰하는데 선배가 가볍게 턱짓을 했다. 먼저 이야기하라는……. 으음, 일하라는 신호구나.

"흠흠, 그럼 일단 내용 확인하겠습니다."

"쳇!"

은혜 갚은 까치가 반쯤 누운 자세로 기대 있다가 세상에서 가장 뚱한 표정을 지으며 몸을 일으켰다. 그 태도에서 문득 사사로운 것 하나가 떠올랐다.

너 10년 전에 나에게 소리질렀겠다?

난 허리를 세우며 입술을 일자로 가볍게 다물어 엄한 표정을 지어 보였다. 내 표정을 본 은혜 갚은 까치의 얼굴에 의아함이 떠올랐다.

일단 뭐가 어떻게 된 건지 알아보는 건 알아보는 거고, 눈앞에 있는 일부터 해결하자. 해결하긴 해결하는데……. 홋, 너 내가 10년 전에 나한테 소리지른 거 잊어버릴 줄 알았지? 내가 그때 두고 보라고 했었잖니. 오늘 보자고 한 거였단다.

나는 씩 웃었다.

나를 바라보던 은혜 갚은 까치가 내가 웃는 걸 보고 어리둥절한 표정을 지었다가 김 계장님을 쳐다보고 다시 나를 바라보았다.

응. 너 큰일 났어, 애.

나는 히죽 웃었다.

어디서부터 시작해야 할까.

난 자리로 돌아오자마자 당장 구글을 이용해 유상우를 검색했다. 그러면서 다른 창을 띄워 메일도 체크했는데 야쿠자와 관련된 메일은 한 통도 없었다. 내 생각이 맞다면, 그러니까 우리가 헤어졌을 당시의 상황이라면 야쿠자는 나에게 메일을 만통쯤 보냈어야 한다. 그러나 메일함은 깨끗했다. 일 관계의 메일 이외에 사적인 메일이라곤 한 통도 없었던 본디의 나, 그러니까 타임리프를 하기 전의 내 메일함과 완전히 같은 상황. 게다가 휴대전화도 깨끗하다. 오히려 그 전보다 준현 선배의 전화가 많다는 걸 제외하고는 모르는 번호, 야쿠자의 번호, 일본 번호…… 전혀 없다. 전혀.

도대체 어떻게 된 걸까? 이건 과거로 갔을 때보다 더 어렵구나.

하지만 내가 누군가? 황민서다. 천하의 황민서, 못 하는 게 없는 황민서. 그러므로 황민서는 스토킹도 잘한다.

나는 구글링을 통해 야쿠자가 육종학계의 신성(新星) 취급을 받는다는 것을 확인했다. 논문과 수상실적, 신문기사와 홍보사진…… 여전히 화려하긴 했다.

나는 한숨을 내쉬었다. 잘 되었구나, 그래, 그렇구나. 괜찮은 거였어. 야쿠자가 말한 것처럼 괜찮은 거였어. 다행이다, 정말 다행이야.

하지만 한 가지, 야쿠자는 여전히 일본에 있었다. 도대체 어떻게 된 걸까?

괜스레 눈물이 날 것 같아 나는 눈에 힘을 주었다.

화면에 뜬 야쿠자의 사진은 여전히 웃음기가 없었지만 내가 기억하는 것처럼 차가운 표정은 아니었다. 많이 편해 보였고 많이 자연스러워 보였다.

행복해 보였다.

그게 기뻤지만 어딘지 마음이 아팠다. 나 없이도 잘 지내는 야쿠자는 정말이지 내가 원하는 거였는데, 몹시도 마음이 아팠다.

나는 화면을 향해 손을 뻗었다. 야쿠자의 얼굴이 내 손끝에 닿았다. 농장인지 그 좋아하는 온실인지 푸른 나무들을 배경으로 서 있는 야쿠자가 나는 정말이지 못 견디게 보고 싶었다.

"뭐 해?"

준현 선배가 한 손에 스타벅스 커피를 든 채 의아하게 내 눈동자를 들여다보고 있었다.

"선배."

나는 얼른 창을 내렸다.

"좀 어때?"

선배의 커다란 손이 내 이마를 짚었다.

잠깐, 이거 또······. 우리 지금 사귀나? 원래대로라면 이 시점에서 나와 선배는 사귄 지 일주일쯤 된다. 그리고 아까 전화기의 상황으로 살펴보면······.

나는 어떻게 반응해야 좋을지 몰라서 약간 어색하게 뒤로 몸을 뺐다. 흐음, 하고 가벼운 콧소리를 내며 선배가 책상 위에 걸터앉았다.

"커피 마셔."

"네."

오, 이 어색한 분위기.

나는 커피를 입가에 갖다대며 눈동자만 움직여 준현 선배를 바라보았다. 준현 선배는 노골적으로 날 들여다보고 있다가 눈이 마주치자 살짝 웃었다. ……웃어? 저게 무슨 뜻이지?

아, 준현 선배도 타임리프를 다시 한 걸까 아닐까. 지금 상황이 과연 어떤 상황일까.

"왜 그렇게 봐?"

나도 모르게 눈을 가늘게 뜨고 선배를 노려보고 있었나 보다. 선배가 멋쩍은 표정으로 흘러내린 머리를 뒤로 쓸어넘기며 물었다.

"아, 아니에요."

아니긴 뭐가 아냐?

"선배!"

"응?"

또 눈이 마주쳤다. 어색하다. 이 애매모호한 공기, 하고 싶은 말이 있는데 못 하는 나의 답답함……. 선배가 모를 것 같진 않은데 저러고 있다는 건…….

"할 말 있어?"

……아닌가?

"네!"

선배가 피식 웃었다.

"뭔데?"

뭐라고 물어봐야 가장 효과적이고 이상하지 않게 내가 알고 싶은 걸 알아낼 수 있을까? 야쿠자, 아아, 야쿠자…….

"선배 사촌 있지 않아요?"

"응, 있지."

음, 너무 아무렇지도 않게 대답하니 도저히 읽을 수가 없다. 이 대목에서 당연한 걸 왜 묻느냐거나 아니면 어떻게 알았냐거나 뭔가 힌트가 되는 답변이 돌아와야 하는데…….

"왜? 벌써 내 사촌까지 챙기는 거야? 역시 우리 민서는……."

이건 또 무슨……. 잠깐, 우리 정말 사귀나 본데? 잠깐잠깐, 이게 도대체 어떻게 된 거야?

"선배, 우리 사귀어요?"

부드럽게 웃고 있던 선배의 얼굴이 걱정스럽다는 듯이 변했다. 선배는 자세를 바로 하더니 허리를 굽혀 내 이마에 다시 손을 올렸다.

"너 정말 이상한데? 어디 아픈 거 아냐?"

맙소사. 사귀나 보다!

"안 되겠다. 오늘은 집에 가서 쉬어라. 내가 데려다 줄게."

"아니, 일도 남았고……."

나는 우물쭈물 고개를 저었지만 선배는 단호하게 고개를 저었다.

"내가 해줄게. 몸이 제일 중요하지. 정리만 하면 되는 거 아냐?"

그렇지만…… 그렇긴 하지만……, 아! 그래!

"선배, 엔도우 카케루 말이에요."

"응?"

선배가 내 코트를 들고 오다가 고개를 들었다.

"어떻게 됐어요?"

"뭘 어떻게 돼?"

질문 자체를 이해할 수 없다는 듯이 선배의 눈이 커졌다. 그러니까 일본 야쿠자계는 그럼 여전히 엔도우 카케루가 잡고 있나? 하기야 우리 야쿠자, 아니 내 야쿠자가 멀쩡하게 육종학의 전문가 어쩌고 하고 있는 걸 보면 그쪽이랑은 무관한 것 같기도 한데……. 하지만, 하지만 도대체 어떻게 된 건지 궁금해 죽겠단 말이다아아아!

"선배, 그러니까 선배 사촌……"

"너 정말 이상하다?"

헉!

거리가 너무 가깝다. 선배는 나에게 바짝 붙어 허리에 손을 두르고는 내 뺨에 손을 댔다. 사무실에서 이래도 돼? 아니아니, 그게 문제가 아니고 우리 사귄 지 일주일밖에 안 된 거 아냐? 왜 이래! 설마 사귄 지 오래오래 된 건 아니겠지? 나 어떻게해애애!

우당탕탕탕!

어떻게 반응해야 좋을지 몰라서 바들바들 떨던 나는 말 그대로 내 하이힐 위에서 떨어져버렸다. 내가 중심을 잃고 삐끗해서

296

비틀거리는 걸 선배가 간발의 차로 잡아채는 바람에 내가 걷어
찬 의자가 나뒹굴었지만 소리만 요란했다. 나를 바짝 당겼던 선
배는 사람들이 들어올까 의식했는지 곧 나를 놔주었다.

"가자, 응? 너 쉬어야겠어."

아, 어쩔 수 없다. 일단 가자. 가면서 생각하자. 야쿠자, 야쿠
자, 도대체 어떻게 된 거니?

"어디에 전화해?"

나는 사무실을 나서기 직전 인터넷에서 알아낸 야쿠자의 일
본 연락처에 전화를 걸고 있었다. 약간의 잡음이 섞인 전화 신
호음이 귀를 때릴 때마다 가슴이 두근거렸다. 일본어는 띄엄띄
엄 아는 통에 이 번호가 집인지 연구실인지는 알 수 없지만, 중
요한 건 안 받는다는 거다. 시간이 시간이니만큼 연구실 번호
라면 안 받을 수도 있지만. 아니지, 이 사람들이 지금 때가 어떤
때인데 밤늦게까지 연구에 매진하지 않는 거냐!

"안 받네요, 휴우."

나는 전화를 끊으며 길게 한숨을 내쉬었다. 사실 지금 상황
을 파악하는 게 먼저긴 하다. 도대체 뭐가 어떻게 돌아가는 걸
까?

선배는 이상하다는 듯이 나를 바라보았지만 더 묻진 않았다.
하지만 이것 역시 강준현의 성격이기 때문에 나는 이 사람이
내가 어디에 전화를 하는지 알아서 묻지 않는 건지 아니면 자
기 일이 아니라고 생각해서 묻지 않는 건지 알 수 없었다. 아아,

이 알 수 없는 남자 같으니라고! 우리, 아니 내 야쿠자는 정말 알기 쉬웠는데!

"선배, 우리 옛날 얘기 할까요?"

나는 앞차의 붉은 브레이크 등이 선명하게 비치고 있는 선배의 이목구비를 훔쳐보다가 슬며시 말을 꺼냈다.

"응?"

선배가 내 쪽으로 흘깃 시선을 돌렸다.

그래, 확실히 스물아홉 살의 얼굴이다. 내가 기억하고 있는, 그러니까 이제는 조금 낯선 어른스럽고 선이 굵은 얼굴. 그리고 나도 내가 알고 있는 스물여덟 살의 황민서다.

"옛날 얘기?"

그래서 헷갈린다.

생각해보면 이 사람은 언제나 이렇게 '아무렇지도 않게' 말하는 타입이었다. 하지만 어떻게 생각하면 이렇게까지 '아무렇지도 않게' 말할 수 있는 건 타임리프를 했기 때문이 아닐까? 하지만 저번의 경우에도 우린 각자 다른 타이밍에 떨어졌다. 그렇다는 건…… 젠장, 알 수 없다는 얘기지.

"고등학교 때요."

"응."

응이라니, 응이라니! 이렇게 되면 내가 계속 얘기해야만 하잖니.

"제가 크게 다쳤던 적이 있잖아요."

"응? 그랬던가?"

'그랬던가'라니, '그랬던가'라니! 이렇게 되면 내가 아무것도 알 수가 없잖니.

"아닌가요. 하하하하."

신호 대기, 선배는 차가 멈추자 내 쪽을 가만히 바라보았다. 뭔가를 살피는 눈빛이었지만 그것이 지금 나의 이상한 행동 때문인지, 아니면 선배가 타임리프를 했기 때문인지는 알 수 없었다.

에라이 모르겠다!

"선배, 타임리프에 대해 어떻게 생각해요?"

선배가 미간을 살짝 찌푸렸다.

"타임리프?"

빵-빵!

그 순간 뒤에서 누군가가 경적을 울렸다. 어느새 신호가 바뀌어 파란색이었다. 선배는 다시 액셀러레이터를 밟으며 가볍게 한숨을 내쉬었다.

"타임리프가 뭐? 별생각 안 해봤는데……. 오늘 왜 이렇게 자꾸 이상한 걸 묻지?"

그럼…… 아닌 건가? 이렇게까지 직접적으로 물어봤는데도 이런 반응이라면…… 난, 어떻게 하면 좋지?

그때였다. 선배가 좌회전 깜빡이를 켜고 아주 잠깐 사이드미러를 보기 위해 내 쪽으로 고개를 돌렸을 때…….

눈빛은 아무렇지도 않았지만 입꼬리 근처의 근육이 미묘하게, 아주 미묘하게 흔들렸다. 그러니까 웃고 싶은데 웃지 않는,

나라를 구했다! 2

혹은 이상한데 그것을 표현하지 않으려는? ……아이고, 여전히 헷갈리잖아!

"흐음."

내가 콧소리를 냈다.

찔리는 게 있으면 뭔가 반응을 보일 법도 한데 준현 선배는 못 들었다는 듯이 행동했다. 하지만 강준현이라면 그러고도 남는다. 이 부분이 어려운 거다. 뭐든, 강준현이라면 이럴 수 있다는 것.

차가 아파트 정문으로 진입했다.

이럴 경우 알아볼 수 있는 방법은 한 가지다. 아주 쉽고 좋은 간단한 방법.

나는 핸들을 돌리는 준현 선배의 옆모습을 빤히 바라보았다. 다시 봐도 잘생겼다. 그러므로 다시 생각해도 나에겐 손해될 게 하나 없……, 아니 그게 아니고. 야쿠자, 야쿠자, 다 너를 위한 거란다. 내 맘 알지?

차가 멈췄다.

"오늘은 들어가서 푹 쉬어."

선배가 핸들 위에 손을 올리며 내 쪽을 돌아보았다.

"선배."

"응?"

내가 목소리를 은근하게 낮추자 선배가 당황하는 것이 느껴졌다. 하지만 그냥 보통의 경우 여자가 목소리를 이렇게 낮추었을 때 남자가 당황하는 정도, 그 이상은 아니었다. 나는 대담하게 핸들 위에 놓인 선배의 손 위에 손을 올렸다.

움찔할 법도 한데 역시 강준현…… 꿈쩍도 하지 않는다. 오히려 재미있다는 듯이 가볍게 고개를 기울이며 눈을 반짝였을 뿐.

"뭐 잊은 거 없어요?"

우엑! 이런 대사를 내가 하다니!

"……잊은 거?"

잠깐의 간격, 선배의 목소리도 낮아졌다. 여기서 움찔한 건 내 쪽이다. 바깥은 어두웠고 사방은 조용했고 차 안에는 선배와 나 단둘이다. 겉으로 티는 안 냈지만 나는 상황을 잘 모르면서 지나치게 담대한 짓을 한 것이 아닌가 후회하고 있었다. 하지만 어차피 뒤로 물러설 수는 없다.

선배가 자신의 손 위에 올려져 있던 내 손을 쥐었다. 내 손은 긴장으로 얼음장 같이 차가웠는데 선배의 손은 따뜻했다. 그래서 좋았……, 아니아니, 이게 아니고.

"오늘, 너 이상하다."

나는 아무렇지도 않게 가볍게 웃으며 응수했다.

"그래서 싫어요?"

눈이 마주쳤다. 심장이 두근두근 뛰는 건 그러니까 좋아서 그런 게 아니라 지금 이 상황의 문제 때문이다. 아이고, 제발 강준현아! 아니면 아니라고 말을 해! 이게 아니면 아니라고 말을 하라고!

"그럴 리가."

나리를 구했다! ②

선배는 쥐었던 내 손을 자신의 입가로 가져가 가볍게 입을 맞췄다. 선배의 따뜻한 입김이 손등 위에 살짝 닿았다가 흩어졌다.

아아, 아아, 이거 이거 후퇴해야 하나? 이게 아닌가?

머릿속에 붉은 등이 마구 돌기 시작했다. 데인저! 데인저! 후퇴하라! 후퇴하라!

하지만.

고개를 드는 선배의 눈빛, 다시 눈이 마주쳤을 때는 아무렇지도 않게 다시 차분해졌지만 잠깐 스쳐 지나갔던 재미있어죽겠다는 표정……. 내가 아는, 내가 기억하는 악동 같은 강준현의 얼굴.

하지만 그냥 이 상황이, 자기 여자친구와 둘이 차 안에서 진도를 나가는 이 상황이 재미있는 거라면?

아이고, 하지만 하지만 하지만 하지만……. 왜 이렇게 어려운 거냐?

준현 선배가 조용히 내 손을 끌어당겼다. 거리가 가까워진다. 이대로 가면, 이대로 가면, 오오오오 맙소사, 맙소사, 안 돼! 안 돼! 안 돼요! 안 돼요! 돼요! 아니아니! 안 돼요!

쾅!

차가 지진이라도 만난 것처럼 크게 흔들렸다.

"풋!"

응? 풋?

준현 선배가 내 어깨에 손을 올린 채 웃음을 터트렸다. 그리고 나를 밀어내더니 큰 소리로 웃기 시작했다.

"하하하하!"

하지만 웃음은 길지 않았다. 운전석 쪽이 덜컥 열리더니 기다란 손 하나가 쑥 들어와 선배의 멱살을 잡아끌었기 때문이다.

"잠깐! 잠깐!"

선배가 소리를 질렀다.

그 순간 열린 차 문으로 바람이 확 불었다. 그 바람에 묻은 옅은 향기, 내가 기억하는 유일한 향기.

"야쿠자!"

나도 소리를 버럭 질렀다.

"하하하하!"

질질 끌려 내리면서 선배는 다시 웃음을 터트렸다.

"이 새끼! 웃지 마!"

야쿠자가 선배를 무슨 종이인형처럼 차 쪽으로 밀어붙였다. 쾅, 소리가 나며 다시 차가 흔들렸다.

나는 부리나케 차에서 내렸다. 야쿠자의 주먹이 막 선배의 머리를 향해 떨어지려는 순간이었다.

쾅!

선배는 간발의 차로 고개를 비틀었고 야쿠자의 주먹은 선배의 모하비 위로 떨어졌다. 나는 차체가 움푹 들어가는 믿지 못할 장면을 본 것 같지만 어두워서 잘못 본 것일 수도 있다.

"아무 짓도 안 했어! 아무 짓도 안 했어!"

선배는 잽싸게 야쿠자의 손에서 빠져나오며 고개를 저었다.

"이리 와!"

잠깐 선배를 놓친 야쿠자가 그 말을 듣는 둥 마는 둥 몸을 돌려 질풍노도처럼 선배 쪽으로 움직였다.

"손만 잡았어! 진짜야! 민서야! 말해줘! 진짜로 손만 잡았다고!"

선배는 여전히 낄낄대고 있었지만 생명의 위험은 제대로 인식한 듯 피하는 움직임만은 진지했다.

나는 달려가서 야쿠자의 팔을 잡았다. 야쿠자의 움직임이 멈췄다. 나도 그랬다. 손 안에 느껴지는 야쿠자의 팔이 너무나 생경해서, 그런데도 너무나 그리워서 나도 멈췄다.

눈이 마주쳤다.

"황민서?"

야쿠자가 내 이름을 불렀는데 어쩐지 목소리가 잠겨 있었다.

"괜찮아?"

뭐가 괜찮냐고 묻는 거야?

난 아주 잠깐, 정말이지 잠깐 망설였지만 좀 더 망설이다가는 바보처럼 눈물이 나올 것 같았기 때문에 야쿠자를 끌어안아버렸다.

그대로 굳어버린 듯 공중에서 정지했던 야쿠자의 손이 천천히 내 등 뒤에 감겼다. 따뜻한 체온, 나는 도대체 뭘 걱정했던 걸까? 10년 전, 열아홉 살의 야쿠자와 같은 체온인데……

"민서야?"

야쿠자가 다시 나를 불렀다. 어쩐지 불안해하는 것 같기도 한 목소리였다. 하지만 나는 눈물 콧물 다 흘리며 울고 있었고 아마 마스카라가 다 지워져 귀신 같을 것 같아 고개를 들지 못하고 야쿠자의 옷에 그 화장을 다 비비고 있었다.

야쿠자는 나를 달래듯 내내 내 등을 쓸어주었다.

"기억한 거 같아."

응?

준현 선배의 목소리였다. 나는 뒤돌아보지 않아도 준현 선배가 싱글싱글, 특유의 장난기 어린 표정으로 웃고 있을 거라고 생각했다.

"너……."

욕을 하지 않았는데 욕이 들리는 기분이라는 건 그리 쉽게 겪을 수 있는 게 아니다. 야쿠자는 나를 의식한 듯 말을 끊었지만 나는 그 뒤에 따라붙을 욕을 열 개쯤 짐작했다.

그런데 기억이라니?

내가 뭔가를 물을까 싶어 고개를 들려는데 야쿠자가 나를 안은 손에 힘을 주었다. 그래서 나도 다시 그냥 그 품에 고개를 묻어버렸다. 기억이고 추억이고 뭔들 무슨 상관일까.

이제 됐는데.

정말 됐는데.

만났다. 시간을 돌고 돌아, 드디어 만났다.

돌아왔다.

말할 수 없는 안도감.

37. 나라를 구했다

"그래서 내가 얼마나 황당했는지 알아?"

많이 황당했나 보다.

삼림욕장에 닿을 때까지 야쿠자는 끊임없이 투덜거렸다. 이렇게 말이 많은 줄 몰랐다. 10년 전, 아니 그러니까 다섯 달쯤 전에 식물원에 왔을 때 죽음과도 같은 침묵 속에서 삼림욕장까지 왔던 걸 생각하면 정말 어마어마한 변화다.

"거기서 머리를 부딪히다니. 애도 아니고……. 정말 눈을 뗄 수가 없어."

"나도 그럴 줄 몰랐지."

그래, 그럴 줄 몰랐다. 타임리프라는 거 정말 신비하고 오묘하다.

그러니까 어떻게 된 거냐 하면 내가 공항에서 타임리프를 한 후 쓰러지면서 공항 바닥에 머리를 부딪혔던 것이다. 불쌍한 내

뇌세포, 다시 돌아와서 준현 선배를 상대할 때 좀 안 돌아가는 것 같더니 그래서 그런 거였구나.

"정말 날 모르는 사람 취급하고, 메일 보내면 읽지도 않고 삭제하고…… 전화도 안 받고…… 돌아버리는 줄 알았어."

"속상했겠다."

"속만 상해?"

잠깐 높아졌던 야쿠자의 목소리가 나와 눈이 마주치자 기어들어가더니 끝은 한숨 같았다. 그리고는 손을 뻗어 내 뺨을 감싸며 이마에 입을 맞춘 후 끌어안았다.

"야!"

"왜?"

갑작스런 야쿠자의 행동에 깜짝 놀라 뒤로 물러서려고 했지만 야쿠자는 꿈쩍도 하지 않았다.

"사람들이 보잖아."

"보든 말든."

하기야 보든 말든, 이제는 심지어 고등학생도 아니지 않은가. 그 사실이 너무나 어색하지만 사실이 그렇지 않은가. 나는 야쿠자의 품에 맘껏 안겼다. 좋다!

"그럼 그동안 한국에 단 한 번도 안 온 거야?"

궁금한 게 너무 많다.

"그때, 일본에 가서 너랑 연락이 안 될 때 오려고 했어."

야쿠자는 내 손을 잡고 다시 걷기 시작했다.

"공항에서 몇 번을 잡혀갔는지 몰라. 항구에서도."

"항구?"

"형이 못 오게 하니까 밀입국하려고."

밀입국……. 과연 야쿠자답다. 단순하기로는 하늘 아래 아메바 외에는 적수가 없다.

"그래도 용케 버렸네."

"네가 그랬잖아."

온실로 향하는 계단을 먼저 내려가며 야쿠자가 반쯤 몸을 돌려 나를 올려다보았다.

"응?"

"네가 그랬잖아. 스물여덟 살이 되면 만날 수 있다고."

엄밀히 말하면 그렇게 말한 것 같진 않지만 말이다.

나뭇가지 사이로 새어 들어온 햇살이 야쿠자의 검은 머리에 반사되었다. 뭐라고 해야 좋을까? 다르지만 다르지 않은 나의 야쿠자가 나를 보고 있었다. 10년 전과 같은 눈빛으로.

"기다렸어."

내가 움직이지 않자 야쿠자는 계단을 다시 올라와 나와 시선을 맞췄다.

"분명히 넌 다시 나를 기억할 거라고 생각했으니까."

우리는 손을 마주 잡고 있었다. 내가 미소 짓자 야쿠자도 미소 지었다.

준현 선배는 말했다.

"내가 돌아온 건 일주일 전이야."

그리고 한마디 덧붙였다.

"이 정도 심술은 괜찮잖아. 갈 때도 그렇지만 올 때도 어쩐지 난 네 뒤처리하는 느낌이 있단 말야."

"선배는 그쪽에서 언제 이쪽으로 온 건데요?"

"네가 공항에서 쓰러진 채로 발견된 다음 눈을 떴을 때 넌 이미 예전의 너였어. 그리고 상우도 기억 못 하고 나도 기억 못 했지."

"예전의 나요?"

"응. 예전의 너. 역시 너더라. 그냥 잠깐 어리둥절해하더니 바로 적응해서 죽도록 공부하더라고."

과연, 잘난 나.

"그걸 확인한 후 얼마 안 되어 나도 다시 왔는데, 미묘하게 달라진 상황에서 일주일 전으로 돌아왔더라고. 상우 녀석은 발만 동동 구르면서 너를 살피고 있고, 검사가 된 너는 오로지 정의구현밖에 관심이 없더라."

역시, 잘난 나.

"그래서?"

"바로 대시했지. 어차피 넌 기억도 못 하고……. 게다가 날 맘에 들어하는 거 같기에. 누군들 안 그렇겠냐마는."

왜 아니겠어요?

"아니, 그런데 왜 대시를 해요?"

"네가 올 걸 알았으니까."

선배가 장난스럽게 웃었다.

"그 정도는 해야 하지 않겠어?"

"잠깐! 그럼 처음에 나한테 대시했을 때도 알고 있었던 거예요?"

"처음?"

선배는 어리둥절한 표정을 지었다.

"처음이 언젠데?"

잠깐, 그러니까 우리가 처음 사귀기 시작한 건 일주일 전인데 그건 또 1년 전이기도 하고…… . 잠깐잠깐, 시간이 어떻게 되는 거지? 그럼 선배가 나를 좋아해서 사귀자고 한 건 그 전이고 이번에는…… . 으아아아아아아, 내 머리!

이게 다 공항에서 쓰러지면서 머리를 부딪혔기 때문이다.

"하지만 상우가 일본에서 날아올 줄은 몰랐지. 네가 스물여덟 살이 되면서부터 내내 바짝 긴장하면서 살핀 모양인데, 우리가 사귄다고 내가 말하자마자 눈에서 불이 났던 모양이야. ……그놈도 참 안 바뀌어."

당신도 참 안 바뀌우.

"타이밍 좋았지."

"그러네요."

그래, 마치 꼭 이렇게 되려고 했던 것처럼…… . 하지만.

"하지만."

망설이는 듯한 내 목소리에 선배가 "응?" 하고 나를 바라보았다. 여전히 매력적인 눈웃음을 지우지 않은 채였다.

"그럼 원래의 '나'는 어디로 간 거죠?"

"응?"

"야쿠자를 몰랐고 선배를 몰랐던 '나'요."

선배는 눈꼬리를 좀 더 길게 늘이며 내 머리를 쓰다듬어주었다.

"어딘가 있겠지."

"어딘가?"

"중요한 건 '지금', '여기'에 있는 너잖아. 아마 다른 너도 어딘가에서 현재를 살고 있을걸."

중요한 건 지금, 여기에 있는 나.

"무슨 생각 해?"

온실의 문을 열던 야쿠자가 내 손을 끌어당기며 물었다.

"응. 그냥 지금이 참 좋은 것 같아서."

"나도."

야쿠자가 환하게 웃었다. 마음에 걸리는 것 하나 없이, 10년의 시간이 지나지 않은 것처럼 그렇게 환하게.

단순해서 참 좋다. 쟤가 좋다는 건 진짜 좋은 거니까 참 좋다.

온실 문으로 들어서자 익숙한, 그리고 또한 낯선 뜨거운 열기가 숨 안에 섞여들었다.

"와, 여긴 여전하네."

"10년 전 일인데……."

나한테는 다섯 달 전의 일이라우.

"오, 종려나무다!"

내가 아는 척을 하며 야쿠자의 손을 놓고 뛰어갔다. 야쿠자가 성큼성큼 다가와 내 손을 다시 잡아끌었다. 그리고는 내 어깨를 가볍게 밀었다.

"뭐 하는 거야?"

등 뒤로 온실 벽이 닿았다. 어머, 익숙해라. 익숙하긴 한
데…… 좀 다르다.

난 의미심장하게 웃었다. 야쿠자의 얼굴에도 비슷한 종류의
웃음이 떠올랐다.

"그때랑 다르지?"

"뭐가?"

"나 예뻐졌잖아."

"너? 옛날하고 똑같은데?"

이렇게 눈이 멀었다는 것도. 도대체 어떻게 하면 그때와 지금
이 똑같다는 엄청난 생각을 할 수 있는 걸까? 야쿠자는 정녕
장님인 걸까?

"항상 예뻤어."

"안 예쁘다고 했잖아."

"언제?"

"체육대회 때…… 그……!"

야쿠자의 입술이 내 입술에 닿았다.

"내가 이랬을 때?"

또또또또! 또 웃는다! 또 저렇게 웃는다!

"바보, 그때 내가 어떤 쪽지를 집고 널 데려갔니?"

"뭐라도 나였다며."

"처음에 집은 건 교내 최고 주먹이었어. 그런 걸 집고 널 데려
갈 순 없잖아."

야쿠자는 으차, 하면서 나를 안아 들었다.

"으악!"

나는 나도 모르게 본능적으로 야쿠자의 허리에 발을 둘렀다.

"오!"

의외라는 듯 감탄사를 내뱉었던 야쿠자의 표정이 굳었다. 야쿠자가 고개를 조금 뒤로 빼서 내 얼굴을 똑바로 바라보며 물었다.

"너 이런 거 어디서 배웠어? 설마 강준현이랑 이래 본 건 아니겠지?"

"준현 선배랑은 이런 사이 아니라니까!"

천천히 걷고 있던 야쿠자가 걸음을 우뚝 멈췄다.

"너 왜 준현이한테는 꼬박꼬박 선배라고 부르고 난 너야?"

"준현 선배는 선배고……."

"나는?"

당신은 그때 내가 스물여덟 살일 때 열아홉 살이었고……. 물론 지금은 스물아홉 살이지만…….

"내가 너랑 강준현 때문에 얼마나 머리아팠는지 알아? 네가 싸우지 말라고 하지만 않았어도 지금 강준현 그 자식은 관을 짜도 열 번은……."

"알았어, 알았어!"

안다. 성질처럼 했으면 강준현 선배는 지금쯤 관까지는 아니더라도 휠체어 색깔 정도는 고르고 있을 것이다.

나는 야쿠자의 입술에 쪽 하고 입맞춤을 했다.

"됐지?"

찡그리고 있던 야쿠자의 얼굴이 무슨 스팀다리미를 갖다댄 것처럼 확 펴졌다. 그런 게 다 보이는데도 아닌 척 야쿠자는 흠흠, 새치름한 표정을 지었다.

"되긴 뭐가 돼?"

남자들이란. 어이, 당신 얼굴이 조금 빨개졌소만?

좀 더 해줄까 생각하고 있는데 성급한 야쿠자의 입술이 내 입술을 덮었다. 야쿠자의 혀끝이 내 입술을 스쳤다. 동시에 내 등을 단단히 받치고 있던 야쿠자의 손이 슬쩍 아래로 흘러내리더니만 엉덩이를 쓰다듬었다.

깜짝 놀란 내가 몸을 떼자 야쿠자가 씩 웃었다.

"여전히 애기네."

야쿠자가 웃었다. 온실의 불투명한 유리창 사이로 스며든 오렌지빛, 그 빛 속에 비친 웃음은 굉장히 그리운 느낌을 주었다. 동시에 몹시도 안온한 느낌을 주었다.

이름 모를 이국의 꽃향기가 나는 것 같기도 했다. 아니면 그것은 야쿠자의 향기일지도 몰랐다.

야쿠자의 이마가 내 이마에 닿았다. 그 다음에는 코끝이, 그 다음에는 입술이…….

눈을 감았는데도 햇살이 눈부셨다. 나는 야쿠자의 어깨에 두른 팔에 힘을 주었다.

온실의 온도는 높았고 내 목을 흐른 땀이 또르르 흘러내려 야쿠자의 목덜미로 떨어져 야쿠자의 목덜미에 고여 있던 땀방울을 건드렸다.

그리고 하나가 되었다.

행복하다.

나라를 구했다.

Epilogue

"온통 소 때문에 난리네."

"응?"

광우병 관련 뉴스가 나오는 TV를 보다가 내가 무심코 중얼거리자 파스타 면을 건져내던 야쿠자가 상체만 뻗어 내 쪽을 쳐다보았다. 아따, 기다라니까 저런 게 다 되는구나. 균형 감각 좋다!

나는 손가락으로 TV 화면을 가리켰다. 뉴스를 잠깐 보던 야쿠자가 이해가 안 간다는 표정을 지었다.

"온통이라는 건 무슨 뜻이야?"

일일이 설명해줘야 하나. 난 주입식 교육보다는 창의력 학습을 중시한다. 본디 물고기를 잡아다주기보다 물고기 잡는 법을 가르쳐주라고 했다. 뭐 지금은 상관없는 것 같지만. 난 몸을 일으켜 야쿠자 쪽으로 다가가면서 노래를 부르기 시작했다.

316

"암 소 뷰티풀! 뷰티풀! 난 예쁘고 귀여워! 암 소 뷰티풀! 뷰티풀! 매력 있고 섹시해!"

노래만 불렀는가? 춤도 췄다. 엉덩이를 흔들며 섹시하게, 나 자신을 TV에 나오는 그 조그맣고 볼 통통하던 그 아이와 싱크로해서 춤도 췄다.

그런 나를 멍하니 보던 야쿠자가 파스타 면을 담았던 체를 툭 떨어뜨렸다가 그 소리에 정신을 차리고 다시 주워들었다.

뭐, 이제 와 하는 이야기지만 난 아직도 야쿠자의 시력에 상당한 의문을 가지고 있다. 내가 예쁜 건 사실이지마는…… 아, 이건 노래 가사구나. 이게 아니고, 아무리 예쁜 나라도 하루 이틀 보면 사람이 질리기 마련인데 얘는 어떻게 내가 뭔가 할 때마다 저런 표정을 지을 수 있을까? 눈에 만화경이라도 달려서 시시각각 내 모습이 새로워 보이는 게 아니라면, 어떻게 저렇게 늘 사랑에 빠진 것 같은 표정을 지을 수 있을까?

나는 야쿠자의 시력은 알 수 없다. 야쿠자가 왜 저러는지도 알 수 없다.

내가 아는 건, 야쿠자가 늘 저런 눈으로 나를 보기 때문에 나도 다른 곳을 볼 필요가 없다는 것뿐이다.

내가 다가가 야쿠자의 허리에 팔을 둘렀다. 따뜻한 체온이 팔 안에 가득 담겼다. 단단한 살과 근육, 그 안에 흐르는 피. 한 사람의 존재란 이렇게 선명하게 기분이 좋은 것이었다.

"내가 춤추는데 너 같은 표정을 짓기도 어려울 거야."

"왜?"

야쿠자가 몸을 돌려 나를 마주 안으며 내 이마에 입술을 눌렀다. 내 등 뒤로 야쿠자의 팔이 감기자 어느새 나는 야쿠자의 체온 안에 잠겨 있었다. 나는 이 상태를 몹시도 좋아한다.

이렇게 말하면 내가 좀 변태 같은 기분이 들지만 야쿠자의 몸이 너무 좋다. 나를 안아주는, 내 피부에 와 닿는 야쿠자의 체온과 호흡, 그 편안하고 안정된 느낌. 그건 믿을 수 없을 만큼 안전한 것이었다.

안전.

세상에나, 안전이라니. 야쿠자와 이만큼이나 어울리지 않는 단어가 있을까. 세상일이란, 인생이란 이렇게나 알 수 없는 것이다.

"야!"

야쿠자가 인상을 잔뜩 찌푸리며 꼭 끌어안았던 내 어깨를 밀어냈다. 내가 헤헤, 웃었다.

이상한 이야기지만 사람의 관성이란 대단한 거라서 난 여전히 야쿠자가 어린아이처럼 느껴질 때가 있다. 실제로 야쿠자는 나보다 한 살 연상임에도 불구하고 아마도 내가 야쿠자를 처음 만난 그 때, 야쿠자가 나보다 열 살 연하였던 바로 그 시절이 나에게는 모든 것의 시작이었기에 그런 듯했다.

"넌!"

한두 번 만진 것도 아닌데 야쿠자는 아직도 내가 자기 엉덩이를 만지는 걸 질색한다. 참 알 수 없는 놈이다. 내외하는 것도 아니고 수줍어하는 것도 아니고.

"알았어. 알았어. 안 할게."

"넌 가끔 날 남자로 안 보는 것 같아."

야쿠자가 투덜거렸다.

얘가 이렇다. 아니, 남자들이 그렇다. 대범한 척 아무렇지도 않은 척하면서 사실은 이렇게나 마음이 약하다. 전에 잔 다르크도 내가 지나가듯 말한 걸 기억하고 준현 선배를 들볶아 혼자 삐치더니 내가 자기를 남자로 보지 않는다고 체육대회 때 말했던 걸 마음에 두고 내내 한마디씩 한다.

"좀 애 같아야 말이지."

그렇다고 해서 봐줄 나도 아니지만.

"뭐?"

야쿠자의 인상이 구겨졌다. 나는 마음속으로 숫자를 세기 시작했다. 10, 9, 8, 7, 6, 5, 4, 3, 2, 그리고…….

그리고…….

키스.

커다란 손이 내 등을 감쌌고 입술이 입술을 삼켰다. 부드럽고 따스한 감각이 피부와는 다른 입술에서 시작되어 번졌다. 말랑하고 촉촉한. 포근하게 젖어들어 가는 느낌.

이렇게 좋은데 왜 봐주겠어.

언제나 키스로 끝나는데.

딩동.

벨 소리. 무의식 중에 내가 몸을 빼자 커다란 손이 날 꼼짝도 못 하게 끌어당겨졌다.

"누……, 읍!"

입술도 막혔다. 등을 받치고 있던 야쿠자의 손이 허리로 내려갔다. 그러자 야쿠자의 힘에 밀려 상체가 휘어졌다.

"읍읍!"

균형을 잃겠다고 생각하기 직전, 야쿠자의 손이 내 머리를 받쳤다. 이제 나는 온전히 야쿠자의 손에 떨어졌다.

딩동딩동.

몸부림을 칠 수도 없다. 소도 비빌 언덕……, 아니 발을 지탱할 데가 있어야 몸부림도 치는 건데 옴짝달싹할 수가 없다. 생각해보면 얘는 움직이는 것 하나는 정말 타고났다. 육종학을 하는 게 아니라 뭔가 몸을 써서 하는 일을 해야 하는 게 아닐까.

몸? 아, 뭔가 야하다. 야해. 나 변태?

딩동딩동딩동.

"읍읍읍!"

물론 나라고 해서 날 안고 있는 야쿠자의 굳건한 팔이 좋지 않을 리 없지만. 내 허리와 머리를 받쳐 든 야쿠자의 커다란 손이 안온하지 않았을 리 없지만. 내 다리 사이에 감겨드는 야쿠자의 다리, 기다랗지만 단단한 근육이 느껴지는 그 다리가 섹시하지 않을 리 없지만.

인간아! 저 벨 소리를 들어봐! 생각을 해!

"읍읍읍읍!"

딩동딩동딩동딩동.

야쿠자는 정말이지 마지못해, 정말정말정말정말 마지못해 입술을 뗐다. 반짝이는 검은 눈에는 방금까지의 깊고 따뜻했던 키스의 여운과 안타까움이 고스란히 배어 있었다.

"……분명 준현이 자식일 거야."

나도 그렇다고 생각했다. 그러니까 사람의 관계란 건 그런 거니까.

의도하든 의도하지 않든 준현 선배는 우리의 가장 든든한 조력자이자 비밀의 공유자였으며 동시에 방해자였다. 운명이 교묘하게 얽혀 있는 느낌. 그러니까 이 타이밍은 준현 선배이다.

야쿠자가 나를 부엌에 남겨두고 성큼성큼 걸어 현관문을 열었다.

"여어!"

변함없이 느슨한 것 같은 얼굴로, 그러나 빈틈 하나 없는 표정을 지으며 선배가 들어섰다.

"어서 오세요."

"황민서!"

들어오자마자 양손에 잔뜩 든 짐을 야쿠자에게 맡긴 준현 선배는 내 쪽으로 오며 마치 포옹이라도 하려는 듯 양팔을 벌렸다. 야쿠자의 눈에서 불똥이 튀었다. 나는 야쿠자가 꽤 무거워 보이는 봉지 하나를 던질 준비를 하는 걸 보고 고개를 저으며 한 걸음 물러섰다. 내 손가락이 가리키는 대로 야쿠자 쪽을 본 준현 선배는 팔을 벌렸던 그 자세에서 살짝 팔을 접어 머리를 한 번 긁적였다.

"뭘 이렇게 많이 사왔어?"

"얼른 정리해."

"응?"

식탁 위에 짐을 풀어놓으며 야쿠자가 준현 선배를 바라보았다.

"어차피 언젠가는 먹을 거 아냐? 넉넉하게 사왔으니까 지금 당장 먹지 않을 건 찬장에 넣고 냉장고에 넣고 정리하라고."

틀린 말은 아닌데 뭔가 이상했다. 나도 느꼈고 야쿠자도 느꼈다.

준현 선배가 나를 향해 꾸민 듯한 어조로 말했다.

"민서야아, 쟤가 저거 다아 정리하는 동안 우리는 거실에서 대화의 시간을 가질까아?"

야쿠자가 한숨을 내쉬며 천장을 올려다보았다.

"죽을래?"

"아니!"

준현 선배가 대답하며 웃었다. 특유의 매력적인 눈웃음은 여전했다. 장난기 어린 표정. 이 남자는 이런 타입이다. 야쿠자를 좋아해서 저 많은 식료품을 사다주면서도 곧이곧대로 널 위해서 사왔노라고 말하지 않고 야쿠자를 열 받게 한다. 네가 정리하는 동안 나는 민서랑 놀 테다, 이런 이야기를 해서 야쿠자의 성질을 돋우고는 좋아하는 저런 변태적인 성향 때문에 나라를 말아먹을 뻔하고서도 고쳐지지 않는 건……. 그래그래, 병이니 어쩔 수 없다. 고질병.

저만 좋으면 되지 뭐.

"뭐 타는 냄새 나는데?"

"앗!"

내 말에 야쿠자가 정리하던 식료품을 내버려두고 파스타 소스로 돌아갔다. 국자를 들고 소스를 휘젓는 야쿠자의 손놀림이 제법 능숙했다. 아, 정말이지 다재다능하다. 게다가 기럭지 덕분인지 뭘 해도 어찌 이리 보기 좋단 말이냐.

"침 떨어지겠다. 그만 흐뭇하게 쳐다봐라."

선배가 나만 들을 수 있게 속삭였다.

"보기 좋잖아."

"나도 꽤 보기 좋은데."

"응. 선배도 보기 좋아요. 하지만 선배는 내 것이 아니잖아."

선배가 날 보고 싱긋 웃었다.

"너네, 나란히 서 있지 마."

뒤통수에 눈 달린 야쿠자, 또 시작이다. 쟤는 어떻게 뒤돌아보지 않고도 모든 걸 아는 걸까?

선배가 입술을 삐죽이더니 한 걸음 물러섰다. 그리고 왼쪽으로 한 걸음. 이렇게 되면 선배는 바로 내 뒤에 선 꼴이 된다. 그리고 손을 뻗으면.

퍽!

퉁퉁퉁, 얌전히 소스를 저어야 할 국자가 거칠게 냄비 안으로 다이빙했다. 소스가 방울방울 중력을 거스르고 날아올랐다가 다시 냄비로 돌아갔다.

일촉즉발!

"어허! 넌 얼른 하던 일 마저 하고! 선배는 이리 나와요!"

난 양손을 뻗어 두 사람의 거리를 벌렸다. 물론 나와 준현 선배의 거리도 벌어졌다. 그게 아니었다면 내가 뭘 해도 야쿠자는 준현 선배를 아프게 하는 일을 멈추지 않을 테니까.

아, 얘가 날 좋아하는 건 좋은데, 내가 매력 있는 건 사실이겠지만 이렇게 누가 날 쳐다보기만 해도 파르르 떨면 피곤하다. 우후훗. 그런데 왜 웃고 있냐고? 때론 피곤해도 웃음이 나는 법이다.

"얼른 하고 나와."

내 말에 야쿠자가 불만 가득한 표정으로 인상을 썼다. 하지만 내가 고개를 젓자 세상에서 제일 억울하다는 표정을 지었다. 까만 눈썹이 귀여웠다. 나한테 꼼짝도 못 하는 모습이 귀여웠다.

쟤는 항상 그래. 나만 알아.

그래서 좋다. 세상에서 유일하게 나만 허락하는 사람.

"선배는 왜 만날 야쿠자를 그렇게 괴롭혀요?"

소파에 주저앉으면서 난 준현 선배를 향해 눈을 흘겼다.

"내가 뭘? 나 꼴 보기 싫다고 일본에서 10년간 들어오지도 않고 버티면서 자리 다 잡더니 너 기억 찾았다고 그걸 다 포기하고 귀국했을 때는…… 이 정도는 각오했겠지."

그랬다. 준현 선배가 꼴 보기 싫어서…… 까지는 아니었겠지만 정말이지 야쿠자는 10년간 단 한 번도 한국에 들어오지 않았고, 완전 일본 사람 다 되어서 일본 육종학계의 신성이 되어 있었더랬다. 뭘 해도 정말 무섭게 한다. 하지만 그뿐. 언제나 아름다울 정도로 심플하고 명확한 야쿠자는 내가 자신을 기억하고 있다는 걸 알자마자 모든 것을 정리하고 돌아왔다.

내 곁으로.

"야쿠자가 뭐라고 했는지 알아요? 내가…… 한국은 육종학에 관해서라면 일본보다 많이 떨어지지 않냐고, 시설이나 평가 면에서도 그냥 그쪽에서 공부하고 연구하는 게 더 낫지 않겠냐고 했더니……"

"네가 없었던 모든 시간에 난 언제나 뭔가 하나 비어 있는 기분이었어. 하지만 네가 있다면 다른 뭔가가 조금 부족해도 내가 그걸 채울 수 있을 것 같아. 내 스스로 채울 수 없는 건 너뿐이야."

준현 선배의 목소리는 야쿠자와 비슷하다. 사촌이니까.

내 얼굴이 붉어졌다.

"나 외우고 있어. 너 한 번만 더 말하면 백 번 채우겠다. 그 말이 그렇게 좋았어?"

난 고개를 끄덕였다.

"난 저 녀석, 낯간지러운 소리는 못 할 줄 알았더니 네 앞에서는 꽤 하기도 하는군."

준현 선배가 부엌 쪽을 힐끔 쳐다보다가 무슨 이야기를 하나

수시로 이쪽을 노려보던 야쿠자와 눈이 딱 마주치고는 혀를 날름 내밀었다.

어이구, 이 남자가 도대체 몇 살인 것이냐.

"뭐 여기 연구소에서도 계속 쟬 부르긴 했어. 상우 고등학교 때부터 예뻐하던 분이신데……."

고등학교?

"혹시 자양동 뒷산에 온실 갖고 계시는……."

"어? 너 어떻게 알아?"

그냥 압니다. 어떻게 하다 보니 압니다.

"제가 모르는 게 뭐 있겠어요?"

비슷한 두 인종, 그러니까 모르는 것보다 아는 게 더 많은 우리는 잠시 서로를 마주 보았다가 씩 한 번 웃고 다시 앞을 보았다. 이걸로 됐다. 통하였구나.

"그래 봤자 육종학이라면 아직 우리나라가 일본에 비할 바가 아니지. 생고생 좀 하라지."

거참, 저 성격하고는.

"야쿠자가 그걸 바꿔놓을 거예요."

내 대답에 선배 얼굴에 떫은 표정이 잠깐 지나갔다가 이내 포기로 바뀌고 수긍으로 자리 잡았다.

"그래, 나도 바라는 바야. 다들 그렇게 기대하는 모양이고."

이 사람의 장점은 인정할 것은 인정한다는 거다.

"아무리 생각해도, 너네 좀 떨어져 앉아!"

오래 생각했다. 내 생각에도 우리가 좀 붙어앉아 있긴 했다.

한 칸밖에 안 떨어져 있으니 야쿠자 기준에는 부둥켜안고 있는 것처럼 불쾌할 것이다.

준현 선배가 가볍게 한숨을 쉬고는 졌다는 듯 나에게서 떨어졌다. 그럼에도 불구하고 여전히 못마땅한 표정으로 야쿠자는 준현 선배를 쏘아보고 있었다. 하지만 신기하게도 아주 조금 고개를 돌려 나를 보는 눈빛은 부드러웠다. 골룸도 아니고…….

난 웃었다. 이런 게 낙인가? 고생 끝에 낙이 온다더니 힘들었지만, 무서웠지만 정말 낙이 왔다.

딩동.

"앗! 송인가 봐요!"

"송이?"

이 형제들의 공통된 특징은 동작이 빠르다는 거다. 선배가 '송이?'라고 말했을 때는 이미 현관문을 열고 있었다. 문이 열리자 선배의 시선이 상기된 표정으로 서 있는 송이의 얼굴 위에 닿았다.

내가 그랬듯 꼭 그렇게 선배의 얼굴이 웃음이 퍼졌다.

"송이?"

"준현 선배, 오랜만이에요."

전혀 오랜만이 아니다. 나도 그랬지만 준현 선배에게 있어서도 아마 송이만큼 오랜만은 아닐 것이다.

선배가 나를 바라보았다. 비밀을 공유한 공범자로서 나는 웃었다. 선배는 내 웃음을 미소로 받았다. 그리고 송이 쪽으로 고개를 돌렸을 때는, 송이를 향해 웃었을 때는 완전히 다른 표정…… 뭐야, 저 사람 송이를 꼬시려는 거야?

"어서 들어와요."

선배가 송이가 들고온 키친타월을 받아들었다. 그리고 다른 손으로 송이의 손을 잡아서 들어오기 쉽도록 부축했다.

어이구, 저 죽일 놈의 매너. 저 죽일 놈의 작업본능.

하지만 내가 그렇듯 선배도 좋은 사람 만나야지. 내가 선배와 똑같은 성격이라서 아는 건데, 선배와 나 같은 사람은…… 누구를 만나느냐에 따라 정말 좋을 수도 정말 나쁠 수도 있는 타입들이다.

나는 선배도 나만큼 행복했으면 좋겠으니까. 지금 내가 행복한 것처럼.

내가 야쿠자 쪽으로 고개를 돌리자 나를 보고 있던 야쿠자가 웃었다. 내가 손을 내밀자 야쿠자가 다가와서 그 손을 잡았다.

"세준이도 부를걸 그랬나? 오고 싶어하긴 했는데……."

송이와 선배가 다 먹은 접시를 싱크대로 옮기는 동안 소파에 길게 기대 부른 배를 어루만지던 야쿠자가 중얼거렸다. 세준이? 난 모르는 사람인데?

"세준이?"

"응? 세준이 몰라?"

준현 선배가 젖은 손을 닦으며 부엌에서 나오면서 대화에 끼어들었다.

"왜 우리 체육대회 때…… 너네 팀에 징 치던 애 있잖아."

"아, 나한테 대시했던?"

순간 거실에 뭔가가 지나갔다. 딱히 이름을 붙이기는 어렵지만 어떤 바람 같기도 하고 정적 같기도 한 뭔가.

"뭐야? 너 잊어버린 거야?"

송이가 부엌에서 나와 카펫 위에 앉으면서 물었다.

"뭘?"

"그만 이야기해."

야쿠자가 송이를 막았다. 시간이 지났는데도 송이는 야쿠자를 조금 어려워한다. 사실 관계가 애매한 것이 나는 야쿠자를 애 다루듯 하고 있지만 송이에게 야쿠자는 선배였다. 그것도 깡패 선배.

무슨 말인고 하니, 송이는 야쿠자의 한마디에 입을 딱 다물었단 말이다.

"뭔데? 말해봐. 말해봐. 나 기억 안 나."

"매, 맥주나 마실까?"

야쿠자가 벌떡 일어나서 부엌으로 성큼성큼 걸어갔다. 아, 좀 수상하다. 뭐지?

"뭐야?"

내가 송이의 옆구리를 쿡 찔렀지만 송이는 고개를 저었다. 맞다. 얘가 한 뚝심 하지.

"선배?"

"그게 말야······."

그래, 이 사람은 뚝심하곤 상관없고 야쿠자도 안 무서워하지.

간단데스.

"상우가 일본 가고, 너 타이…… 가 아니고 아파서 학교 안 나올 때 세준이가 상우 따라 일본 가겠다고 옥상 위에 올라가서 난리 친 적이 있어."

"뭐요?"

뭣이? 잠깐, 왜 야쿠자를 따라 일본에 가?

"그러니까 걔가 좋아한 건 네가 아니라……."

그걸 설명해줄 필요는 없는데 말입니다. 이 사람이 또 이렇게 쓰잘데기 없이 친절하다.

야쿠자가 맥주를 들고 나오다가 입을 벌리고 있는 나와 눈이 마주치자 다시 빙글 돌아 부엌으로 들어갔다.

"어디 가?"

"어어, 얼음 좀 가져가려고."

"맥주에 무슨 얼음?"

나는 분노했다. 부조리한 세상과 무엇보다도 나의 무지, 야쿠자놈이 나를 기만한 세월에 분노했다. 그러니까 저놈은 다 알면서도 여태 모르는 척했단 말이지!

"아니! 그 멸치는 뭐가 부족해서 이다지도 예쁜 나를 두고 야쿠……, 상우가 좋았던 거래? 아니! 상우가 좋으면 상우한테 직접 말을 걸지, 왜 나한테 말을 걸어? 내가 그렇게 만만해?"

"사실 그때의 네가 사랑에 빠지기에는 좀 무리……."

"얘가 어때서?"

선배가 또 친절히 설명해주려는데 바람처럼 나타난 야쿠자가 테이블 위에 맥주를 올려놓으면서 선배의 말을 끊었다.

"넌 지치지도 않냐?"

선배가 한숨을 쉬었다.

"너야말로."

지지 않고 대꾸한 상우가 표정을 바꿔 웃으면서 나에게 맥주 잔을 내밀었다. 내 애인이지만 이럴 땐 좀 무서워. 진짜 골룸인가? 얘 사이코패스인지도 몰라.

"준현 선배 먼저 줘야지."

내가 입을 내밀고 맥주잔을 밀었다.

"왜?"

내키지 않는다는 듯 금세 안색을 바꾼 야쿠자의 목소리도 퉁명스러워졌다.

"나이순으로 따라야지! 일본에 오래 있어서 예의도 까먹었어?"

"내가 얘보다 나이 많아!"

"그건 아니지."

준현 선배가 끼어들자 야쿠자가 무섭게 준현 선배를 노려보았다. 시선으로 사람을 죽일 수 있었으면 오늘이 준현 선배의 제삿날이었을 거다.

"됐다! 됐어! 내가 따를게!"

내가 맥주병을 향해 손을 뻗으며 말했다.

"안 돼!"

그리고 거절당했다.

거실에 다시 침묵이 내려앉았다.

야쿠자는 무섭도록 준현 선배를 노려보고 있었지만 내가 있는 이상 주먹다짐까지는 안 갈 거라고 믿고 있는 선배는 여유만만했다. 나는 징 치던 멸치의 연모대상이 내가 아니라는 데 시무룩해져 있을 때가 아니란 걸 깨달았다. 이제 시국은 다른 국면으로 접어들었다. 나는 송이를 쳐다보았다.

송이가 가볍게 한숨을 쉬고는 말했다.

"내가 따를게요."

야쿠자가 말없이 송이에게 맥주병을 건네주었다. 하지만 그 덕분에 고뇌는 송이의 것이 되고 말았다.

"……누구한테 먼저 따라줘야 해요?"

"나."

"나."

야쿠자와 준현 선배가 동시에 컵을 내밀었다. 난감한 표정의 송이가 두 사람을 번갈아 쳐다보다가 나를 바라보았다. 나는 한숨을 쉬었다. 아, 피곤해.

"애도 아니고. 누가 더 생일이 빨라?"

"나."

"나."

"그럴 리가 없잖아!"

"진짜로 내가 더 생일이 빨라!"

내가 야쿠자를 향해 인상을 팍 구기자 야쿠자가 억울하다는 듯이 소리를 질렀다.

"어떻게 된 거예요?"

나는 엄한 목소리로 준현 선배에게 물었다. 재판정에서나 쓰는 목소리다. 그래 봤자 준현 선배가 겁먹을 리도 없지만. 선배는 느긋하게 뒤로 기대며 대답했다.

"그게, 만들어진 건 내가 더 먼저거든."

"네?"

"우리 생일이 일주일 차이인데, 상우가 8개월 조금 더 채우고 나왔거든. 난 9개월 꽉꽉 채우고 나왔고."

"그래도 생일은 내가 더 빠르잖아!"

"내가 더 먼저 만들어졌지."

"그게 무슨 상관이야?"

"왜 상관없어?"

둘이 티격태격하는 모습을 보면서 나와 송이는 입을 딱 벌렸다. 정말 알 수 없다. 세상에서 가장 어려운 문제일지도 모른다. 이 둘은, 정말 누가 형인 걸까?

"그냥…… 나 먼저 줘."

나는 술잔을 내밀었다. 송이도 별말 없이 내 술잔에 맥주를 따랐다.

"두 사람은 각자 따라 마셔요."

내 말이 떨어지자 야쿠자와 준현은 이번엔 맥주병을 잡고 옥신각신하기 시작했다. 내가 먼저 따라 마시겠네 아니네, 내가 먼저네 아니네.

"어이구, 남자들이란."

이제 어이없다기보다 웃겼다. 나이가 먹어도 어쩌면 이리 애인지. ……그런데, 이것도 나쁘지 않다. 평생 이렇게 살 수 있다면 그것도 나쁘지 않겠다고, 그런 기분이 들 정도로 나쁘지 않다.

"너 정말!"

쨍강!

야쿠자의 손 안에서 맥주병이 부서졌다. 깨진 유리 사이에 섞인 맥주가 하얗게 거품이 일었다.

"헉!"

송이가 눈이 휘둥그레져서 야쿠자를 바라보았다. 하지만 정작 야쿠자는 조금 놀란 표정으로 자신의 손을 바라볼 뿐이었다.

나? 나야 야쿠자의 짐승 같은 힘을 모르는 것도 아닌데 뭐. ……뭐지? 방금 이상한 눈으로 날 쳐다본 사람은?

"괜찮아?"

내가 대수롭지 않게 물었다.

"응. 괜찮아."

야쿠자도 대수롭지 않게 대답했다.

"하하하하하하!"

준현 선배가 웃음을 터트렸다.

"풋!"

잠깐 놀랐던 송이도 결국 웃음을 터트렸다.

그냥, 그랬다. 뭐든 간에 어떻게 되든 간에 웃으면 그만. 어떤 일이 일어나도, 어떤 벽을 만나도. 인생 뭐 있간? 웃고 살면 그만이지.

어쨌든 적어도 이제 내 옆에는 힘도 센 우리 야쿠자가 항상 있을 테니까.

웃고 있는데 역시 웃고 있던 야쿠자와 눈이 마주쳤다.

시선에도 온도가 있다는 걸 나는 야쿠자를 만나고 나서 알았다. 시선에도 압력이 있다는 걸 나는 야쿠자를 만나고 나서 알았다.

따뜻하게 와 닿는 의미.

나는 야쿠자를 만났고 야쿠자를 구했고 야쿠자 안에서 행복하다.

There is no fate but what we make for ourselves.

— fin.

Sidetrack. 너도 나의 꿈을 꾸는지

1997년

"흠……."

"왜?"

주원은 상우가 TV를 보는 것도 처음 봤지만 저런 표정을 짓는 것도 처음 보았다. 표정 없고 생각 없는 걸로 둘째 가라면 서러울 사촌 동생이 저리 곰곰이 생각하는 표정을 지을 때마다 주원은 두려웠다. 쟤 또 무슨 생각하나. 무슨 사고를 치려고 저러나.

"왜애?"

주원은 다시 한 번 상우를 보채보았다. 이건 사촌 동생이 아니라 상전이라고, 어찌나 어려운지 제 내키지 않으면 대답하지 않는 건 물론이요, 사람을 아예 없는 놈 취급하니, 결국 아쉬운 사람이 우물을 판다고 나날이 애교만 늘어간다.

그러니까 처음 일본에 왔을 때는 괜찮았다.

한국에 있고 싶다는 이야기를 하지 않은 건 아니었지만, 상황상 그게 어렵다는 건 상우도 알고 있었던 데다가 무엇보다 본인이 다시 시작하고 싶어한다는 것이 큰 동기였다. 어떤 계기인지는 몰라도—짐작은 가지만—나아지고 싶어한다는 것, 더 좋은 사람이 되고 싶어한다는 것이 고무적이었다. 남자는 동기가 있으면 무엇이든 될 수 있다.

문제는 일본에 온 후였다.

메일 몇 통, 전화 몇 통 후에 갑자기 한국으로 돌아가야겠다고 난리를 치기 시작한 것이다. 물론 되지도 않을 일이었다. 이렇게 돌아갈 거면 오지 않는 게 나았다. 하지만 상대가 누구던가. 유상우다. 유상우를 설득하는 것보다는 광화문에 있는 이순신 장군 동상에게서 투구를 빌려오는 게 더 빠를 것이다.

도대체 공항에서 잡아온 게 몇 번이더라? 그 중 두 번은 강주원이 놓친 걸 공항 경찰이 체포해왔다. 이 시대에도 밀입국이 가능할지도 모르겠다고 생각하게 만들어준 사건이었다. 얘한테 불가능이란 없는 걸까? 내 사촌이지만 무서운 놈.

"상우야아, 왜애애애."

주원이 상우의 옆에 나란히 앉으면서 상우의 주의를 끌기 위해 얼굴을 들이밀었다.

"아우 씨! 왜 이래!"

상우가 질색하며 고개를 뒤로 뺐다.

꼭 이래야 반응하지 싶어 주원은 입술을 삐죽였다. 어찌 된

놈이 이리 무뚝뚝한 거냐.

"골든글러브? 저런 거에 관심 있어?"

"아니, 그렇진 않은데……."

말끝을 흐리던 상우의 눈썹이 찡그려졌다. 주원은 상우의 시선을 따라 TV 화면으로 눈을 돌렸다. 아무리 생각해도 이렇게 집중해서 볼 만한 건 아닌 것 같다. 주연상도 아니고 여자도 아니다. 남우조연상이 뭐 볼 게 있다고.

"어……."

"에드워드 노튼이 탔네? 아, 나 저거 봤어. 저기서 연기 잘했지."

"어."

무뚝뚝하게 대답한 상우의 눈동자의 검은빛이 깊어졌다. 주원은 불안해졌다. 또 한국에 가겠다고 설치면 힘들어지는데…….

"형."

"응?"

상우는 주원을 바라보았다.

"민서 기억나?"

"황민서?"

"응."

"우리 반 애였잖아. 게다가 부동의 전교 1등. 그리고……."

주원은 말을 애매하게 끊었다. 모를 수가 있나. 밤마다 민서, 민서 불러대는데……. 학교에서야 그렇다 치고 일본에 와서 내

내 듣는 그 이름을 모를 수가 있나.

"걔가…… 스물여덟 살인 게 말이 돼?"

"언젠가 스물여덟 살이 되겠지."

인상을 팍 구긴 상우가 뭐라고 한마디 하려다가 머리를 마구 형클었다.

"아우, 씨!"

그리고 벌떡 일어나더니 주원의 셔츠에서 담배를 꺼내 베란다로 갔다. 너무나 당당하고 민첩한 행동에 잠깐 넋을 놓고 있던 주원이 상우를 뒤따라갔다.

"나도 줘."

나란히, 베란다 난간에 기대어 어두운 이국의 하늘을 오염시키면서 사촌 형제는 상념에 잠겼다.

"누구 좋아해본 적 있어?"

"응."

"변해?"

"응."

"나도 변했으면 좋겠어."

"왜?"

"지금 너무 힘드니까."

"뭐가?"

"보고 싶어."

주원은 연기를 뿜어내면서 웃었다. 솔직하고 사랑스러운 사촌 동생은 모르나 보다. 변하기를 원해서 변하는 게 아니다. 변하기를 원한다는 건 변할 수 없다는 말과 같다.

　주원이 손을 뻗어 상우의 머리카락을 헝클었다.

　"5년 남았군."

　가만히 담배 연기만 마시던 상우가 조용히 중얼거렸다.

　"뭐가?"

　"월드컵."

　"무슨 소리야? 월드컵은 내년에도……"

　"2002년 월드컵."

　주원은 생각했다. 자기 사촌 동생이지만 도저히 알 수가 없다. 저 머릿속에 뭐가 든 걸까?

　주원이 그러거나 말거나 상우는 저 멀리 하늘 끝 어딘가에 가만히 시선을 두고 서 있었다. 손가락 사이에서 키가 작아지고 있는 담배 끝, 연기가 하늘로 피어올라 그 마음이 향한 어디로 날아갔다.

　2002년

　「상우 짱, 나는 상우 짱을 좋아한단 말야.」

　「근데?」

　「상우 짱이 날 안 좋아해도 괜찮아. 그냥 곁에 있게만 해줘.」

　「있어.」

　「정말?」

　「여기가 내 땅도 아니고 내가 너한테 가라 마라 할 순 없잖아.」

잠깐 아야의 얼굴에 혼란스러운 감정이 스쳐갔다. 눈앞에 있는 이 남자는 분명 교수님이 총애하는 최고의 인재이자 히토시 연구소의 최연소 수석 연구원 자리를 따낸 수재인데……. 하, 한국인이라 일본어에 서툴러서 그런가?

「아니, 상우 짱.」

「……?」

「곁에 있게 해달라는 말은…… 그러니까…….」

뭐라고 설명해야 하지? 아야는 혼란스러웠다.

"상우야!"

멀리서 상우를 부르는 소리가 들렸다.

「나 가봐야 하는데……. 더 하고 싶은 말 있어?」

아야는 하고 싶은 말은 있지만 할 수 있는 말이 그다지 많지 않다는 걸 알았다. 한국인은 다 이런 걸까? 친구들이 쉽지 않을 거라고 했을 때는 말도 안 된다고 생각했는데. 왕년의 미스 도쿄였던 아야로서는 상상도 못 했던 사태다.

「아니.」

「그럼 나 갈게.」

정말이지 쿨하게 손을 들어 보이고는 뒤돌아서는 남자를 보면서 아야는 입을 벌렸다. 저 정말이지 무관심한, 마치 길가의 돌멩이를 보는 듯한 태도는 뭘까? 이 완벽한 나이스 보디를 놓고. 정말 저 남자는 게이였던 걸까?

"뭐야? 쟤…… 아야잖아."

"아는 애야?"

승진은 어깨를 으쓱했다. 아는 애냐니, 모르는 쪽이 훨씬 이상하다. 저 얼굴에 저 두뇌, 히토시 연구소 최고의 미인이자 모든 남자들의 선망의 대상이라는 모리카와 아야를 놓고 이렇게 말하다니.

승진은 상우를 흘깃 쳐다보았다. 물론 이놈이니까 그런 거겠지만. 잘났다. 정말 잘났다. 늘씬한 키에 덤덤한 표정, 약간 무관심한 태도가 여자를, 아니 사람을 자극하는지 이놈 주변에는 항상 어떻게든 관심 한번 끌어보려는 사람들이 득실거린다. 문제는 정작 본인은 그걸 전혀 의식하지 못하는 것 같다는 점이다. 둔한 것도 이 정도면 병이랄까.

유상우가 인기 없을 요인은 딱 하나다. 이렇게 건장하게 생겨서 싸움판에는 절대 끼어들지 않는다는 것. 다툼 비슷한 것이 백 미터 전방에만 보여도 길을 돌아간다. 겁이 많아서 다행이다. 이런 놈이 전투머신이기까지 하면 남은 남자들은 어떻게 살라고.

"정말 8강까지 갈 줄은 몰랐어. 4강은 힘들겠지? 스페인까지는 좀……."

승진의 말에 상우가 가볍게 신음 소리를 냈다.

"왜?"

"갈 수도 있을 것 같아."

"응?"

"뭐, 이탈리아나 포르투갈도 이겼잖아. 그러니 스페인도 이기겠지."

"야야야, 좀 오버지."

"글쎄."

상우가 빙그레 웃었다.

"왜 웃냐, 너? 무섭게……."

"내기할래?"

"응?"

"오늘 게임 결과. 경화 식물 비루스 감염여부 조사 걸고."

승진이 "응?" 하면서 상우를 올려다보았다. 함께 연구한 지도 2년이 되었지만 이런 모습은 처음이다. 축구를 좋아하는지도 몰랐는데. 하긴, 이번 월드컵에 어마어마한 관심을 보이더니만.

"왜 그렇게 확신하는 건데?"

"확신이라기보다,"

상우가 다시 빙그레 웃었다.

"그래야만 하거든."

"응?"

"그래야만 해. 내가 오래오래 기다리는 게 있는데, 그러니까 기다리기 싫어도 계속 기다리게 되는 게 있는데, 그거랑 관련 있어."

"뭔 소리야?"

상우가 한숨을 내쉬었다.

"그러게 말야. 이게 뭔 소리냐."

잠깐 하늘을 쳐다보았던 상우가 승진의 등을 툭 쳤다.

"가자! 가서 축구나 보자."

"우와아아아아아아아아아아아아!"

펑! 펑! 펑! 펑!

"야야! 폭죽은 안 돼! 쫓겨나!"

"끄아아아아아아아아악!"

비명을 질러대는 친구들 사이에서 유독 상우만 조용했다. 상우는 환하게 웃고 있는 TV 속 선수들의 얼굴을 조용히 보고 있었다. 그리고 일어났다.

"나 전화 써도 되냐?"

흥분해서 날뛰는 애들을 진정시키느라 정신없었던 승진이 그 말을 듣고 상우에게 전화기를 던졌다. 가볍게 전화기를 낚아챈 상우가 베란다로 나갔다.

여름의 일본은 습하다.

담배에 불을 붙이자 지지직거리면서 수분 끓어오르는 소리가 났다. 꼭 그의 심장에서 나는 소리 같았다. 만약 누군가 지금 그의 심장을 볼 수 있다면 꼭 그만큼, 꼭 그만큼 끓어오르고 있을 것이다.

그는 오른손으로 버튼을 눌렀다.

짧은 신호음. 그리고 대답이 돌아왔다.

- 여보세요?

그리운 목소리.

- 여보세요?

"네가 좋아."

다른 이야기를 하는 같은 목소리.

- 아씨! 엄마! 전화기를 바꾸자니까! 자꾸 저쪽 목소리가 안 들린단 말야! 꺼졌어! 꺼졌어!

대답해주지 않았다.

어떻게 되냐고 물었을 때, 어쩌면 알고 있었던 건지도 모른다. 그래서 대답해주지 않았던 건지도 모른다. 상우는 자신이 당연하다는 듯 그럼 믿지 않는다고 대답했던 걸 기억한다. 하지만 그것이 얼마나 힘든 이야기가 될 것인지는 몰랐다.

내가 너의 꿈을 꾸는데 너는 나의 꿈을 꾸지 않는다는 것이 얼마나 힘든 이야기가 되어버리는지는…….

그 꿈의 끝을 모른다는 것이.

전화기를 내리고 상우는 다시 담배 연기를 마셨다.

까만 밤이었다.

만약 다시 만날 수 없다면, 다시 돌아갈 수 없다면, 이 밤이 언젠가 끝나는 것처럼 이 마음도 언젠가 끝나기를…… 이제 없는 너라면.

내가 너만 꿈꾸는 이 시간들이 언젠가 끝나기를…….

사람들이 말하듯이 언젠가 시간에 묻히기를……, 너만 생각하는 이 시간에 너만 생각하는 내가 기도한다.

2008년

- 나 민서랑 사귄다.

"……."

- 여보세요?

"……무슨 소리야?"

- 그렇게 됐어. ……여보세요?

10년이면 강산도 변한다. 하지만 10년이 지나도 변하지 않는 게 있다. 싫은 놈은 싫다. 강준현.

「상우?」

상우가 전화기를 끊고도 움직이지 않은 채 입술만 깨물고 서 있자 지나던 일본인 동료가 그의 이름을 불렀다.

「괜찮아.」

간단히 대답하고 뒤돌아서는데 차가운 바람이 불어왔다.

뭐야, 알고 있었잖아. 10년이나 지났는데, 그런데도 달라지는 게 없어서 알고 있었잖아. 요즘은 매일 꿈꾼 것도 아니잖아. 그러니까 됐잖아.

올해가 민서가 스물여덟 살이 되는 해라서 조금 기대했던 건…… 진짜 조금이었잖아.

상우는 창문을 닫았다. 바람이 뚝 그쳤다.

「추워죽겠는데 누가 창문을 열고 난리야?」

소리를 버럭 지르자 웅성거리던 연구실 내의 사람들이 동시에 '합죽이가 됩시다, 합!' 하고 눈만 동그랗게 깜빡이기 시작했다.

그러거나 말거나.

그래, 생각해보면 황민서……, 처음부터 강준현을 좋아하긴 했다. 기억에 분명히 그랬다. 같이 캐러비안 베이, 이런 데도 갔었어. 나만 좋아했어. 항상 그랬다. 난 왜 걔가 좋았던 거지?

머리끝까지 열이 뻗쳤다.

시간이 뭐 가장 힘이 세고 어쩌고저쩌고, 아웃 오브 사이트 아웃 오브 마인드, 젠장…… 다 헛소리!

쨍그랑!

합죽이들의 눈동자가 한층 더 커졌다.

「젠장, 이제 덥잖아.」

깨진 창 사이로 바람이 다시 들어오기 시작했다.

변하지 않는 게 하나 더 있다. 싫은 놈은 여전히 싫고, 그리고, 그리고…….

변하지 않는 마음이…….

멈춰버린 마음이…….

「나…….」

「넷!」

가장 가까이 있던 후배 중 하나가 절도 있게 대답했다.

「잠깐 자리를 비워야겠어.」

「어, 그럼 연구가……」

상우가 인상을 썼다.

「……물론 문제가 생길 수도 있겠지만 제가 다 알아서 할 수 있죠. 게다가 전 자발적으로 연구를 진행시킬 친구들도 알고 있답니다. 명단 제출할까요?」

「응.」

상우는 바람처럼 연구실 문을 나서며 가운을 벗어던졌다. 한 손으로 전화기를 들고 공항으로 전화를 하자니 여간 귀찮은 것이 아니었다.

모른다. 머릿속에 아무 생각도 떠오르지 않는다. 그날, 공항에서의 마지막 이후 시간 같은 건 흐르지 않았을지도 모른다. 적어도 자신에게 있어서는 그랬을지도 모른다.

생각나는 말은 가서 얼굴을 보고 하자. 설사 그녀가 그를 보고 싶어하지 않더라도, 기억하지 못한다고 해도, 그는 충분히 기다렸다.

정말로 충분히 기다렸어.

네가 내 꿈을 꾸기를. 네 꿈을 꾸면서.

"그래, 그래, 쟤가 열나 잘 싸운다니까!"

준현이 속닥이자 한 가닥 할 것 같은 초등학생이 머리를 긁적였다.

"쟤가? 비리비리한 게 뭐 별로 힘이 있을 것 같지도 않은데?"

"나도 그렇게 생각했다가 당했어. 너 큰코다칠걸."

미심쩍은 눈으로 놀이터 바닥에 앉아 있는 상우를 물끄러미 바라보던 아이가 준현에게 물었다.

"너도 당했어?"

"그래."

"그럼 쟤만 이기면 내가 여기 짱이야?"

"그러엄. 다들 네가 대단하다고 생각할 거야."

대단, 대단…….

칭찬에 목마른 아이는 소리도 나지 않는 목을 두어 번 꺾고는 몸을 일으켰다.

"잘 봐."

"그래!"

준현이 의미심장한 미소를 지으며 씩 웃었다. 이번엔 초등학생인데 설마 이번에도 이기진 않겠지?

하지만 상우에게 다가간 아이는 아이답게도 상우를 발로 차는 걸로 시비를 걸었고 그 발이 상우의 몸에 닿기도 전에 아이의 등이 놀이터 바닥에 누워 있는 희한한 경우를 겪었다.

아이가 울음을 터트린 것보다 전광석화처럼 아이를 때려눕힌 상우가 바지를 툭툭 털어내고 사라진 것이 더 빨랐다.

준현은 숨도 쉬지 못했다.

"뭐 해? 쟤 왜 저렇게 누워 있어?"

주원이 입을 멍하게 벌리고 놀이터 쪽을 바라보고 있는 동생의 어깨를 쳤다.

"형! 상우 말야……."

"상우가 뭐?"

"진짜 잘 싸워."

"상우가?"

믿어지지 않는다는 주원의 표정, 준현은 다시 한 번 아까 그 장면을 보여줘야겠다고 생각했다. 이번에는 중학생으로 할까? 잠깐, 뒷집 중학생이 힘 좀 쓴다고 했던가?

이렇게 문제가 시작되기도 한다.

"이 학생은 품행이 단정하고 타의 모범이 되어……."

교장 선생님의 목소리가 마이크를 통해 들리든 말든 남학생 반은 소란스러웠다.

"크크크, 우리 말린 노가리는 보이지도 않네. 덩치 장난 아니다. 말린 노가리를 다 가렸잖아."

노가리? 무표정하게 바닥만 내려다보고 있던 상우는 고개를 들어보고 아이들이 키득거리는 소리가 현재 단상에 올라가 있는 교장 선생님과 1학년 학생을 가리켜 하는 말이라는 걸 알았다. 아마도 덩치가 교장 선생님이고 말린 노가리가 학…… 아니다, 반대다. 말린 노가리가 교장 선생님이다.

"진짜 웃긴다! 저팔계다 저팔계! 나 공부 잘해서! 바주카포 맛있으셔!"

"괜찮구만."

상우는 중얼거렸다.

"뭐?"

옆에서 계속 키득거리며 저팔계 흉내를 내던 남학생이 자신의 귀가 의심스럽다는 듯이 입을 다물고 상우 쪽을 바라보았다.

"너무 쪼끄마하면 뵈지도 않잖아. 쟤 귀엽구만 뭘 그래?"

"우워……."

'우웨에에에, 말도 안 돼.'라고 하려고 했던 남학생은 자기와 말하고 있는 사람이 누군지를 깨닫고 입을 다물었다.

유상우가 귀엽다면 귀여운 거지, 뭐. 하지만 취향 정말 이상하다.

"넌 마른 건 싫어하나 보다?"

"외모가 뭐가 중요해?"

시큰둥하게 대답한 상우가 더 이상 말을 걸면 죽여버리겠으니 그만 닥치고 앞에 집중하라는 기운을 내뿜었으므로 모두들 그만 조용하기로 했다.

그래서 아무도 몰랐다. 한 줄 건너 1학년에 몹시도 말라 '멸치'라는 별명을 가진, 외모가 늘 콤플렉스였던 남학생이 동경의 눈으로 상우를 쳐다보는 것을…….

이렇게 하나의 감정이 시작되기도 한다.

"지독하다. 지독해."

송이는 애들이 웅성거리면서 바라보고 있는 방향 쪽으로 시선을 돌렸다. 거기에는 벤치에 앉아 매점의 소라 빵을 다섯 개째 까먹으며 단어를 외우고 있는 민서가 보였다.

"쟤 지금 빵 다섯 개에 우유 두 개를 해치우고 방금 콜라 땄어. 무섭지 않아?"

까무잡잡한 피부 때문에 상급생들에게 인기가 많은 여자애가 질렸다는 듯이 말했다. 어쩐지 송이는 좀 거북해져서 입술을 내밀었다.

"좀 많이 먹을 수도 있지, 뭐."

사실 '좀' 많이 먹는 수준은 아닌 것 같긴 하지만……. 그보다 쟤는 왜 저렇게 항상 혼자 다닐까? 그래도 친구들하고 놀고 그러면 좋을 텐데 언제나 단어장만 들여다보고 있는 것 같다.

다른 친구들이 교실로 들어가버린 후로도 송이는 민서에게 말을 걸어볼까 어쩔까 고민하며 머뭇거리는데 점심시간이 거의 끝나간다는 걸 확인한 민서가 남은 빵을 입에다 우겨넣다가 걸

렸는지 가슴을 팡팡 두드리기 시작했다.

"어머, 어떻게 해."

순간적으로 반응하지 못한 송이가 발만 동동 구르는데 민서가 갑자기 벌떡 일어나더니 입을 벌렸다.

"끄어어어어어어!"

엄청나게 호쾌한 트림이라 순간적으로 듣는 송이가 다 붉어질 지경이었다.

"아우, 개운해."

그러거나 말거나 민서는 이제 답답함이 풀렸으니 됐다는 듯 단어장을 챙겨들고 빛의 속도로 쿵쾅쿵쾅 뛰어 송이를 지나쳤다. 송이가 물끄러미 그런 민서의 뒷모습을 바라보았다.

정말이지 남 시선 신경 쓰지 않고 당당하구나.

보통 극은 극과 끌리는 법, 송이는 민서가 마음에 들 것 같다.

털썩.

그때 들린 소리에 송이가 고개를 돌렸다. 그리고 즉시 인상을 찌푸렸다.

송이가 들은 소리는 거의 빈 걸로 보이는 책가방이 담을 넘는 소리였고 그 다음에는 그 책가방의 임자, 그러니까 송이가 알기로 1년 선배지만 학교를 정말 제멋대로 다닌다는 소문이 있는 유상우가 담을 넘었던 것이다. 가벼운 몸놀림이었다. 게다가 오후의 햇살에 비친 얼굴이 몹시도 멀끔했다.

저렇게 멀끔하게 생겨서 왜 날라리 같은 걸 하는 걸까? 공부를 열심히 하면 더 멋져 보일 텐데.

가볍게 착지한 상우는 몸을 일으키다 말고 벤치 위에 놓여 있는 콜라 캔을 발견했다. 그리고 조용히 한숨을 내쉬고 다가가 콜라 캔을 집어들고 쓰레기통으로 향했다. 쓰레기통에 콜라 캔을 넣기 직전, 캔을 두어 번 흔들어본 상우는 콜라가 아직 많이 남았다는 걸 깨닫고 잠시 생각하다가 콜라를 마셨다.

"저!"

송이는 저도 모르게 소리를 낼 뻔한 입을 틀어막았다.

뭐 어때, 민서가 먹던 건데 뭐 어때.

송이는 뒤돌아서서 뛰기 시작했다. 등 뒤로 빈 알루미늄 캔이 쓰레기통으로 골인하는 소리가 들렸다.

이렇게 인연이 스쳐 지나가기도 한다.

  젠장.

  상우는 인상을 찡그렸다. 아침에 일찍 오느라 영양제 사온다는 걸 깜빡 잊어 사러 가는 길, 물이나 먹고 갈까 싶어서 약수터에 들렀는데 학교 애를 만나버렸다. 그의 기억이 맞는다면 저기서 멍한 표정으로 상우를 바라보는 저 난쟁이는 분명 꼰대들과 꽤 친해 보이는 애였다. 툭하면 단상 위에 올라가 상을 받곤 하는 게 자기를 여기서 봤다고 이르기라도 한다면…… 교수님에게 폐가 되지 않을까? 온실을 빌려주신 것만 해도 정말 고마운 일인데.

  어떻게 할까 고민하던 상우는 싫지만 자신에게 도움을 주었던 교수님을 생각해서 웃었다. 어떻게든 잘 이야기해서 자기를 여기서 본 걸 아무에게도 말 안 하겠다는 약속만 받아낼 생각이었다.

  그런데.

  "뭘 봐?"

  상우의 어이가 빛의 속도로 이탈했다. 뭘 봐? 지금 들은 게

이 두 음절 맞나? 그의 기억으로 눈앞에서 자신을 올려다보고 있는 난쟁이는 분명 후배였다.

"뭘 봐?"

확인 차원에서 상우는 난쟁이가 했던 말을 반복했다. 그것에 대한 난쟁이의 반응은 좀 더 황당한 것이었다.

"날 보겠지?"

그러더니 뭐가 좋은지 하하하하 웃기 시작한다. 미친 난쟁이였나?

어떻게 할까 고민하던 상우는 그냥 상대하지 않기로 했다. 상대 안 하기로 한 건지 상대 못 하겠는 건지는 좀 애매하지만, 당최 어떻게 반응해야 좋을지도 떠오르지 않아 상우는 그냥 몸을 돌렸다. 영양제나 사러 가야지. 어차피 다시 볼 일 없는 난쟁이다.

그러나 인생은 뜻대로 되지 않는 법. 영양제를 사오는 길에 상우는 어디서 떡 치는 소리를 듣게 되었다.

퍽. 퍽.

이쪽에서 진을 치고 있는 몇몇 불량서클이 툭하면 만만해 보이는 애들을 불러다가 돈을 뜯는 걸 모르진 않았다. 그냥 내버려두는 것은 싸우는 것이 워낙 질색이기 때문이었다. 게다가 돈 좀 뜯긴다고 죽는 것도 아니고.

하지만.

"정말 없어요."

상우의 걸음이 멈칫했다.

저 목소리는 아무리 생각해도 아까 그 미친 난쟁이다. 상우는 고민했다. 싸우는 건 정말 질색이지만 그 난쟁이는 후배다. 하지만 미친 난쟁이이기도 하다.

"에이 씨."

상우는 영양제를 내려놓고 몸을 돌렸다. 시야를 가린 나뭇가지를 치우는 순간, 못 알아보기 힘든 떡대가 보였다. 그리고 본능적으로 그 떡대를 둘러싼 아이들의 숫자가 머리에 들어왔다.

전투력 낮음.

저 정도면 떡대가 몸무게로 누르기만 해도 이길 수 있을 것 같아 막 몸을 돌렸을 때였다.

"오빠! 오빠! 나 여기!"

숨이 콱 막혔다. 이런 기분을 뭐라고 하는지 상우는 표현할 수 있는 말이 잘 생각나지 않았다. 그건 바로 위화감이었다. 그리고 상우가 고개를 돌렸을 때였다.

퍽!

미친 난쟁이를 붙잡고 있던 놈이 미친 난쟁이의 머리를 갈겼다. 순간 왜인지 몰라도 눈에 불이 튀었다. 하지만 싸우면…….
상우는 고개를 젓고 돌아섰다. 귀찮아진다. 특히 이렇게 별것도 아닌 애들하고 싸우면 정말…….

퍽!

뭐라뭐라 소리를 질러대는 미친 난쟁이의 목소리와 떡 치는 소리가 리듬감 있게 이어졌다. 뒤돌아서서 다시 영양제를 집어들었던 상우는 인상을 찡그리고 하늘을 한 번 봤다가 입술을 깨물었다.

"젠장."

상우는 영양제를 내팽개치고 뒤돌았다.

이렇게 사랑이 시작되기도 한다.

"여섯 대만 맞으면 돼."

상우가 말했다.

불가살이들은 눈꼬리에 눈물을 매단 채 흑흑 흐느꼈다.

상우는 나란히 무릎을 꿇고 앉아서 서로의 머리를 여섯 대씩 쥐어박고 있는 불가살이들을 보다가 허리를 폈다. 어두워지고 있었다. 민서는 지금쯤 캐리비안 베이에 갔다가 돌아왔을까?

"다 때렸어?"

불가살이들이 대동단결하여 집단으로 고개를 끄덕거렸다.

"나 못 봤다. 다시."

정말 세게 서로를 쥐어박았던 불가살이들이 입을 떡 벌렸다. 진짜 세게 때렸는데, 정말인데…….

하지만 어쩔 수 없다. 꿇으라면 꿇고 때리라면 때리는 수밖에. 불가살이들은 다시 흑흑 흐느끼며 서로의 머리를 있는 힘을 다해 때리기 시작했다.

집 근처에 가서 전화해볼까.

상우는 억, 퍽, 억, 퍽, 하는 소리를 뒤로 하며 천천히 산을 내려오기 시작했다.

　나중에는 같이 캐리비안 베이에 가자고 해봐야겠다. 분명히 민서는 굉장히 귀여울 거다. 민서를 생각하는 것만으로도 상우는 조금 마음이 편해지려고 했다.

　왜 그런지 모르겠다. 민서와 있으면 뭐든 괜찮을 것 같은 이 기분은……. 민서와 있으면 좀 더 나은 사람이 되고 싶은 이 기분은…….

you make me wanna be a better man.

작가 후기

많이 모자라고 많이 부족합니다. 문제는 모자라고 부족하다는 것만 알지 그걸 어떻게 채워야 할지 제가 잘 모른다는 거죠. 비어 있는 물동이를 들여다보면서 그냥 물을 부으면 된다고 생각하면 좋을 텐데 오, 그 물이 테트리스처럼 무늬를 그리고 있더라는 겁니다. 아이고, 머리야. 답답한 일입니다.

언젠가 믿음에 대해서 이야기한 적이 있습니다.

1 + 1 = 2라는 이야기를 할 때는 믿는다는 표현을 쓰지 않는 것 같습니다. 물론 어떤 사람들은 이것이 3이기도 4이기도 하고 무한대 어쩌고 하겠지만, 그냥 단순하게 1 + 1 = 2라는 것은 수리적인 사실로 그냥 받아들이면 그만이니까요. 그렇다면 믿는다고 말할 때는, 그러니까 대개 믿기 힘든 사실일 때…… 아니면 오히려 믿을 수 없다는 뜻이 되어버리는 걸까요? 그러니까

아니라고 생각하지만 그래도 아니라고 말하고 싶지 않거나 말할 수 없을 때 믿는다고 말하는 걸까요?

신을 본 적이 없지만 신이 있어야 하니까 신을 믿는다고 말하고.

사랑 같은 건 없는 것 같지만 사랑이 없으면 안 될 것 같으니까 사랑을 믿는다고 말하고.

모든 믿음이 흔들릴 때 하나는 선명합니다. 나이가 들면 더 많은 것을 알게 된다는 어른들의 말씀은 거짓말이었어요. 어렸을 때는 명확하던 모든 일들이 점점 더 어려워져만 가니까요.

그리고 어려워질수록, 또 다른 것들이 선명해집니다.

제가 실수가 많아지는데도, 정신을 놓고 있는 날이 많아지는데도 끝까지 곁을 지켜주신 분들, 감사합니다. 온통 산만한 제

가 피곤할 텐데도 그런 내색 없이 힘이 되어주신 분들, 괜찮다
고 말해주신 분들, 감사합니다. 전 괜찮다는 말이 세상에서 제
일 좋아요. 정말 괜찮은 것처럼 느껴지거든요. 어떤 일이든 막
상 도저히 못 견딜 것 같다가 어느 순간, 누군가가 '괜찮아, 다
괜찮아……'라고 말해주는 순간 도대체 뭐 그리 힘들었나 싶
을 정도로 괜찮아지더란 말이죠. 거짓말처럼. 마치 정말 괜찮은
것처럼.

　웃어도 울어도, 즐거워도 슬퍼도 시간은 흘러갑니다. 지나버
린 시간엔 어차피 아무것도 할 수 없고, 후회 역시 지금 딛고 있
는 시간에 상처가 될 뿐이더군요. 그러니 그냥 웃는 게 더 낫
지 않을까, 즐거워하는 게 낫지 않을까, 할 수 있는 일을 하는 게 낫
지 않을까, 그게 시작이었습니다. '시간을 되돌릴 수 있다면'이라

고 생각한 적이 많지만 그럴 수 없었던 게 시작이었습니다. 언제나 시작은 그렇게 단순합니다. 그러니까 늘 그렇듯이 읽다가 단한 번이라도 웃어주셨다면 그걸로 다 되었다고 생각합니다. 잠깐이라도 부대끼는 오늘을 잊으셨다면 정말이지 기쁩니다.

글을 보면서 '다음엔 더'라고 매번 다짐하고도 매번 아쉬워합니다. 매번 그러면서도 '다음엔 더……'라고 할 수밖에 없어 안타깝습니다. 언젠가는 '이번엔 제법……'이라고 할 수 있는 날이 오길 기도합니다. 언젠가는 누군가가 나라를 구하게 되어 '그다음에는 모두모두 행복했더래요.', 이렇게 되기를 기도합니다. (지금 이미 나라가 구해진 거라면 그저 응?;;)

모두 건강하시길. 모두 행복하시길. 모두 모두 원하시는 일이

원하시는 방향으로 풀리시길.

　세상의 모든 기도가 가야 할 길로 향하길.

　신은 문 하나를 닫으시면 다른 문 하나를 여신다고, 언제나
그렇게 믿습니다.

2009년 3월 22일 새벽 2시 22분

신해영 올림